톨스토이와
함께 하는 사계절

Lev Nikolaevich Tolstoi

가을

톨스토이와 함께 하는 사계절 ; 가을 / 레프 리콜라예비치
톨스토이 지음 ; 신윤표 옮김. -- 서울 : 산수야, 2004
320p. ; 22.5cm

원저자명: Tolstoi, Lev Nikolaevich
ISBN 89-8097-051-X 04890 : ₩8,500
ISBN 89-8097-065-X (전4권)

199.8-KDC4
179.7-DDC21   CIP2004000012

톨스토이와
함께 하는 사계절

레프 니콜라예비치 톨스토이 지음 | 신윤표 옮김

가을

산수야

톨스토이와 함께 하는 사계절 - 가을

레프 니콜라예비치 톨스토이 지음 | 신윤표 옮김

초판 1쇄 인쇄   2004년 1월 10일
초판 1쇄 발행   2004년 1월 15일

발 행 처 · 도서출판 산수야
펴 낸 이 · 권윤삼

기   획 · 정영미
디 자 인 · 김경순
마 케 팅 · 김희석

등록번호 · 제1-1515
등록일자 · 1993년 4월 30일

주소 · 서울시 마포구 망원동 472-19호
전화 · 02-332-9655 | 팩스 · 02-335-0674

값 · 8,500원
ISBN : 89-8097-051-X   04890
ISBN : 89-8097-065-X (전4권)

＊독자의 의견을 소중하게 생각합니다.
  e-mail:sansuya@chollian.net

＊잘못된 책은 바꾸어 드립니다.

머리말

이 책에 실은 사상들은 많은 작품과 사상서 (思想書)에서 내가 추려 모은 것이다. 내용 중에 출처를 밝히지 않은 것은 작자미상의 책 에서 뽑은 것이거나 내가 쓴 것이다. 그 외의 것에는 작자명을 적어 놓았다.

그러나 내가 이 책에 옮겨 적을 때 어떤 문장에 서 뽑은 것인지 정확히 알지 못하는 것들도 있다. 또한 가끔 작 자의 사상을 원서(原書)가 아닌 외국어로 번역된 것에서 다시 중역(重譯)한 것도 있다. 그러한 경우에는 원문 그대로의 원형 과 완전히 일치하지는 않는다.

그것은 긴 사색의 흐름에서 부분적인 사상만을 골라내기 위 해, 그리고 인상의 명확성과 통일성을 위하여 어떤 말이나 명제 (命題)를 삭제하거나 또는 다른 말로 바꾸어 놓거나, 나 자신의 말로 대치하기도 했기 때문이다. 본문 중에 출처와 작자의 이름 을 정확히 밝히지 못한 것과 완벽한 번역이 이루어지지 못한 점 에 대해 독자 여러분은 양해해주기 바란다.

이 책의 중요한 목적은 저술가들의 작품이나 사상을 정확히 번역하려는 데 있는 것이 아니라, 동서고금 여러 사상가들의 위대하고 풍부한 철학을 이용하여 많은 독자에게 보다 좋은 사상과 감정을 일깨워주기 위하여 매일매일의 금언을 제공하는 데 있다.

나는 독자 여러분이 날마다 이 책을 읽음으로써, 내가 이 책을 엮을 때에 경험했고, 또 다시 읽을 때마다 새롭게 경험하고 있는 유익하고 고귀한 감정을 경험해 주었으면 하고 바란다.

1908년 4월
야스나야 폴랴나에서
레프 톨스토이

톨스토이와 함께 하는 사계절을 발행하며

　톨스토이는 세계적으로 수많은 독자를 가지고 있으며 도스토예프스키와 더불어 러시아 최고의 작가로 인정받고 있다. 그가 노작으로 탄생시킨 인생지침서인 『인생독본』은 그 분량이 방대해 독자 여러분들이 쉽게 접할 수 있도록 산수야에서 봄·여름·가을·겨울로 나누어 탄생하게 되었다.

　인생독본을 완역하는 과정이 힘겨워 걱정이 앞서기도 했으나 인간성 상실, 상호불신, 중심을 잃은 현대인, 이기주의가 팽배한 오늘날에 있어서 어둠 속을 비추는 한줄기 빛처럼 인생의 궁극적인 문제에 해답을 주고, 일상생활의 청량제 역할과 등대 구실을 해준다는 가치를 알기에 끝까지 매진하게 되었다.

　대문호 톨스토이의 사상과 도덕성을 총집약한 인생독본은 민중신앙으로서의 그리스도교, 무저항주의, 반국가, 반문명, 반토지사유론, 이웃에 대한 사랑, 선과 악, 죽음과 삶의 의의 등이 특유의 설득력과 함께 알기 쉽게 풀이되고 있다. 특히 동서고금의 성현·철인들의 사상과 교훈들은 톨스토이즘에 맞게 정리되고 흡수·동화되어 절대적인 진리로 빛을 발하고 있다. 이것이 『인생독본』의 가치이다. 인생독본은 『톨스토이 인생독본 완역판』-산수야출판사발행-에서 만날 수 있다. 어떤 선택을 하더라도 톨스토이의 기본 철학을 이해하고 자기를 되돌아 볼 수만 있다면 산수야출판사는 표현할 수 없는 큰 보람으로 생각할 것이다.

도서출판 산수야

발행인 권운삼

Contents

9월 *September*

Contents

10월
October

Contents

11월
November

Lev Nikolaevich Tolstoi

9월

Autumn

September

9월 1일 인생의 법칙

이성은 사람들이 인생의 법칙에서 벗어나 있을 때 그
것을 일깨워주는 역할을 한다. 그러나 대개의 경우 사람들은 그
일깨움을 외면한 채 살아간다. 인생의 법칙을 벗어나면 차라리 홀
가분하다는 것을 알거나 또 그것이 습관화되어 있기 때문이다.

1

인간이 타락한 생활을 하고 있을 때 그가 구원을 받느냐 벌을
받느냐 하는 것은 자신의 운명이 처하고 있는 불행을 보지 않으
려고 자신을 감출 수 있느냐 없느냐에 따라 결정된다.

2

생활이 양심에 의하여 인도되지 않을 때 양심은 그 생활에 따
라서 비뚤어져 버릴 때가 있는 것이다.

3

총탄이 빗발치는 전쟁터에 있는 병사는 공포를 잊기 위해 할 일을 애써 찾아다닌다. 가끔은 많은 사람들이 전쟁터의 병사와 같은 생각을 하기도 한다. 그들은 생명의 가책에서 벗어나려고 명예, 정치, 도박, 여자, 경마, 사냥, 술 등에 정신을 팔고 있는 것이다.

4

쾌락을 위한 술이나 담배, 마약 등은 이성의 등불을 흐리게 하는 것이다. 만약 사람들이 쾌락에 빠지지 않는다면 참 행복을 느낄 것이며, 그 행복의 양은 상상조차 할 수 없는 것이다.

―존 러스킨

5

현재의 생활을 개선하기 위하여 가장 중요한 것은 우리들을 사로잡고 있는 유혹에서 자기를 해방시키는 것이다. 그러나 우리들은 그것으로부터 해방되기는커녕 더욱 더 빠져들고 있다.

6

무엇에 취하는 것을 죄악이라고 말할 수 없을지 모른다. 그러나 그것은 모든 죄악을 범하기 쉬운 상태로 조성하는 것이다.

술을 마시건 안 마시건 혹은 담배를 피우건 안 피우건
그것은 대수로운 문제가 아니라고 생각할 수 있다.
그러나 만일 그대가 술이나 담배를 남에게 권함으로써 나타나는
해독을 알게 된다면 대수로운 문제가 아니라고 말할 수 없을 뿐만
아니라 반드시 중지시켜야 한다는 것을 깨닫게 될 것이다.

9월 2일 진리와 인내

　　진리에 가까이 할수록 우리의 인내심이 강해진다. 그
와 같이 인내심이 강하면 강할수록 진리에 가까워질 수 있다.

1

　신앙이 없는 자, 즉 인생의 영적인 기초를 믿지 않고 신앙이란
자기들이 만든 외부적인 인식이라고 생각하고 있는 자들에게는
인내란 있을 수 없다. 왜냐하면 그들은 참된 신앙은 인간의 의
지로부터 독립되어 있음을 모르며 또 알 수도 없기 때문이다.
그 때문에 예수를 괴롭힌 바리새인들을 비롯하여 신앙을 가졌
다는 이유로 사람들을 형에 처한 모든 권력자에 이르기까지 옛
날부터 신앙 없는 자들이 항상 신앙 있는 사람들을 박해하는 일
이 생겨 왔다. 그런데 그 박해는 신앙 있는 사람들의 신앙을 약
하게 하는 것이 아니라 도리어 강하게 하는 결과를 낳았다.

2

신은 인간의 마음 속에 있는 양심과 이성의 힘을 빌어 신앙을 불어넣는다. 폭력이나 위협의 힘으로 신앙심을 일으킬 수 없으며 그것은 신앙이 아니라 공포이다. 신앙이 없는 자 그리고 방황한 자를 비방하고 꾸짖는 것은 옳은 일이 아니다. 그들을 비방하거나 꾸짖지 않아도 스스로의 잘못 그 자체에 의하여 충분히 불행한 자들이다. 그들에게 이익을 가져다 줄 때만이 꾸짖어야 하며 함부로 꾸짖는 것은 그들을 더욱 더 편협하게 하고 도리어 해를 끼치게 할 따름인 것이다.

-파스칼

3

우리들이 항상 이해하고 있어야 할 확고부동한 진실이 있다. 그것은 착한 일을 하려는 마음을 가지고도 착한 일을 할 수가 없다면 아직 때가 이르지 않았음을 알아야 한다는 것이다.

4

신앙은 사랑과 마찬가지로 강요한다고 해서 생기는 것은 아니다. 그러므로 신앙을 국가적인 시설로써 양성하고 유지하려는 노력은 위험한 일이다. 왜냐하면 사랑을 강요하는 것은 도리어 미움을 일으키는 것처럼 신앙을 강요하는 것은 오히려 불신앙을 일으키기 때문이다.

-쇼펜하우어

5

이성을 가지고 있는 우리들에게 선인(先人)들이 진리라고 생각하던 것이 허위로 판명되었다고 해서 떠들어대는 것만큼 민망한 일은 없다. 우리들이 선인들의 시대와는 다른 새로운 것을 찾아내면 되지 않는가.

—말티노

참된 신앙은 권력도 승리도 필요로 하지 않는다.
또 그것을 선전하기 위한 노력도 필요로 하지 않는다.
신은 무한한 시간을 가지고 있다. 신에게는 천 년이 일 년과 같다.
권력과 우월감으로 자기의 신앙을 옹호하려고 생각하는 자,
또는 한시라도 빨리 자기의 신앙을 전하고자 하는 자는
신앙이 두텁지 못하거나 혹은 전혀 신앙이 없는 자이다.

 **9월 3일 신**

신은 인간의 두뇌로는 이해하기 어려운 존재이다. 우리들은 그저 신이 있다는 것만을 알고 있을 따름이다.

1

신의 본질을 알려고 하지 마라. 신에 의하여 열려져 있지 않는 것까지 알려고 하는 것은 불신앙이다.

—메난드로스

2

신을 믿고 섬겨라. 그러나 신의 본질을 캐려고 하지 마라. 그렇게 하는 것은 부질없는 낭비이다. 신이 존재하는지 않는지 하는 것마저도 알려고 애쓰지 마라. 다만 신은 어디든지 존재하는 것으로 알고 섬겨라.

–필레몬

3

아무도 위대한 근원의 신비 속으로 파고 들어간 자는 없다. 아무도 한 걸음 자기 자신 밖으로 나간 자는 없다. 아! 그대를 찾아다닐 동안은 이 세상의 모두가 혼란 속에 있다. 성자도 거지도 부자도 마찬가지로 당신에게 도달할 수 있는 가능성으로부터 멀어져 있다. 그대의 이름은 모든 것과 함께 울리고 있다. 그러나 모든 자들은 귀머거리이다. 그대는 모든 것들의 눈앞에 있다. 그러나 모든 자들은 소경이다.

–페르시아 성전

4

우리들은 신의 존재를 이성으로써 알기보다 자신의 모든 것이 신에게 알려져 있다는 의식에 의하여 알고 있다. 우리들은 신속에 자기 자신을 느끼고 있다. 이 감정은 젖먹이 어린아이가 어머니의 품속에서 경험하는 것과 같은 종류의 것이다.

5

갓난아기는 누가 자기를 따뜻하게 안아주며 먹을 것을 주는지 알지 못한다. 그러나 아기는 그 누가 존재한다는 것을 알고 있다. 그리고 그저 그것만을 알고 있으면서도 자신을 그 힘 속에 맡겨버리고 있는 그 누구를 사랑하고 있는 것이다.

신의 개념이 그대에게 명료하게 나타나지 않는다고 해서 흔들리지 마라. 신은 뚜렷하게 생각하면 할수록 더욱 더 진실로부터 멀어지며 의지할 대상으로서 마음을 맡길 만한 것이 못 되는 법이다.

9월 4일 참된 행복

참된 행복은 한꺼번에 얻어지는 것이 아니라 끊임없는 노력에 의하여 얻어지는 것이다. 왜냐하면 참된 행복은 점진적으로 증대되는 완성 속에 있기 때문이다.

1

어느 임금의 목욕탕에 다음과 같은 말이 새겨져 있었다. '매일 자기를 새롭게 하라. 새롭고, 새롭고 또 새롭게 다시 시작하라.'

—중국 속담

2

성자의 덕성은 먼 나라를 여행하거나 높은 산에 오르는 것과 같이 이루어진다. 먼 나라에 도착하는 것도 처음의 한 걸음에서 시작되는 것이요, 높은 산에 오르는 것도 산기슭에서 시작되는 것이다.

-공자

3

무엇이든 한 가지 일을 잘하기 위해서는 그것을 하는 방법을 알고 있어야 한다. 그것은 누구라도 알고 있는 일이다. 바르고 착하게 사는 일도 그와 같이 바르고 착하게 사는 방법을 알고 있어야 한다. 그리고 바르고 착하게 살기를 원하여야 한다.

-에픽테투스

4

예수께서 이르시되 "손에 쟁기를 잡고 뒤돌아보는 자는 하나님 나라에 합당치 아니 하니라 하시니라!"

-성경

5

참다운 덕성은 자기 뒤의 그림자나 영예 속에서 저절로 얻어지는 것이 아니다.

-괴테

선을 향한 노력에서 성공이 속히 이루어질 것과
성공이 눈에 보이리라고 기대하지 마라.
그대는 자신의 노력의 열매를 보는 일이 없을 것이다.
왜냐하면 그대가 앞으로 나가면 나갈수록 그대가 목표하는 이상도
더욱 더 앞으로 나가기 때문이다. 노력은 수단이 아니다.
노력은 그 자체가 목적이다. 노력 그 자체 속에 보람이 있는 것이다.

9월 5일 삶과 신앙

만일 생활이 신앙에 일치하지 않는다면 신앙은 신앙이 못된다.

1

그러므로 누구든지 나의 이 말을 듣고 행하는 자는 그 집을 반석 위에 지은 지혜로운 사람 같으리니 비가 내리고 창수가 나고 바람이 불어 그 집에 부딪치되 무너지지 아니하나니 이는 주초를 반석 위에 놓은 연고요 나의 이 말을 듣고 행치 아니하는 자는 그 집을 모래 위에 지은 어리석은 자 같으리니 비가 내리고 창수가 나고 바람이 불어 그 집에 부딪치매 무너져 그 무너짐이 심하니라.

—성경

2

죽음은 생명을 가진 모든 존재의 피할 수 없는 현실이다. 탄생 그 자체가 죽음을 전제로 하기 때문이다. 그러므로 피하지 못할 일에 대해서 슬퍼할 필요는 없다. 우리는 탄생 이전의 존재 상태를 알 수 없다. 사회의 상태에 대해서도 알 수 없다. 그러나 현재의 상태는 명백하다. 죽은 뒤의 존재 상태도 알 수 없다. 그렇다면 그 무엇을 생각하고 망설이는가? 하늘 문은 그대가 필요할 때에 들어갈 수 있도록 언제나 열려져 있다. 방황과 번뇌로부터 자유를 얻어 영혼을 신께 향하도록 하라. 그대의 행위는 그대 자신이 인도하되 사건에 의하여 인도됨이 없도록 하라. 그 행위의 목적이 보수를 얻는데 있다는 자들과 어울리지 마라. 주의깊게 그대의 의무를 다하라. 그러나 그 결과는 생각지 마라. 그것이 그대에게 좋은 결과가 되든 나쁜 결과가 되든 마찬가지라고 생각하라.

-인도 잠언

3

내 형제들아! 만일 사람들이 믿음이 있노라 하고 행함이 없으면 무슨 유익이 있으리요. 그 믿음이 능히 자기를 구원하겠느냐? 만일 형제나 자매가 헐벗고 일용할 양식이 없는데 너희 중에 누구든지 그에게 이르되 평안히 가라 더웁게 하라 배부르게 하라 하여 그 몸에 쓸 것을 주지 아니하면 무슨 이익이 있으리요. 이와 같이 행함이 없는 믿음은 그 자체가 죽은 것이니라. 혹이 가로되 너는 믿음이 있고 나는 행함이 있으니 행함이 없는 네 믿음을 내게 보이라. 나는 행함으로 내 믿음을 네게 보이리라. 네가 하나님을 한 분이신 줄을 믿느냐. 잘 하는 도다. 귀신도 믿고 떠느니라. 아아! 허탄한 사람아 행함이 없는 믿음이 헛것인 줄 알고자 하느냐? 네가 보거니와 믿음이 그의 행함과 함께 일하고 행함으로 믿음이 온전케 되었느니라. 영혼 없는 몸이 죽은 것 같이 행함이 없는 믿음은 죽은 것이니라.

―성경

4

사람이 오랫동안 집을 떠났다가 귀향하면 집안 사람이나 벗이나 이웃이 따뜻하게 환영해 주듯이 여기에서 이루어진 착한 일은 다른 곳에서는 오랫동안 집을 비워둔 사람들처럼 환영되고 친한 벗처럼 환영되는 것이다.

―붓다

5

법칙을 알면서도 그것을 행하지 않는 자는 밭을 갈면서도 씨를 뿌리지 않는 자와 마찬가지이다.

만일 사람이 신의 법칙이라고 알고 있는 것을 행하지 않는다면
그는 신도 그 법칙도 믿고 있는 것이 아니다.

9월 6일 착오

착오라는 것은 사람인 이상 흔히 있을 수 있는 일이다. 그러나 어느 시대, 어느 사회에서는 착오가 특히 일반적인 경우가 있다. 현대에 있어서 착오는 더욱 널리 퍼져 있다.

1

사람들은 만족을 찾아서 이리저리 방황하고 다닌다. 그것은 그저 생활에 공허를 느끼기 때문이다. 그러나 자기 자신을 함부로 끌고 다니는 새로운 정욕의 공허는 느끼지 못하고 있다.

−파스칼

2

죄악과 온갖 공포의 기사로 꽉 차 있는 오늘날의 신문은 나쁜 결과를 더욱 부채질한다. 사람들이 신문을 보고 정신적으로 유해한 영향을 받고 또는 육체적으로 육식에 의해서 유해한 영향을 받은 후 논쟁이나 전쟁이나 자살의 경향으로 흐르게 되는 것은 조금도 이상한 일이 아니다. 오히려 날마다 이렇게 생활하고 있으면서 현대인이 그래도 행복한 듯이 살아 있다는 게 이상하지 않은가. 인간의 정신과 육체에 이러한 것들은 최면적인 영향을 주며 나중에는 불가피하게 끊임없는 불안과 고뇌와 절망의 상태로 몰아넣고 마는 것이다.

−맬러리

3

인간은 영혼을 잃고 말았다. 그리고 얼마의 시간이 지나서야 그로 말미암아 괴로워하기 시작했다. 이 영혼의 상실이 우리들의 질병을 이루고 있다. 인간은 사회 안으로 들어가려고 한다. 그러나 곧 그 사회가 심한 악으로 세계를 헛된 노력과 고뇌 속에 떨게 하고 있다. 우리에게는 종교도 신도 없다. 인간은 영혼을 잃고 말았다. 그리고 열심히 치료법을 찾고 있다. 그러나 일시적으로 약화되었던 천형병(天刑病)은 더욱 더 강하고 무서운 힘을 얻어서 만연되고 있는 것이다.

-칼라일

인간은 자기가 아무것도 보고 있지 않으면 남들도 보지 못한다고 생각하는 경향이 있다. 그것은 마치 어린아이들이 제 잘못을 감춘답시고 손으로 눈을 가리는 것과 같은 착각이다.

-리히텐베르크

4

우리들이 하는 행동은 위험에 처한 타조가 자기를 숨기려고 머리만 숨기고 큰 엉덩이를 드러내놓고 있는 것보다 더 우스꽝스럽다. 우리들은 불확실한 미래의 보장을 위해서 믿을 수 있는 현재 생활을 당당하게 파괴하고 있는 것이다.

대다수의 사람들이 수긍한다고 해서 착오가 진실이라고 할 수 없다.

9월 7일 죽음

　　만일 삶이 행복하다면 인생의 불가피한 조건인 죽음도 행복일 것이다.

1

죽음
나는 죽음을 어둠의 딸이라고 부르지 않는다.
그리고 비겁한 공상 속에서 관속의 해골을
죽음에 비겨서
낮으로 무장하지는 않을 것이다.

아아! 거룩한 에필의 딸이여!
아아! 신선한 빛의 아름다움이여!
너의 손에는 평화의 꽃향기가 있다.
무서운 무기는 있지 않다.
거친 벌판에서 일어서는
꽃 핀 세계는
너의 전능의 권력에 의하여 세워지는 것이다.
너는 모든 존재 위에 날며
하나의 조화 속에 서로를 맺어 놓는다.
그리고 차가운 입김으로
세상의 사나움을 달랜다.

톨스토이와
함께 하는
사계절

너는 미친 듯 춤추는 폭풍을 잠재운다.
바닷가에 서서 거친 풍랑을 안정시킨다.
너는 식물을 제한한다.
그것은 거대한 산림의 숲이 무서운 그림자로
이 세상을 삼켜버리지 않도록
잡초가 무성하여 하늘까지 미치지 않도록
아, 인간이여! 그리고 청순한 처녀여!
너의 옆모습을 나타내면서
인간의 분노의 시간이 지나간다.
애욕의 불꽃이 달린다.
그러나 그것은 순간적이다.
너의 정의에 의하여 서로를 증오하는
인간의 운명이 하나로 맺어진다.
왕도 종놈도 너의 손아귀에 붙잡힌다.
혼란과 압박――
현재의 질식할 모든 상태를
그리고 모든 수수께끼를
너는 대답해 준다.
모든 쇠사슬을 너는 끊어 놓는다.

―포라토인스키

2

만일 죽음이 무서운 것이라면 그 원인은 죽음 속에 있는 것이 아니라 우리들에게 있는 것이다. 인간은 선하면 선할수록 죽음의 공포를 느끼지 않는다. 완성된 성자에게 죽음은 존재하지 않는다.

3

이렇게 늙기 전에는 착하게 살려고 노력하였다. 그러나 이제는 선한 죽음을 맞이하고자 애쓰고 있다. 선한 죽음을 맞이하기 위해서는 죽음을 두려워하지 않아야 한다.

―세네카

4

진실로 인생을 이해하지 못하는 사람들은 죽음을 겁내지 않을 수 없다.

그대는 죽음을 두려워하고 있다. 그러나 죽음에 의하여 그대의 가장 본원적이며 영원한 삶으로 되돌아가게 된다.

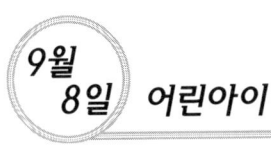

9월 8일 어린아이

어린아이에게는 모든 가능성이 있다.

1

예수께서 한 어린아이를 불러 저희 가운데 세우시고 가라사대 진실로 진실로 너희에게 이르노니 너희가 돌이켜 어린아이들과 같이 되지 아니하면 결단코 천국에 들어가지 못하리라. 그러므로 누구든지 이 어린아이와 같이 자기를 낮추는 그이가 천국에서는 큰 자니라. 또 누구든지 내 이름으로 이런 어린아이 하나를 영접하면 곧 나를 영접함이니 누구든지 나를 믿는 이 소자 중 하나를 실족케 하면 차라리 연자 맷돌을 그 목에 달리우고 깊은 바다에 빠뜨리우는 것이 나으니라.

―성경

2

그 천진난만한 동심과 완전한 것에 도달할 수 있는 가능성을 지닌 아이들이 계속 태어나지 않는다면 이 세상은 얼마나 살벌한 곳으로 변해 버릴까?

―존 러스킨

3

아이들은 은혜의 선물이다. 아이들은 이 험한 세상에서 신의 모습이다. 아이들에 의해서만 우리들은 이 지상에 천국의 한 모습을 본다. 이 천사의 생활은 하늘에 속해 있기 때문에 살기 위한 탄생도 죽음도 필요가 없다.

–아미엘

4

아이들은 진리를 알고 있으나 그것을 말할 줄은 모른다. 아이들은 무엇이 선인가를 설명할 줄 모르나 모든 악으로부터 스스로를 지킨다.

5

신은 어린이의 입을 통하여 자신의 적을 칭찬한다. 왜냐하면 적과 복수자를 침묵시키기 위하여.

모든 인간을 존경하라. 그리고 그 이상으로 어린이를 존중하고 대접하라. 또한 어린이의 완전한 순결이 파손되지 않게 조심하라.

공포

　좀처럼 끝이 없었다. 파시카는 어머니와 같이 비를 맞으며 길을 걸었다. 처음에는 벼 포기가 많은 들을 가로지르고 그 다음은 누런 나뭇잎이 파시카의 장화에 달라붙는 숲 속의 축축한 길을 지나 새벽까지 걸었다. 그리고 다시 두 시간 가량이나 어두운 현관에 서서 문이 열리기를 기다렸다. 현관 앞은 바깥보다 공기가 제법 따뜻했지만 살을 에이는 듯한 바람은 사정없이 불어닥쳤다. 현관에 환자가 점점 많아지자 파시카는 그들 속으로 비집고 들어가 냄새가 심한 양가죽 코트에 얼굴을 묻고 어느 새 잠이 들었다.

　마침내 빗장을 뽑는 소리가 나더니 문이 열렸다. 파시카와 어머니는 대기실로 들어갔다. 그러나 또다시 오랜 시간을 기다리지 않으면 안되었다. 환자들은 모두 의자에 앉아 누구 하나 꼼짝하지 않았다. 그리고 입도 열지 않았다. 파시카는 가만히 환자들을 살펴보았다. 여러 가지 우스운 일이 눈에 띄었으나 아무 말도 하지 않았다. 그때 어떤 소년이 한 발로 대기실 안으로 뛰어 들어오자 어머니의 옆구리를 팔꿈치로 찌르며 말했다.

　"봐 엄마, 참새가……."

　"가만히 있으라니까 그러는구나."

　조그마한 창으로 졸리는 듯한 조수의 얼굴이 보였다.

　"이쪽으로 와서 이름을 말하시오."

　기다리던 환자들은 모두 창가로 모여들었다. 조수는 한 사람 한 사람에게 이름, 나이, 사는 곳, 병이 걸린 날짜, 그 밖의 여러 가지를 물었다. 어머니의 대답으로 파시카는 자기의 이름이 파블 카라티노프라는 것, 나이는 7살이며 병은 부활절부터 났다는 것을 알았다. 성명과 인적 사항을 기록한 후 또 한참 시간이 지났다.

얼마 후에 흰 가운을 입은 의사가 대기실을 지나갔다. 그는 절름발이 소년 앞을 지날 때 어깨를 으쓱하며 감정 없는 소리로 말했다.

"이 녀석아 너는 바보로구나! 내가 월요일에 오라고 했는데 화요일에 오다니! 내가 담당하고 있으니 별문제는 없으나 주의하지 않으면 다리가 없어지고 마는 거야!"

절름발이 소년은 눈을 깜박거리며 마치 동정을 구하듯 얼굴을 찡그리며 말했다.

"이반 니콜라비치, 제발 용서해 주세요."

"뭐가 이반 니콜라비치냐!"

의사는 큰소리로 말했다.

"내가 월요일에 오라고 했으면 너는 그대로 하면 되는 거야. 너는 정말 바보로구나, 응?"

진찰이 시작되었다. 의사는 자기 방에서 환자들을 차례차례 불러들였다. 가끔 귀를 찌르는 듯한 고함소리, 아이들의 울음소리, 의사의 성난 듯한 목소리가 들려왔다.

파시카의 차례가 왔다.

"파블 카라티노프."

파시카의 어머니는 호출을 생각지도 못했다는 듯한 표정이었으나 곧 정신을 차리고 의사의 방으로 갔다. 의사는 테이블에 앉아서 작은 망치로 두꺼운 책을 자연스럽게 두들기고 있었다.

"어디가 아프냐?"

그는 사람을 보지도 않고 물었다.

"선생님, 이 애의 팔꿈치에 종기가 났어요!"

파시카의 어머니가 대답했다. 그 말 속에는 파시카의 종기 때문에 자기도 몹시 마음을 아파하고 있다는 뜻이 담겨 있었다.

"옷을 벗어!"

파시카는 두근거리는 마음으로 머리 수건을 풀고 소매로 콧물을 닦고 나서 코트의 단추를 풀기 시작했다.

"아주머니! 당신은 손님으로 온 거요?"

의사는 신경질적으로 물었다.

"왜 빨리 벗기지 않는 거요? 기다리는 사람은 당신만이 아니야!"

파시카는 당황해서 웃옷을 마루바닥에 던졌다. 그리고 어머니도 파시카의 셔츠를 벗겼다. 의사는 흥미 없다는 듯이 파시카를 건너다보며 벌거숭이의 배꼽 언저리를 손바닥으로 두들겼다.

"이런! 파시카, 넌 또 왜 이렇게 살이 쪘니?"

그는 소리를 지르더니 한숨을 내쉬고는 말했다.

"팔꿈치를 내 봐!"

파시카는 유리 항아리의 붉은 피와 의사의 가운을 보고 무서워서 울음을 터뜨렸다. 의사는 달래듯 말했다.

"장가를 들어도 좋을 만큼 다 큰 녀석이 울긴 왜 울어, 바보야!"

파시카는 눈물을 참으려 했다. 그가 어머니를 보는 눈 속에는 이런 말이 담겨져 있었다.

'병원에서 울었다고 집에 가서는 말하지 마, 엄마!'

의사는 팔꿈치를 꼬집더니 혀를 차면서 자세히 만져 보았다.

"왜 좀 일찍 데려오지 않았습니까? 애 팔은 이제 다 틀렸어요. 이걸 봐요. 관절이 썩은 것 보이죠!"

"정말 그렇군요, 선생님……."

파시카의 어머니는 걱정스러운 목소리로 말했다.

"선생님이라구? 애 팔꿈치가 다 썩어 가는데 무슨 선생이오. 팔 없이 무슨 일을 한단 말이오? 어머니가 일생을 책임져야지. 자기 일이라면 콧등에 여드름만 나도 큰 일처럼 뛰어오면서 자기가 낳은 자식은 반년 동안이나 썩게 내버려두다니! 그래도 당신이 사람이오?"

그는 담배에 불을 붙였다. 담배가 타는 동안 파시카의 어머니를 꾸짖기도 하고 콧노래를 부르기도 하고 또 무슨 생각에 잠기기도 했다. 발가벗은 파시카는 그 앞에 서서 의사를 바라보고 있었다. 담배가 다 타자 의사는 자리에서 일어나서 나지막하게 말했다.

"이봐요 아주머니! 고약이고 물약이고 이쯤 되면 아무 소용없소. 이 아이는 입원시키지 않으면 안되겠어요!"

"제발 그렇게 해주십시오, 선생님."

"수술을 해야 되겠어! 그러니까 너는 여기에 남아 있어야겠다."

의사는 그의 어깨를 어루만지면서 말했다.

"어머니는 집에 가더라도 너는 나하고 있자. 여기도 나쁜 데는 아니야. 파시카, 병이 나으면 메추리 잡으러 가자. 그리고 여우도 보여줄게. 여기 남아 있을 거지! 어머니는 내일 또 오실 거야."

파시카는 어떻게 했으면 좋을지 몰라 어머니를 쳐다보았다.

"너는 여기에 남아 있어야 해."

어머니가 말했다.

"물론 그래야지. 내가 시장에 가서 사탕도 사 줄 덴데……. 이 애를 이층으로 데려 가요!"

의사는 분명 유쾌하고 수다스런 사람이었다. 파시카는 지금까지 시

장에 가 본 일도 없고 여우를 보지 못했으므로 마음이 끌렸다. 그러나
어머니는 어쩌지? 그 문제를 여러 가지로 생각해 보다가 어머니도 함
께 있게 해달라고 의사에게 부탁해 볼 작정이었다. 그런데 입도 떼기
전에 간호원이 2층으로 데리고 가는 것이었다. 그는 입을 벌린 채 사
방을 살펴보았는데 층계나 마루, 문설주가 모두 노란색으로 곱게 칠
해져 있었다. 그리고 집안은 축제일의 음식 냄새가 그윽하였다. 등잔
불이 수없이 걸려 있었고 군데군데 융단이 깔려 있었다. 그러나 무엇
보다 파시카가 기뻤던 것은 푹신한 회색 이부자리가 깔린 침대였다.
그는 베개와 이불을 손으로 만져 보았다. 그리고 의사는 아주 훌륭한
집에 살고 있다는 것을 깨달았다.

그 곳은 작은 병실로써 침대는 세 개 밖에 없었다. 첫째 침대는 비
어 있었고 둘째 침대가 파시카의 것이었다. 그리고 셋째 것에는 푹 패
인 눈을 가진 한 할아버지가 끊임없이 기침을 하면서 가래침을 타구
에 뱉고 있었다. 파시카는 침대에 누워서 열려 있는 문틈으로 건너편
병실을 들여다보았다. 거기에는 침대가 두 개 있었고 그 중 하나에는
아주 마르고 핏기가 없는 사나이가 머리에 얼음주머니를 얹어 놓고
누워 있었다. 다른 침대에는 농부가 팔을 벌리고 머리에는 붕대를 감
은 채 할머니 같은 모습을 하고 있었다. 파시카를 침대에 앉혀 주고
간호사가 나가더니 곧 옷을 한아름 안고 들어왔다.

"이게 다 네 거야. 빨리 입어봐."

파시카는 즐거워하며 새 옷으로 갈아입었다. 셔츠에다 양복하의,
회색 코트를 입은 후 좋아서 자기 몸을 살펴보았다. 그리고 새 옷을
입은 채로 마을을 돌아다니면 얼마나 좋을까 생각해 보았다. 그의 즐
거운 상상은 어머니 심부름으로 돼지에게 먹일 양배추 떡잎을 따러갈

때 마을 아이들이나 계집애들이 자기를 둘러싸고 부러운 듯이 입을 벌린 채 새 옷을 바라보고 있는 광경이었다.

간호사가 두 개의 접시에 두 조각의 빵과 두 개의 숟가락을 들고 왔다. 그녀는 접시 하나를 할아버지에게 주고 하나를 파시카에게 주었다.

"어서 먹어요."

파시카는 그 접시 속에 기름이 많은 국물이 가득히 담겨 있고 밑바닥에 고기 한 조각이 있는 것을 보았다. 그래서 의사는 상당히 잘 살고 있으며 진찰할 때 느낀 것보다는 친절하다고 생각했다. 그는 국물을 한 숟가락씩 천천히 먹었으나 어느새 다 먹고 고기 한 점만 남았을 때 할아버지 쪽을 곁눈질하며 부러워했다. 고기 조각을 먹으면서도 오래 씹으려고 했으나 어느새 없어지고 말았다. 이제 빵만 남았는데 이런 저런 생각을 하면서 다 먹어 버렸을 때 간호사가 또 두 개의 접시를 들고 들어왔다. 그 접시에는 불고기와 삶은 감자가 들어 있었다.

"빵은 어떻게 했니?"

간호사가 물었으나 파시카는 대답하지 않았다. 그저 한숨만 쉬었다.

"먹어 버렸구나? 그럼 불고기는 어떻게 먹지?"

간호사는 꾸짖듯이 말하더니 다시 빵을 가져왔다. 불고기와 함께 먹는 빵은 참으로 맛있었다. 파시카는 처음으로 불고기를 먹어 보았다. 빵은 아까 것보다 더 큼직했다. 노인은 다른 것은 다 먹고 빵은 서랍 속에 넣어 두었다. 파시카도 그렇게 할까 생각했으나 잠시 망설이다가 그것마저 먹어버렸다.

식사 후 병실 탐험을 나섰다. 건너 병실에는 조금 전 자기 침대에서 본 사람 외에도 네 명이 더 있었는데 그 중에 한 사람이 특히 눈에 띄었다. 그는 키가 크면서 여윈 농부였는데 흉한 얼굴을 하고 침대에서

쉴새 없이 머리를 저으며 시계추처럼 계속 팔을 흔들고 있었다. 농부의 얼굴을 자세히 살펴보니 견딜 수 없는 고통으로 일그러져 있어서 불쌍하게 여겨졌다. 제3병실에는 얼굴이 붉어서 마치 진흙을 발라 놓은 것 같은 사나이가 두 명 있었다. 그들은 꼼짝도 않고 앉아 있었는데 마치 이교도의 신과 같았다.

"저 사람들은 왜 저렇게 하고 있어요?"

간호사에게 물어 보았다.

"저 사람들은 두창 환자란다."

파시카는 자기 방으로 돌아와 의사가 시장에도 가고 메추리 사냥도 가자고 하기를 기다리고 있었다. 그러나 의사는 좀처럼 나타나지 않았다. 건너편 병실에 조수가 와서는 얼음주머니를 머리에 얹은 환자에게 허리를 굽혀 "미하이로! 미하이로!"하고 불렀다. 그러나 잠든 미하이로는 일어나지 않았다. 조수는 손을 저으며 가버렸다. 의사를 기다리는 동안 파시카는 노인을 바라보았다. 노인이 기침을 하고 숨을 쉴 때 가슴 속에서 나는 그르릉 거리는 소리가 파시카에게는 마치 노래를 부르고 있는 것 같았다.

"할아버지! 할아버지 가슴 속에는 무엇이 울고 있어요?"

파시카가 물었으나 노인은 대답하지 않았다. 파시카는 다시 물었다.

"할아버지! 여우는 어디서 살아요? 살아 있는 여우말이에요."

"어디 있냐고? 숲 속에 있지."

오랫동안 의사를 기다렸으나 오지 않았다. 그때 간호사가 파시카에게 차를 가져 와서는 빵을 먹어 버렸다고 꾸짖었다. 등잔에서 불이 꺼졌다. 그러나 의사는 여전히 오지 않았다. 시장으로 가거나 메추리를 잡으러 가기에는 너무 늦었다. 파시카는 침대에 누워 의사가 약속한 일, 어머니의 얼굴, 자기 집, 침실 등을 생각했다.

갑자기 답답하고 슬픔이 밀려왔다. 그러나 아침이 되면 어머니가 온다는 생각에 미소를 짓고 잠이 들었다. 그는 어떤 소리에 잠이 깨었다. 사람들이 건너 방으로 들어와 조용히 말하고 있었다. 어두컴컴한 미하이로의 침대 곁에서 사람들이 움직이고 있었다.

"침대까지 들고 갈까? 아니면 시체만 가져갈까?"

"시체만 가져 가. 침대 둘 자리가 있어야지. 죽어도 하필이면 이럴 때 죽어서……."

한 사람은 미하이로의 어깨를 또 한사람은 다리를 들어 올렸다. 그러자 웃옷 자락이 내려졌다. 세 번째 사나이는 여자 같은 농부였는데 십자를 그었다. 그들은 시체의 옷자락을 밟으면서 병실을 나갔다.

곁에서 자고 있는 할아버지의 가슴에서는 그르렁 소리가 나고 여러 가지 가락의 노래가 들렸다. 파시카는 그 소리가 무서워 캄캄해진 창문을 쳐다보다가 황급히 침대에서 뛰쳐나갔다.

"어머니!"

파시카는 외쳤다. 그리고 건너 병실로 뛰어 들어 갔다. 희미한 등불로 간신히 어둠을 밝히고 있었다. 미하이로의 죽음에 겁이 났고 검은 그림자가 붙어 있는 것 같아서 모두 도깨비처럼 보였다. 멀리 떨어진 어두운 구석에 농부가 쉴 새 없이 중얼거리며 팔을 내젓고 앉아 있었다.

파시카는 문 쪽을 돌아보지도 않은 채 곧바로 환자 방을 빠져나와 복도를 지나 수염이 긴 주름살 투성이 얼굴을 한 괴물들이 가득한 넓은 방으로 들어갔다. 다시 복도로 나오자 거기에는 난간이 있었다. 파시카는 급히 아래층으로 뛰어 내렸다. 그 곳은 아침에 앉아 있었던 환자 대기실이어서 입구를 쉽게 찾을 수 있었다. 문을 열자 차가운 바람이 들어왔다. 파시카는 몇 번이나 넘어질 뻔하면서 마당 쪽으로 달렸다. 머리 속에는 도망치자는 생각으로 가득했다.

그는 길은 알지 못했지만 쉬지 않고 달려가면 어머니와 같이 있을 수 있으리라 생각했다. 달은 어두운 하늘의 검은 구름 속에서 비치고 있었다. 파시카는 곧 바로 달려 가다가 어떤 오두막집을 돌아 숲 앞에 도착했다. 한참이나 우두커니 서 있다가 다시 병원 쪽으로 달리기 시작했다. 병원주위를 빙빙 돌다가 거기서 어떻게 하면 좋을까하고 생각했다. 문득 자기 눈앞에 하얀 십자가가 서 있는 것이 보였다.

"어머니!"

파시카는 이렇게 외치고 다시 발걸음을 돌렸다. 그리고 무서운 건물 앞을 지났을 때 마침내 불이 켜져 있는 창을 발견했다. 캄캄한 어둠 속의 환한 붉은 빛이 도리어 무서움을 일게 했다. 그러나 당황한 파시카는 어디로 도망쳐야 좋을지 몰라서 불이 비친 창 쪽으로 달려갔다. 창가에는 층계와 게시판이 있는 방문이 있었다.

파시카는 층계를 달려 올라가서 방안을 들여다보았다. 갑자기 숨이 막힐 듯한 기쁨이 그를 사로잡았다. 그 안에는 쾌활하고 수다스런 의사가 책을 보고 있었다. 파시카는 너무 기뻐서 소리를 지를 뻔했다. 그러나 무엇인지 모르는 힘이 숨을 꼭 누르고 발목을 잡아끄는 것 같아 휘청했다. 그리고 맥이 풀려 층계에 쓰러졌다. 그가 정신을 차렸을 때는 벌써 날이 밝아 있었다. 그리고 시장과 메추리와 여우를 보여 주겠다고 약속한 귀에 익은 목소리가 그의 귓가에 이렇게 속삭였다.

"이 바보 같은 녀석 파시카야, 넌 바보가 아니고 뭐냐……. 이 녀석 정신이 번쩍 나게 혼이 나야 알겠니?"

—안톤 체호프

 **과학**

현대의 과학은 인간생활의 양식을 바꾸기는 했으나 행복을 가져왔다고 말할 수는 없다.

1

천문학 · 기계학 · 생물학 · 화학 및 기타 모든 과학은 각각 개별적으로 속하는 생활의 측면을 연구하는 것이다. 그러나 인생의 결론을 총체적으로 얻어내지는 못한다.

2

자연에 관한 실험은 우리들의 두 손을 가득히 채워주며 진리의 원천이 될 수 있다. 그러나 도덕에 관한 실험은 서글픈 착오의 모체에 지나지 않는다. 그러므로 내가 해야할 일에 대한 규칙은 내가 행한 일에서 찾거나 내가 한 일에만 한정시키려 하는 것은 매우 부당한 일인 것이다. ─칸트

3

지식은 위대한 자를 겸손하게 하고 평범한 자를 놀라게 하며 지극히 유치한 자에게는 부질없는 오만을 안겨준다.

─세네카

4

소크라테스는 말했다.

"성숙한 인간으로서의 희망을 갖지 않는 인간은 학문을 버리는 것에도 고통을 느끼지 않는다."

–키케로

아무리 완전한 지식이라 할지라도 인생의 중요한 목적,
즉 도덕적인 완성에 이르는 데는 도움이 되지 못하는 것이다.

9월 10일 양심의 소리

양심의 소리는 자신의 육체적 본능을 거부하고 그 희생을 요구할 때 바른 것이다.

1

인간은 이 세상의 모든 목적에 도달할 수는 없다. 그러므로 인생은 외부의 목적에 의해서가 아니라 자신 속에서 신의 뜻에 의해 인도되는 것이 필요하다. 인생의 총체적인 의의를 구하기 위해서는 양심의 소리에 귀를 기울여야 한다. 양심의 소리는 진리의 길에서 벗어났거나 혹은 벗어나려는 조짐을 느낄 수 있는 자에게는 항상 명백하고 또렷하게 들리는 것이다.

–스트라호프

2

이기주의자는 늘 생면부지의 적의를 가진 형상 속에 자신이 존재하고 있음을 느낀다. 그리고 자신의 이익에만 정신을 쏟는다. 그러나 선한 인간은 다정한 벗이 가득 찬 세상 속에 살고 있으며 모든 사람들의 행복이나 이익이 곧 자신의 행복으로 생각한다.

-쇼펜하우어

3

양심은 칼을 가지고 사람들을 거짓으로부터 구출해 주는 천사이다.

-아미엘

4

정욕이 양심보다 강할 때가 있다. 정욕의 소리가 양심의 소리보다 더 크게 들릴 때도 있다. 그러나 정욕의 하소연은 양심의 명령과는 전혀 다른 것이다. 정욕은 양심의 소리가 지니고 있는 형언할 수 없는 위엄을 가지고 있지 않다. 정욕이 큰소리 칠 때에도 우리는 양심의 고요하고 깊은 소리에 잔뜩 위축되어 버리는 것이다.

-찬닝

양심의 소리는 언제나 미묘한 상황에서
이해를 초월한 선택을 요구한다.
이 점에 있어서 양심의 소리는 명예욕과 구별된다.
명예욕은 종종 양심의 소리와 혼합되어 나타나기도 한다.

9월 11일 참된 신앙

　　　참된 신앙은 믿는 자에게 행복을 약속해 준다기보다 모든 불행과 죽음에서 구원될 수 있다는 유일한 길을 예언해 준다는 점에서 우리에게 매력을 느끼게 하는 것이다.

1

　인간이 세속적인 행복을 찾아다니다가 지친 나머지 그리스도에게 손을 내밀었다면 어떠한 기쁨을 느끼게 될까?

–파스칼

2

　오직 이익만을 염두에 두고 있는 자에게는 이해관계를 떠난 도덕이란 있을 수 없으며, 물질적인 행복을 신봉하기 때문에 종교도 있을 수 없다. 물질이 곧 그들의 종교인 것이다. 그들은 육체가 불구가 되고 병들면 어리석은 노력을 포기하지 않으면서 이렇게 말한다.

　"아! 나의 육체를 고쳐다오. 육체가 힘을 되찾고 원기 왕성해졌을 때에는 정신과 양심도 육체 속으로 돌아올 것이다."

　그러나 먼저 영혼을 치료하지 않으면 육체의 병도 고칠 수 없는 법이다. 영혼 속에 병의 근원이 있는 것이다.

–마치니

3

인류가 고통을 받는 모든 불행의 원인을 가장 근본적인 것에서부터 찾아 올라가면 다음과 같음을 알 수 있다. 즉 인류의 모든 불행의 가장 근본적인 원인은 신앙의 결핍에 있거나 박해에 있다. 다시 말해 인간과 세계와의 관계, 그리고 인간과 신의 관계가 불확실하게 되어 있고 거짓되어 왔다는 것을 알게 된다.

구원이란 의식이나 신앙을 사람들에게 설교하는 데 있는 것이
아니라 언제나 자기 인생의 의의를 명확히 이해하는 데 있다.

**9월
12일** **신과 재물**

**신과 재물은 함께 섬길 수 없다. 세상의 행복 때문에
마음에 고통을 받는 것은 도덕적 법칙을 다 지키는 것과 양립되
지 않는다.**

1

예수께서 제자들에게 이르시되 내가 진실로 진실로 너희에게
이르노니 부자는 천국에 들어가기가 어려우니라. 다시 너희에
게 말하노니 낙타가 바늘귀로 들어가는 것이 부자가 하나님의
나라에 들어가는 것보다 쉬우니라.   —성경

2

어떤 사람이 그리스도 앞에 와서 말했다.

"스승이여! 내가 무슨 선한 일을 하여야 영생을 얻으리이까?"

예수께서 대답했다.

"네가 온전하고자 할진대 가서 네 소유를 팔아 가난한 자들을 주라. 그리하면 하늘에서 보화가 네게 있으리라. 그리고 와서 나를 좇으라 하시니 그 청년이 재물이 많으므로 이 말씀을 듣고 근심하며 가니라."

–성경

3

바울은 배금사상을 우상숭배하라고 규정했다. 왜 우상숭배라고 했을까? 그것은 부(富)를 가지고 있으면서 대부분 그것을 이용할 줄 모르며 신에게 바친 물건과 같이 매우 신성하게 여기며 만지기조차 꺼려한다. 그리고 그대로 간직해 두었다가 자손에게 상속하기 때문이다. 만일 필요가 생겨 돈에 손을 대야할 때면 마치 용서 받지 못할 죄를 범할 것 같이 생각한다. 그런데 이교도들은 우상을 그처럼 신중하게 여긴다. 황금 숭배의 열정은 이교도의 악마보다 더욱 사악하다.

–조로아스터

4

옷을 너무 많이 입지 마라. 몸의 동작이 둔하다. 마찬가지로 재물은 영혼의 활동을 방해한다.

–데모필

많은 사람들이 부를 쫓고 있다.

그러나 부로 말미암아 잃어버린 모든 것을 분명히 볼 수 있다면 부를 얻기 위해 허비하는 노력을 부(富)에서 해방되는 데 쏟을 것이다.

9월 13일 성인의 삶

성인은 자기가 처한 환경을 바꾸려고 힘쓰지 않는다. 왜냐하면 그는 현재의 환경에 늘 만족하기 때문이다.

1

현자(賢者)는 자신에게 있는 것을 만족하게 여긴다. 그러나 어리석은 자는 남이 소유한 모든 것을 부러워한다.

—공자

2

나는 나의 운명을 슬퍼하거나 불평하지 않았다. 그러나 한 번은 구두가 없어지고 다시 살 수가 없을 때 불평한 일이 있었다. 그때 나는 무거운 마음을 안고 예배당에 들어갔다. 그런데 거기서 발이 없는 사람을 보았다. 나는 두 발을 주신 하나님께 감사를 드렸다. 발에 신을 구두쯤은 문제도 되지 않았다.

—마치니

3

어떻게 해야 자신의 가치를 알 수 있을까 하고 생각만 해서는 아무 소용이 없다. 그것은 행위에 의해서만 알 수 있다. 자신의 의무를 다 하도록 하라. 그러면 그대는 곧 자기의 가치도 알 것이다.

4

영혼이 성숙하지 못할 때에는 눈도 닫혀 있어서 우리들 앞에서 일어나는 것을 보지 못한다. 그러나 그것을 보게 되었을 때에는 보지 못했던 때의 일이 마치 꿈과도 같이 느껴진다.

—에머슨

5

우리는 자기 힘으로 구할 수 있는 것과 자기 힘으로 어찌할 수 없는 일에 대해서 결코 화를 내서는 안 된다.

6

자기의 사상은 손님처럼 영접하고 자기의 욕망은 자식처럼 취급하라.

—중국 속담

남에게 불만스럽고 또 자기 환경에 만족하지 못하며
자신에게 불만스러우면 불만스러울수록
인간은 거룩한 지혜에서 먼 곳에 있는 것이다.

 **폭력**

폭력은 언제나 그 외부의 위대성에 유혹되는 법이므로 더 해롭다. 그리고 폭력은 혐오할 것을 존경해야 할 것이라고 강요하는 것이다.

1

폭력으로 우리들을 강요하는 것은 우리의 권리를 박탈하는 일이다. 그러므로 우리들은 폭력을 거부한다. 우리들은 우리를 잘 타이르며 깨우쳐 주는 사람을 은인으로서 사랑한다.

―소크라테스

2

권력자들은 오직 폭력에 의해서만 사람들의 통솔이 가능하다고 믿고 있다. 그러므로 그들은 질서를 유지한다는 명목으로 항상 폭력을 필요로 한다. 질서는 폭력이 아닌 다수의 의견에 의하여 유지되는 것이다. 그러나 불행하게도 다수의 의견은 폭력에 의하여 파괴되고 있다. 그리하여 폭력은 자기가 유지하려는 권력을 도리어 약화시키고 파괴할 뿐이다.

3

인간은 굴종하기 위하여 창조된 것이 아니며 또 강요당하기 위하여 태어난 것도 아니다. 인간은 강요와 굴종이라는 습관 때

문에 서로 해를 끼치고 점점 더 황폐해져 참된 존엄성은 찾아볼
수가 없는 것이다.

─콩시데랑

모든 폭력은 이성과 사랑에 위배된다. 절대로 폭력에 가담치 마라.

9월 15일 진리를 인식하는 것

진리를 인식함에 중대한 방해가 되는 것은 허위가 아
니라 진리를 가장하는 태도 그것이다.

1

인간을 이 지상에서의 왕좌로 끌어올린 것은 진리와 지식이
다. 진리의 힘은 강하다. 진리의 승리에는 어려움이 수반되며
고통이 따르기도 하나 일단 진리가 파악되면 그때에는 한 걸음
도 물러서지 말아야 한다.

─쇼펜하우어

2

거짓을 폭로하는 것은 진리를 밝히는 것과 인류의 행복을 위

하여 아주 중요한 일이다.

3

거짓에서 해방된다는 것은 진리를 가르침과 같다. 진리라고 얻은 것이 거짓이었음을 아는 것 역시 진리인 것이다. 거짓은 항상 해롭다. 거짓은 그것을 진리라고 믿고 있는 자에게 언젠가는 해를 끼친다.

—포마

지식의 영역에서 인간이 전진하는 까닭은
진리를 덮고 있는 장막을 벗기는 데 있다.

9월 16일 회의(懷疑)

회의(懷疑)는 믿음을 약하게 하는 것이 아니라 도리어 강하게 만든다.

1

우리는 신과 우리 사이에 넘을 수 없는 어떤 선을 그을 수는 없다. 의지의 결정은 어디까지나 우리들 자신이 할 일이다. 그것은 의심할 수 없는 일이다. 그러나 가장 높고 가장 자유스런 사상과 감정의 영역에 있어서는 신의 존재를 인식하지 않을 수 없다. 우리의 내면 세계는 신의 반영에 불과하다. 신은 끊임없이 우리를 깨우치고 우리들을 통하여 역사하기를 중단하지 않는다.

—말티노

2

정신적인 생활을 믿다가 중단한 예가 있다. 그것은 불신앙이 아니다. 그것은 육체적인 생활을 믿게 되는 순간이다. 그때에 인간은 곧 죽음을 두려워하게 된다. 그것도 인간이 어떤 착각에 빠져 육체적인 생활이 진실한 생활이라고 믿을 때 일어난 현상이다. 그것은 마치 극장에서 무대를 주시하면서 그것이 현실적으로 일어나는 것으로 믿고 있다가 무대의 연극임을 깨닫고 놀라는 일과 마찬가지이다.

3

가장 무서운 불신앙은 자기 자신을 믿지 않는 일이다.

4

참된 신앙은 회의를 수반하여 생긴다. 만일 내가 회의할 수 없다면 신앙도 가질 수 없을 것이다.

—소로

말로만 신의 존재를 믿는다 함은 그 존재를 믿지 않는 것이며,
남에게서 들은 말을 그대로 의심치 않는
사람은 신과 멀어져 있는 것이다.

9월 17일 토지의 소유

**토지를 사유물로 하는 것은 인간을 노예화하는 것과
같은 불의이다.**

1

토지 사유의 원천은 항상 폭력, 기만, 권력, 간계였던 것이다.

―스펜서

2

토지가 없는 사람들, 토지를 이용해야 할 사람들, 토지를 사용
할 힘이 있으면서 토지에 대한 권리를 빼앗기고 있는 자들은 자
연 과학적인 입장에서 몹시 불합리한 상황에 처해 있다. 그것은
마치 공기 없이 새가 존재할 수 없고 물 없이 고기가 존재할 수
없듯이 자연 과학적으로 부자연스러운 것이다.

―헨리 조지

3

악이나 부정은 오래 가면 갈수록 점점 더 악으로 되는 것이다.

―크란트 알렌

4

토지를 사유하고 있는 자들이 말(言)이나 재판으로 다른 재산을 사유하고 있는 자들을 비방하고 있다. 그러나 토지의 사유는 '시효 없는' 백성의 재산을 몰수하는 것이다.

토지를 사유하는 불의(不義)도 다른 모든 불의와 같이
그것을 유지하는 데 필요한 모든 악이나
모든 부정과 불가피하게 결부되어 있는 것이다.

9월 18일 삶의 본질

삶의 본질은 육체에 있는 것이 아니라 양심에 있는 것이다.

1

인간은 정신과 육체를 소유하는 것으로 생각하기 때문에 끊임없이 고뇌하고 있다. 그러나 그때 그대 자신의 본질은 정신 속에 있음을 알라. 의식 속에 침투하여 정신을 육체 위에 가져오고, 모든 외부 환경으로부터 자신을 지키고, 정신을 육체에 종속시키지 말고 생활과 육체를 일치시키지 말며 정신의 생활과 일치시켜야 한다. 그러면 그대는 모든 진리를 이루고 자신의 사명을 완수한 그것에 의하여 신의 능력에 동참할 수 있을 것이다.

―아우렐리우스

2

육체란 죽음과 함께 소멸한다는 것을 깨달음으로써 그대는 영원불변의 진리를 볼 수 있게 될 것이다.

―붓다

3

정신 또는 인간 내부의 힘에 의하여 그 자체가 독자적인 생활을 가지고 양심적인 생활로 깨우쳐 준다는 것을 사람들은 인식한다.

―아우렐리우스

4

사람들이여! 인간의 본질을 육체의 생활에 두지 마라. 육체는 정신을 담고 있는 그릇에 불과하다. 삶을 지탱시키는 것은 정신의 힘이다. 정신을 배제한 육체는 움직이지 않는 자동차나 렌즈 없는 카메라와 같다.

5

신은 모든 것을 보신다. 그러나 우리들은 신을 보지 못한다.
이와 같이 정신도 눈에 보이지 않으나 모든 것을 보고 있다.

정신이 육체를 인도하는 것이지 육체가 정신을 이끄는 것이 아니다.
그러므로 자신을 변화시키기 위해서는
정신적인 영역에서 자신을 잘 처리해야 한다.

9월 19일 거짓된 신앙과 독

거짓된 신앙이 빚어낸 독(毒), 그리고 현재 자아내고 있는 해독은 헤아릴 수 없을 만큼 큰 것이다. 신앙은 신과 인간 관계의 수립이며 그 관계에 의하여 자기 자신의 의의가 결정된다.

1

종교상의 불신앙과 신에 대한 멸시는 큰 죄악이다. 그러나 미신은 더욱 큰 악이다.

—플루타크

2

인간에게 무엇보다 필요한 구원 그리고 인간에게 참된 자유를 부여한 구원은 자신의 마음 속에 있는 악으로부터의 구원이다. 외부적인 죄보다 더욱 나쁜 것은 마음의 죄이며 신에 의지하면서 신을 배반하고 괴로워하며 육체적 정욕에 시달리는 마음의 상태이다. 신의 믿음 속에 사는 것처럼 보이면서 인간의 위협이나 분노는 두려워하고 도덕적인 의식의 평화를 얻고자 인간적인 행복에 집착하는 마음의 상태이다. 이 이상 더 무서운 파멸이란 있을 수 없다. 가장 높은 구원은 타락한 마음을 고쳐 주고 병든 마음을 치료하며 사상과 양심과 사랑의 자유를 회복하는 일이다. 그것이야말로 예수가 죽음을 무릅쓰고 설교했던 구원이 있는 것이다.

-찬닝

3

진리를 말하기란 쉽다. 그러나 진리를 얻기 위해서는 얼마나 많은 내면적인 노력을 필요로 하는가! 인간 정의의 단계는 도덕적 완성의 단계와 같은 위치에 있는 것이다.

4

항상 올바른 것 속에 웅변과 선의 비밀이 있다. 그리고 예술과 생활의 높은 법칙이 있다.

-아미엘

5

교회가 신의 이름을 빙자하여 어떤 특별한 자리에 있으려고 한다. 교회는 철학과도 담을 쌓아버렸다. 마치 종교와 철학이 아무런 연관성도 없이 제각각의 길을 걸어갈 수 있다는 듯이……. 그렇다면 철학자들은 어떻게 해야 할 것인가? 먼저 그 벽을 파괴해야 할 것이다. 교회에 속한 자들은 무엇을 하고 있는가? 그들은 우리를 진실한 신앙인으로 만든다는 구실 아래 가장 어리석은 철학자로 만들고 있는 것이다.

―레싱

거짓된 신앙을 버리는 것만으로는 충분치 않다.
또한 허위의 장벽을 무너뜨리는 것만으로도 충분치 않다.
우리 모두 참된 신앙을 수립하지 않으면 안 되는 것이다.

 **9월 20일 노력**

모든 훌륭한 것은 오직 노력에 의해서만 얻을 수 있다.

1

사물에 대한 탐구정신이 부족하거나 연구를 해도 실패만 거듭하는 자가 있어도 실망하지 않도록 하라. 무지한 일, 의심스러운 일이 있어도 남에게 묻지 않거나 듣고도 이해하지 못하는 자들이 있다해도 낙심하지 않도록 하라. 사색하지 않는 자, 사색해도 선의 본질을 명확히 이해하지 못한 자들이 있다해도 실망하지 않도록 하라. 선과 악을 구별하지 못하는 자, 구별해도 확실한 생각을 가질 수 없는 자들이 있다해도 절망하지 않도록 하라. 선을 행하지 않는 자, 행하더라도 그것에 최선을 다하지 않는 자들이 있다해도 절망하지 않도록 하라. 남이 한 번해서 되는 일을 그들에게는 열 번 천 번을 시켜라. 끈기 있게 자신이 한 말을 지키는 자는 무식한 사람이라 할지라도 반드시 교양 있는 자가 될 것이며 약한 자라 할지라도 반드시 강한 자가 될 것이다.

―공자

2

좁은 문으로 들어가라. 파멸에 이르는 문은 크고 그 길이 넓어 그리로 들어가는 자가 많고 생명으로 인도하는 문은 좁고 길이 협착하여 찾는 이가 적음이니라.

―성경

3

악한 일과 자신에게 불행을 가져올 일은 쉽게 성취되지만 참된 행복과 참된 선을 가져오는 일은 오직 근로와 노력에 의해서만 가능하다.

―붓다

4

그대가 하고 있는 일에 모든 주의를 기울이라. 깊이 생각할 가치가 없는 것에 대해서는 아예 생각지도 마라.

―공자

5

진리를 탐구하는 일에는 항상 번뇌와 불안이 따른다. 그러나 진리는 탐구하지 않으면 안 된다. 왜냐하면 진리를 찾지 않고 진리를 사랑하지 않는다면 그대는 오직 파멸하게 될 것이기 때문이다.

―파스칼

인간이 노동에 열중하면 몸이 아픈 줄도 모르게 된다.
그러나 일하지 않는 자는 조금만 아파도 엄살을 부린다.
이와 같이 덕성의 완성을 인생의 중요한 목적으로 삼고 있는
사람들이 대수롭지 않게 견디는 역경이라도 정신적인 수양을 쌓지
못한 자에게는 치명적인 불운으로 여겨지는 것이다.

9월 21일 가장 작은 자유

인간의 자유 중에서 가장 작은 자유는 둘 또는 몇 가지 행위의 선택인 것이다. 다소 곤란한 자유는 감정에 따르느냐 감정을 억제하느냐 하는 것이다. 가장 곤란하고 중요한 자유는 자기 사상의 방향을 결정짓는 것이다.

1

모든 것은 신의 능력 속에 있다. 선택은 우리 자신의 몫이다. 우리들은 머리 위로 날아다니는 새들을 물리치지 못한다. 그러나 머리 위에 둥지를 짓는 것을 막을 수는 있다. 뇌리를 스치는 나쁜 생각도 마찬가지이다. 우리는 나쁜 사상이 머리 속에 둥지를 짓고 악한 행위를 불러들이는 것을 막을 수는 있다.

—루터

2

참된 지식을 얻고 평화로운 생활을 영위하며 모든 일을 성취시키기 위해서는 인간의 올바른 의지가 그의 사상을 지배해야 한다.

—로크

3

사상은 손님과도 같다. 그의 처음 방문은 우리와 아무런 관계가 없다. 그러나 우리가 그것을 환영한다면 자주 찾아 올 것이다. 그대는 오늘 생각한 일을 내일은 실천하라.

4

사물을 보는 방법이 일정할 때 지식을 얻을 수 있다. 지식을 얻었을 때 의지는 진리로 향한다. 의지가 지향하는 것이 충족되었을 때 마음은 선하게 된다. 마음이 선하게 되었을 때 모든 것에 대한 도덕적인 견해가 생긴다. 그리하여 그것이 도덕 그 자체가 된다.

—공자

5

죄란 나쁜 일을 행하는 것만이 아니라 악한 일을 생각하는 것까지도 가리킨다.

—조로아스터

감정은 인간의 의지와 상관없이 일어난다.
그러나 사상은 감정의 편을 들 수도 있고 들지 않을 수도 있다.
또 감정을 일으킬 수도 있고 억제할 수도 있다.

영원에 대한 신앙은 인간에게는 본연적인 것이다.

1

우리들은 영원할 수 없다. 우리들은 죽는다. 그저 짧은 순간만이 주어져 있을 따름이다. 그러나 우리의 영혼은 그것 때문에 공포를 느끼지는 않는다. 우리의 영혼은 영원히 죽지 않기 때문이다.

―크리드

2

우리들의 영혼은 육체를 영주할 집으로 삼고 있는 것이 아니라 잠시 머물러 있는 숙소로 삼고 있는 것이다.

―인도 잠언

3

미래나 과거의 일을 생각하지 않더라도 현재 내가 여기 있고 다른 곳에 있지 않다는 것은 무슨 근거가 있다는 말인가? 누가 나를 여기에 있도록 했는가? 누구의 뜻에 의하여 그리고 누구의 형편에 의해서 지금의 장소와 시간이 내게 주어져 있는가? 인생이란 손님으로 초빙된 어떤 짤막한 시간의 추억에 지나지 않는 것이다.

―파스칼

4

죽음은 우리들이 그것을 수단으로 하여 이 세상을 받아들이고 있는 육체의 파멸일 뿐이다. 세계는 그 육체를 통하여 현재의 모습 그대로 나타나 있는 것이다. 죽음은 내가 그것을 통하여 바라보고 있는 유리를 깨뜨리는 것이다. 그리고 파괴된 유리는 다른 것으로 바꾸어 끼워야 하는 것이다.

5

죽음의 공포는 인생을 오직 작고 제한된 생각의 일부분에서만 보기 때문에 생기는 것이다.

우리에게 불멸인 것을 알려 주는 소리란
우리 속에 있는 신의 소리인 것이다.

멕시코 왕의 가르침에서

지상에서의 모든 것은 그 한계를 가지고 있다. 가장 강한 것 가장 즐거운 것도 그 힘과 기쁨을 잃고 진토가 되어버린다. 이 지구는 다만 큰 무덤에 지나지 않는다. 지하의 무덤 속에 숨겨지지 않는 것이란 지구상에는 아무것도 없다. 빗방울이나 시냇물도 목적지를 향하여 흘러갈 뿐이며 행복의 초원으로 되돌아가는 일은 없다. 모든 것은 앞으로만 전진하고 있다. 끝없는 대양의 품으로 스스로를 소멸하기 위해서……

어제의 존재가 오늘에는 무의 상태다. 오늘 존재한 것은 내일이면 이미 사라졌을 것이다. 무덤은 한 때 영화를 누리던 왕자이며 지배자이며 지도자이며 전쟁의 지휘자 새로운 나라를 침략하던 자 굴종을 강요하던 자 미와 명예와 권력을 마음껏 소유하던 자의 먼지와 잿더미로 가득 차 있다. 모든 영화는 분화구에서 쏟아내는 검은 연기처럼 사라져 버린다. 그리고 역사의 페이지에 기록되는 것 밖에는 아무것도 남지 않는다.

저 위대했던 자! 현명했던 자! 용감했던 자! 아름답던 자!

그들은 지금 어디 있는가? 그들은 모두 진토가 되어 버렸다. 그리고 그들을 파멸시켰던 자가 또 우리를 소멸시킨다. 우리들 뒤에 오는 자도 역시 소멸시킬 것이다. 그러나 실망하지 마라. 높은 주권자요, 다정한 친구여! 그리고 신뢰하는 민중이여! 다 함께 신을 향하여 나가자. 소멸이란 없다. 부패란 없다. 암흑은 태양의 보금자리다. 별이 빛나기 위해서는 어둠이 필요하다.

—서기 1460년

소크라테스의 죽음

소크라테스가 죽고 얼마 되지 않아 그의 제자였던 에피크레테스가 페논을 만났다. 페논은 소크라테스의 임종을 지켜보았던 사람이다. 그래서 에피크레테스는 페논에게 그 날 있었던 모든 일, 소크라테스가 무슨 말을 하고 무엇을 했으며 어떻게 죽어갔는가를 이야기해 달라고 청했다.

그래서 페논은 다음과 같이 이야기했다.

그 날도 우리는 모두 예전과 같이 감옥과 나란히 서 있는 재판정으로 들어갔다. 그러자 언제나 우리를 감옥 안으로 안내하던 문지기가 나와서 지금 소크라테스의 재판이 진행 중이니 잠시 기다리라고 말했다. 이때 그들은 소크라테스의 쇠고랑을 풀어주며 독배(毒杯)를 들라고 명령하고 있었다. 약간의 시간이 흘렀다. 문지기가 들어가도 좋다고 해서 들어가니 소크라테스 옆자리에 그의 부인이 아이를 안고 침대에 걸터앉아 있었다. 부인은 우리를 보자마자 목놓아 울며 말했다.

"최후의 면회입니다. 이제는 다시 이야기할 수도 없습니다."

소크라테스는 부인을 위로하며 잠깐 자리를 비워달라고 했다. 부인이 나가자 소크라테스는 다리를 두 손으로 문지르며 말했다.

"만족이라는 것은 고통과 결부되어 있는 것이다. 나는 쇠사슬에 묶인 것이 무척 고통스러웠지만 해방되고 나니 말할 수 없는 만족을 느낀다. 이것은 분명 신이 두 개의 상반되는 것을 함께 두고 싶어하기 때문인 것이다. 고통과 만족을 결부시켜서 그 하나가 없다면 다른 것을 경험할 수 없게 하고 있는 것이다."

소크라테스는 더 말하고 싶은 듯 했으나 크리톤이 창너머로 누군가와 이야기하는 것을 보고 무슨 이야기를 하는가를 물었다.

"선생님께 독약을 마시도록 명령한 사나이가 있습니다. 그 사나이가 될 수 있으면 이야기를 삼가해 달라고 합니다. 죽음을 선고받은 사람이 흥분하면 독약의 효과가 적어져 두세 번 마셔야 한다고 말합니다."

"그런가? 그렇다면 두 번이고 세 번이고 마셔주지. 나는 너희들과 이야기할 기회를 놓칠 수는 없다. 그리고 평생을 성현의 가르침을 따라온 인간에게는 죽음이 도리어 기쁨이라는 것을 보여줄 기회를 잃고 싶지 않다."

"그러나 우리들을 남겨 두고 혼자 가시는 것이 아닙니까? 그래도 기쁘다는 것입니까?"

"지당한 말이다. 그러나 만일 너희가 나의 입장에 있다면 평생을 통하여 방해물이었던 육체의 정욕을 억제하려고 애써오던 사람이 그 육체로부터 해방될 때 기뻐하지 않을 수 있겠느냐? 이와 마찬가지로 죽음은 곧 육체로부터의 해방인 것이다. 내가 너희들에게 종종 가르친 완성이란 가능한 한 영혼과 육체의 구별을 명확히 하여 영혼을 육체 밖에 있는 자신에게 집중시키는 데 있다. 죽음은 그러한 이유 때문에 가장 좋은 자유를 주는 것이다.

죽음이 언제 닥쳐온다 해도 만반의 준비를 해 온 사람이 그 때가 되어 너저분한 불평을 늘어놓는 것은 우스운 일이 아닌가? 그래서 나는 너희들과 헤어지면서 슬픔을 안겨 주는 것이 괴로우나 죽음을 환영하지 않을 수 없다. 죽음은 내가 평생을 구하고 있던 실현과도 같기 때문이다. 이것이 너희들을 남겨두고 혼자 가면서 슬퍼하지 않는다는

말에 대한 변명이다. 이 변명을 내가 법정에서 했던 변명보다 더 믿어
준다면 고맙겠다.”

소크라테스는 이렇게 말하고 미소를 지었다.

“그러나 그렇게 되기 위해서는 육체를 떠난 영혼이 먼지나 연기처
럼 소멸하거나 파괴하는 것이 아님을 믿어야 합니다. 그렇게 알고 믿
고 있다면 모든 것은 말씀대로 일 것입니다. 그러나 믿을 수 없다면
불행하지 않겠습니까?”

케위스가 물었다.

“그렇다. 그것을 도저히 믿을 수 없다고 말하는 자도 있을 것이다.
그러나 그것을 믿지 않을 수 없는 큰 이유가 있다. 옛 교훈은 인간의
혼은 저승에 갔다가 다시 이 세상에 태어날 때까지 거기에서 존재한
다고 했다. 이 낡은 가르침을 믿을 수 있든 없든 인간은 죽은 상태에
서 다시 태어난다는 것, 인간뿐 아니라 모든 동물 또는 모든 식물이
죽음에서 다시 태어난다는 것을 믿을만한 충분한 이유가 있다. 그러
므로 살아있는 자는 죽음을 두려워할 수 없다. 죽음은 단지 새로운 삶
으로의 변신에 불과하기 때문이다. 그것은 다음과 같은 일에서도 충
분히 믿을 수 있다. 즉 우리들은 이 세상에 살고 있으면서도 영혼의
전세의 기억이라고 생각되는 것을 지니고 있다는 것이다.”

소크라테스는 이렇게 말하고 우리들이 가지고 있는 모든 지식은 오
직 기억에 지나지 않는다는 것을 들어 말을 계속했다.

“만일 영혼이 현세 이전에 살고 있지 않았다면 기억이란 존재할 수
없는 것이다. 그러므로 비록 인간의 육체는 멸할지라도 사물이 알고
기억하는 능력을 지니고 있는 이상 영혼은 육체와 함께 멸망할 수 있
는 것이 아니다. 그러나 우리들의 모든 지식이 전세의 영혼 생활에 대

한 기억만으로 생각되어진다고 하는 것은 충분하지가 않다. 불멸의 영혼이 존재하고 있다는 중요한 증거는 다음과 같은 점에 있다. 즉 우리들의 영혼에 대하여 가장 근본적인 것이 미(美), 선(善), 정의, 진리 등의 영원에 속하는 관념이라는 것, 그리고 실로 그러한 관념이 우리들의 영혼의 본질을 형성하고 있다는 점에 있다. 그리고 이러한 관념은 죽음에 속하는 것이 아니기 때문에 우리들의 영혼도 죽음에 속하는 것이 아닌 것이다.”

소크라테스는 이야기를 중단했다. 우리들은 모두 말이 없었다. 다만 케위쉬와 시미아스가 낮은 목소리로 무엇인가 속삭이고 있었다.

“너희들은 무엇을 이야기하고 있느냐? 만일 지금 이야기한 문제에 대하여 말하고 있다면 너희들이 생각한 바를 이야기해 보라. 반대 의견을 가졌거나 더 좋은 설명을 알고 있거든 숨김없이 말해 보라.”

“예, 숨기지 않고 말하겠습니다.”

시미아스가 입을 열었다.

“저는 선생님의 의견에 찬성할 수 없습니다. 그리고 질문을 하고 싶습니다. 그러나 이런 질문 때문에 선생님이 노하실까 염려됩니다.”

소크라테스는 웃으면서 말했다.

“나에게 어떤 일이 일어나도 그것을 불행이라고 생각지 않는다는 것을 사람들에게 납득시키기란 참으로 어려운 일이구나. 너희들이 그걸 믿지 않는다면 다른 사람들이 어떻게 믿을 수 있겠느냐? 나는 지금도 여느 때처럼 조금도 다름없는 정신상태에 있다. 부질없는 염려는 말아라. 너희 의문을 솔직히 말하여라.”

“저의 의문을 솔직히 말씀드리겠습니다. 저는 선생님이 영혼에 대하여 말씀하신 것이 아직 충분하지 않다고 생각합니다.”

"어떤 점이 충분하지 않은가?"

"선생님이 영혼에 대하여 말씀하신 것은 바이올린을 켜는 데도 적용할 수 있다고 생각합니다. 바이올린은 줄 그 자체만을 생각한다면 육체와 같이 일시적인 것이라 할 수 있습니다. 그러나 바이올린이 내는 소리는 육체적인 것도 죽음에 속하는 것도 아니라고 말할 수 있습니다. 설령 바이올린이 망가지고 줄이 끊어져도 울린 소리는 결코 죽은 것이 아니라 어디엔가 남아 있다고 말할 수 있습니다. 그러나 바이올린 소리는 줄에 어떤 힘을 가함으로써 생긴다는 것을 압니다. 마찬가지로 우리들의 영혼도 육체의 모든 요소를 어떤 관계에 둠으로써 결합되고 생겨나는 것입니다. 그러므로 바이올린 소리를 형성한 일부가 부서지면 멸망하는 것과 같이 영혼도 육체를 형성한 일정한 관계가 붕괴됨으로써 파멸하는 것이 아닙니까? 즉 병이나 노쇠나 일부분에 편중되어 육체가 파괴되는 결과로 소멸되어 버리는 것이 아닙니까?"

시미아스가 말을 마쳤을 때 나중에 서로 이야기한 것이었으나 우리는 모두 불안한 감정을 느꼈다. 영혼 불멸에 대한 소크라테스의 말을 반신반의하는 동안에 강력한 변론이 나와 우리를 괴롭혔다. 우리들은 이 문제에 대한 모든 것과 이 문제에 대하여 말할 수 있는 모든 것에 대하여 불안을 느끼기 시작했다. 우리들은 종종 소크라테스에게 놀라는 일이 있었으나 이 때처럼 놀란 때는 없었다. 소크라테스는 태연하게 그 반대 의견에 대하여 답할 수 있었다는 것은 놀라운 일이 아닐지 모르나 시미아스가 말한 것을 관대함과 평소와 조금도 변함 없는 부드러움으로 인한 것은 놀라운 일이었다. 그리고 소크라테스가 시미아스의 이야기를 요약하여 놀랍고 명확한 지식으로 우리들의 의문을 풀어 주었던 것이다.

나는 소크라테스의 오른편에 앉아 있었는데 소크라테스는 침대에 걸터앉아 있었으므로 높은 곳에 있었다. 그는 나의 머리카락을 만지는 버릇이 있었는데 그 때에도 내 머리카락을 만지면서 이야기했다.

"페논, 내일 너는 이 아름다운 머리카락을 잘라버려도 좋겠는가? 나하고 내기를 할까?"

"무엇을 말입니까?"

"너는 내일 머리카락을 자르겠다고 약속하는 것이다. 단 내가 한 말에 대해서 명확히 답변할 수 있을 때 말이다. 그러나 할 수 없다면 내가 네 머리카락을 오늘 잘라 버리겠다."

나는 웃으면서 그렇게 하겠다고 대답했다. 그때 소크라테스는 시미아스를 바라보면서 말했다.

"그래, 시미아스. 영혼은 바이올린의 소리와 비슷하다. 바이올린의 소리가 바이올린의 줄과 정상적인 관계에서 생겨나듯이 영혼도 육체의 여러 요소와 일정한 관계에서 생긴다. 그러나 방금 우리들이 이야기했고 또 너도 동의한 우리들의 모든 지식은 선재(先在)에서 알고 있던 기억이라고 하는 것은 모순이 아닐까? 그리고 만일 영혼이 지금 그 속에서 보이는 육체보다도 이전에 존재하고 있는 것이라면 영혼이 육체 각 부분의 일정한 관계의 결과라고 어떻게 말할 수 있겠는가? 만일 우리 각자의 모든 지식이 이미 있던 기억이라고 인정한다면 우리들은 영혼이 육체의 상태로부터 독립된 그 자체의 실체를 가지고 있다는 것도 인정하지 않으면 안 된다.

그 외에도 바이올린의 소리와 영혼은 다음과 같은 점에서도 다르다. 즉 바이올린의 소리는 자기 자신이라는 것을 모른다. 그러나 영혼은 자기 자신의 생활을 알고 있다. 알고 있을 뿐만 아니라 인도하기도 한다. 바이올린의 소리는 바이올린 상태를 스스로 바꿀 수는 없다. 그리고 그것에만 전적으로 의존하고 있다. 그러나 영혼은 육체로부터 독립하여 육체의 상태를 자유로이 바꿀 수 있다. 예를 들면 지금 내 육체의 모든 요소는 어제와 변함 없이 정당한 상호관계를 유지하고 있다. 그러나 나의 영혼은 이 정당한 관계를 즉시 파괴하려고 결심할 수도 있는 것이다. 왜냐하면 너도 아는 바와 같이 만일 내가 크리톤의 권고에 동의하여 이 감옥에서 탈출해 버렸다면 지금 여기에서 형의 집행을 기다리면서 너희들과 같이 이야기할 수 없을 것이다. 내가 크리톤의 권고에 동의하지 않은 것은 국가의 판결에 순응하는 것이 도주하는 것보다 옳다고 생각했기 때문이다.

이것은 곧 바이올린의 소리가 바이올린의 파멸을 선고한 것과 같다. 즉 내 속에는 나의 불멸의 근원을 알고 있는 그 무엇이 존재하고 있다는 것이다. 그러므로 설령 내가 충분한 명확성으로 설명할 수 없다 해도 나는 자신 속에 육체의 껍질을 넘은 자유로운 본연적인 것이 존재함을 인정하지 않을 수 없다. 나는 영혼의 불멸을 믿지 않을 수 없다.

그리고 만일 영혼이 영원하다면 우리들은 이 세상의 생활을 위하여 영혼을 지키지 않으면 안 된다. 또 육체의 죽음 후에 영혼이 누려야할 생활 때문에 영혼을 잘 보호해야 하는 것이다. 만일 영혼이 불멸하는 것이고 그것이 이 세상에서 얻은 것을 다른 생활 속으로 가져갈 수 있는 것이라면 그것을 될 수 있는 한 좋은 것으로 또한 바른 것이 되도록 힘써야 하는 것이다."

그리고 잠시 침묵하더니 소크라테스는 다시 말했다.

"나의 벗들아! 이제 목욕을 해야할 시간인 것 같다. 목욕을 한 후에 독약을 마시는 것이 여인들이 시체를 씻어야 하는 수고를 덜어 주기 위하여 좋을 것이다."

소크라테스가 그렇게 말했을 때 크리톤은 소크라테스의 아이들을 앞으로 어떻게 하면 좋겠느냐고 물었다.

"크리톤아! 내가 언제나 말하던 대로 하면 좋을 것이다. 아무것도 새롭게 달리할 것은 없다. 자신은 자기의 영혼을 지키는 것이다. 그렇게 하는 것이 너희들은 나를 위하여 내 자식들을 위하여 또 너희 자신들을 위해서도 가장 좋은 것이 될 것이다. 특별한 약속이 없더라도 그렇게 해주기만 하면 된다."

"예, 알겠습니다. 그러면 장례식은 어떻게 하면 좋겠습니까?"

"어떻게 하든 상관없다."

소크라테스는 웃으면서 말하고 한 마디 덧붙였다.

"나는 아직도 너희들과 이야기를 나누고 있는 것이 진정 나인지 이제 조금만 지나면 싸늘해지고 움직이지 못하는 내가 진정한 내가 아니라는 것을 믿도록 하지는 못할 것 같다."

그렇게 말하고 소크라테스는 일어나서 곁방으로 목욕하러 갔다. 크리톤이 그 뒤를 따랐다. 소크라테스는 우리에게 기다리라고 했다. 그래서 우리들은 방금 논의된 것에 대하여 또 스승이며 지도자였던 그분을 잃어야 하는 불행에 대하여 이야기하면서 기다리고 있었다.

소크라테스가 목욕을 끝마쳤을 때 그의 아이들이 들어왔다. 어린아이 둘과 성년이 된 사내아이가 있었고 하녀도 들어왔다. 소크라테스는 자녀들과 하녀에게 이야기한 후 우리들이 있는 곳으로 왔다. 그때는 벌써 저녁이 가까웠다. 그리고 잠시 뒤에 형리가 들어와서 소크라테스에게 말했다.

"소크라테스, 당신은 조금도 나에게 화를 내거나 나무라거나 고함을 치지 않았습니다. 지금까지 내가 독약을 마실 시간을 알리러 왔을 때 모든 죄수들은 나에게 화를 내고 고함을 질렀습니다. 저는 얼마 전부터 당신의 진실한 모습을 알게 되었습니다. 나는 당신을 이곳에 왔던 사람들 중 가장 고귀하고 선량한 분이라고 생각합니다. 부디 나를 나쁘게 생각하지 말아 주십시오. 당신은 형벌을 내린 자들을 알고 있을 것입니다. 그 사람들을 미워하고 증오하시고 저는 다만 독약을 마실 시간이 되었다고 알리기 위하여 온 것뿐입니다. 용서하여 주십시오. 그리고 불가피한 일을 가능한 편히 견딜 수 있도록 준비해 주십시오."

이렇게 말한 다음 형리는 눈물을 흘렸다. 그리고 얼굴을 돌린 채 나가버렸다.

"그렇다면 내가 할 일을 해야지."

소크라테스는 우리들을 바라보며 말을 이었다.

"저 형리는 참으로 좋은 사람이다. 전에도 나와 여러 가지 이야기를 했다. 그때 나는 형리가 아주 선량한 사람이라는 것을 알았다. 얼마나 마음 깊이 나의 일을 슬퍼하는가! 자, 크리톤. 명령대로 해 주게. 준비가 다 되었으니 독약을 가져오라고 전하게."

크리톤은 말했다.

"선생님, 아직 하늘에 태양이 있습니다. 더 저물어도 좋을 것으로 생각됩니다. 더욱이 대개는 마지막 밤을 즐기고 만족을 느낀 후에 독약을 마신다고 합니다. 급히 서두를 필요가 없습니다. 아직 시간이 있습니다."

"무슨 말을 하는가 크리톤! 그 사람들은 그렇게 하는 것이 좋다고 생각하여 그렇게 한 것이다. 그들이 그렇게 하는 것은 각자 자기의 근거를 가지고 한 것이다. 그러나 나는 그들처럼 생각지 않는다. 조금 늦게 독을 마신다 해도 자신의 눈으로 본다면 다만 우스운 꼴을 보게 하는 데 지나지 않는다. 빨리 가서 독약을 가져오도록 전하게."

크리톤은 그 말을 듣고 문에 서 있는 하인에게 눈짓을 했다. 하인이 나가고 소크라테스에게 독을 마시게 할 형리가 왔다.

"어떻게 하는지 가르쳐 주시오."

소크라테스는 담담한 표정으로 형리에게 물었다.

"우선 이것을 마신 후 다리가 무거워질 때까지 걸어다니다가 무거워지면 누우셔야 합니다. 그때 독약이 효과를 내는 것입니다."

형리는 이렇게 말하고 소크라테스에게 독약 그릇을 내밀었다. 소크라테스는 그것을 받아 평소와 조금도 다름없는 얼굴로 형리를 바라보면서 물었다.

"당신은 이런 식으로 사람에게 독약을 마시게 하는 것이 신의 뜻을 거역하는 것이라고 생각하오?"

"우리들은 명령대로 행할 뿐입니다."

"좋아. 어쨌든 나는 이 세상에서 다른 세상으로 가는 것이 지연되지 않도록 신께 기도하고 싶다. 이제 그것을 위해 기도하자."

그렇게 말한 후 소크라테스는 독배를 입으로 가져갔다. 공포도 어떤 망설임도 없이 단숨에 마셔버렸다. 그때까지 우리들은 울음을 참고 있었으나 독약을 마신 후에는 더 이상 참을 수가 없었다. 눈물을 흘리지 않으려고 애를 썼으나 계속 쏟아졌다. 나는 외투에 얼굴을 파묻고 울었다. 소크라테스의 불행 때문에 우는 것이 아니라 스승을 잃어버렸다는 것 때문에 울었다. 나보다 먼저 울어버린 크리톤은 결국 그 자리를 떠나고 말았다. 아포르돌은 마침내 소리를 내면서 울었다.

"무슨 짓들이냐, 너희들! 나는 여인들을 울리지 않으려고 이곳에 들어오지 못하게 했다. 죽음은 엄숙한 침묵으로 맞이해야 한다. 조용히 하라, 남자다워라!"

우리는 이를 악물고 울음을 참았다. 소크라테스는 잠자코 거닐더니 드디어 침대 옆으로 가서 다리가 무거워졌다고 말했다. 그리고 바로 누웠다. 독약을 가지고 온 형리가 말한 대로였다. 소크라테스는 꼼짝도 않고 누워 있었다. 형리는 가끔 그의 다리를 누르면서 감각이 있냐고 물었다. 소크라테스는 없다고 대답했다. 형리는 다시 소크라테스의 발을 눌러 보고는 곧 죽음이 온다고 우리에게 알렸다.

"싸늘함이 심장까지 퍼지면 최후가 되는 것입니다."

싸늘함이 배 아래까지 왔을 때 소크라테스는 갑자기 덮고 있던 천을 걷으며 말했다.

"아스크레피아의 제단에 닭을 바치는 일을 잊지 마라."

이것이 최후의 말이었다. 그는 이 말을 하며 자기를 이 세상의 생활에서 구원해 준 의술(醫術)의 신에게 감사의 뜻을 바쳤다.

"그렇게 하겠습니다."

크리톤이 대답했다.

"더 하실 말씀은 없으십니까?"

이 물음에 대답이 없었다. 조금 후에 그는 경련하듯 몸을 떨었으나 눈은 똑바로 뜨고 있었다. 이미 그의 눈에는 아무것도 보이지 않았다. 크리톤이 소크라테스 곁으로 가서 그의 눈을 감겨 주었다.

—플라톤

9월 23일 참된 지식

인간은 결코 참된 지식을 완전히 얻을 수는 없다. 다만 그것에 가까이 갈 수 있을 뿐이다.

1

과학이 종교의 적이 될 수도 있다고 생각하는 것은 무서운 일이다. 과학이 단지 허영에 불과하다면 종교에 대해서뿐만 아니라 진리에 대해서도 적이 될 것이다. 그러나 참된 과학은 종교의 적이 아니라 오히려 종교의 길을 열어 주는 것이다.

—존 러스킨

2

우리들 인간보다 높은 곳에 있는 것, 또는 낮은 곳에 있는 것, 그리고 과거에 속한 것이나 미래에 존재하는 것에 대한 모든 수수께끼를 단숨에 알아내기를 원하는 사람은 차라리 태어나지도 말았어야 했다.

—탈무드

3

지식은 무한하다. 사람들이 대학자(大學者)라고 부르는 자도 무지한 농부와 같이 참된 지식으로부터는 먼 곳에 있는 것이다.

—존 러스킨

4

빠르게 발달된 두뇌는 여러 가지 일을 명확하게 알고 있다기보다 아직도 모르는 것이 무한히 존재하고 있다는 의식을 기뻐해야 한다.

—존 러스킨

필요 이상으로 많이 아는 것보다 차라리 적게 아는 편이 낫다.
무지를 두려워 마라. 그대가 진실로 두려워해야 할 것은
불필요한 지식, 무거운 짐이 되는 지식,
그리고 허영의 방패가 될 뿐인 지식인 것이다.

9월 24일 육식

　　　피치 못할 상황에서 꼭 필요하고 정당한 일이라고 생각된다면 육식도 죄가 되지는 않을 수도 있을 것이다. 그러나 절대로 그렇지 않다. 이 육식이라는 악한 버릇은 현대에 있어서 그것을 정당화할 어떤 구실도 찾지 못하고 있다.

1

은혜 깊은 대지가 우리들을 위해 갖가지 좋은 식물을 제공하고 있음에도 불구하고 우리들은 날마다의 생활을 위해 동물을

죽이지 않으면 안 된다고 하는 그러한 의견에는 찬성하지 않을 것이다.

-베르나르 드 만테빌

2

원시시대 최초의 육식은 생존을 위한 민족에게는 그래도 동정할만한 이유가 있었다. 그 이유는 그들은 생활에 필요한 다른 수단은 전혀 없었거나 또는 결핍되어 있어서 허용될 수 있었다. 그러므로 원시시대의 민족은 사실 자기의 욕망을 즐기기 위하여 피를 흘리는 습관을 얻었던 것이 아니다. 또 모든 욕망을 키우는 것에 의하여 불법인 정념(情念)에 몸을 맡겼기 때문에 그러한 습관을 얻었던 것도 아니다.

-플루타크

3

육식이 인간의 본성에 위반된다는 증거로 하나의 예를 들 수 있다. 그것은 어린아이들이 육식에는 냉담하다는 점이다. 어린아이들은 대개 젖이나 과일 같은 것을 즐긴다. 그러면서도 때묻지 않은 인간 본성을 그대로 지닌 채 살아가는 것이다.

-루소

4

인간은 호랑이의 밥이 되기 위해서 태어난 것이 아니다. 양들도 사람에게 잡아먹히기 위해 태어난 것은 아니다.   -리트슨

육식 이외의 식사는 할 수가 없으며 육식이 죄라는 말을
들은 적도 없으며 성경이 육식을 용서하고 있다고 순진하게
믿으며 육식하는 자들이 있다. 그와는 다른 경우로 야채가 풍성하고
우유가 많은 나라에 살고 육식을 반대하는 스승의 교훈을
알고 있으면서도 여전히 육식을 하고 있는 교양 없는 사람들이 있다.
전자와 후자 그 어느 쪽도 육식하는 것은 마찬가지이나
커다란 차이가 있다. 후자에 속하는 사람은 육식을 계속함으로써
큰 죄를 범하고 있다. 그리고 더욱이 이미 자기들이 죄악이라고
깨닫고 있는 행위를 함으로 더욱 큰 죄를 범하고 있는 것이다.

9월 25일 생물에 대한 동정심

모든 생물에 대한 동정심은 우리에게 육체적인 고통
과 비슷한 감정을 불러일으킨다. 그리고 육체적 고통에 곧 길들
어 버리는 것과 마찬가지로 동정심 때문에 생기는 고통에도 곧
익숙해지고 마는 것이다.

1

생명을 지니고 있는 모든 것에 대한 끝없는 동정은 그 사람의
행위가 항상 도덕적인 정당성을 띠고 있다는 가장 믿을 만하고
가장 희망적인 것의 증명인 것이다. 그것만 있으면 모든 변명은
필요가 없다. 동정이 몸에 배어있는 자는 누구에게도 해를 입히

지 않으며 비방하지 않는다.

—쇼펜하우어

2

인간은 결국 죽는다. 따라서 죽지 않으면 안될 자는 죽어야 할 모든 것을 가엾게 여겨야 한다. 허용된 것만을 먹도록 하라. 인간의 사랑과 깨끗한 영혼에 보람 있는 식사만을 하라.

—오위디

3

생활 속에 종교를 이끌어 내기 위한 첫째 조건은 모든 생명 있는 것에 대한 사랑과 동정이다.

4

동물에 대한 동정은 그 사람의 선량함과 매우 밀접한 관계가 있는 것이다. 그러므로 동물에 대하여 참혹한 사람은 선량한 사람일리 없다고 확실히 믿을 수 있다.

—쇼펜하우어

5

읽고 쓰는 것만이 교육이 아니다. 만일 사람들에게 모든 생물에 대하여 선량한 따뜻한 태도를 갖도록 하지 못한다면 그것은 교육이라 할 수 없다.

—존 러스킨

6

살아 있는 모든 것은 고통을 두려워한다. 죽음을 두려워한다. 그대 자신도 살아 있는 것 중의 하나임을 알아야 한다. 결코 살생하지 마라. 생명 있는 모든 것은 고통을 피하려 하고 생명을 소중히 여긴다.

─붓다

동물이 괴로워하는 것을 보고 자신도 같이 고통을 느낀다면
그 곁을 그냥 지나치지 말고 달려가서 도와줄 방법을 찾아야 한다.

9월 26일 도덕적 노력

도덕적으로 향상된 인간이 되기 위한 노력은 끊임없이 계속되어야 한다. 육신의 정욕은 끊임없이 성장해 가기 때문이다. 인간이 정신적인 수양을 중단한다면 육체가 곧 그 사람을 정복해 버리고 만다.

1

과실을 범한 자들은 진리를 얻기가 어렵다. 왜냐하면 그 과실 때문에 나쁜 영향이 무서운 힘으로 그 사람을 사로잡으려고 하기 때문이다. 그러나 우리들이 끊임없이 진리를 추구한다면 진

리는 강한 세력이며 최후의 승리는 항상 진리에 있는 법이다.

—맬러리

2

우리가 악과 싸우기 위하여 노력한다 해도 그 모든 결과를 눈으로 확인할 수는 없다. 그 노력에 의하여 실현된 선의 일부만을 볼 수 있는 것이다. 그러나 사람이 마음에 의해서 자신 속에 있던 악을 소멸시킨 일은 우리들의 눈에 절대로 보이지 않는 것이다.

3

자기 스스로 노하거나 슬퍼하는 것은 우리들을 화나게 하고 슬프게 만드는 인간보다도 더욱더 큰 해를 가져온다.

—레포그

4

여인에 대한 육욕적인 집착을 송두리째 뽑아버리지 않는 한 그대의 영혼은 지상적인 것에서 영원히 떨어지지 못할 것이다. 육욕에 사로잡힌 사람은 덫에 걸린 토끼와 같다. 부질없는 육욕을 만족시키려고 하기 때문에 영혼이 끊임없는 고뇌에서 벗어날 수가 없게 된다.

5

악의 뿌리가 깊을수록 악과의 투쟁에서 경험하는 고뇌 또한 큰 것이다. 우리는 이 불가피한 투쟁을 신의 책임으로 돌릴 수는 없다. 우리들 자신 속에 악이 없다면 그 투쟁도 없기 때문이다. 투쟁의 원인은 우리들 자신의 내부에 있는 것이다. 우리가 구원받을 수 있는 길은 오직 신앙을 통해서만이 가능하다.

–파스칼

그대에게 선한 일을 가르쳐 주는 것이라면
어떤 것이라도 가볍게 생각지 마라. 그리고 그대에게 악한 짓을
하지 않도록 가르쳐 주는 일이라면 더욱 경시하지 마라.

9월 27일 험담(險談)

남을 험담(險談)하는 일은 확실히 재미있는 일이다. 이 재미있는 일이 당사자에게는 얼마나 해로운 것인지 이해하지 못하는 사람은 좀처럼 험담하기를 그치지 않는다. 험담이 남을 해롭게 한다는 것임을 알고 있으면서도 재미로 계속하는 것은 무서운 죄악이다.

1

만약 어떤 사람이 자신의 영혼을 위해서 일하고 다른 사람을 해롭게 하지 않으면서 일하기를 즐긴다면 그는 존경받아 마땅

하다. 그러나 사람의 마음은 어두움과 같은 것이다. 그 자신만이 알고 있는 그 사람의 내면적인 깨달음을 우리가 어떻게 알 수 있겠는가. 결국 우리는 다른 사람을 판단하고 비방하거나 평가할 수는 없는 것이다.

−에픽테투스

2

선한 사람이 남의 악을 생각하는 것은 어려운 일이다. 악한 사람이 남의 선을 생각하는 것이 어려운 것처럼.

3

사람들은 투쟁 속에서 진리를 잊어버린다. 투쟁은 총명을 흐린다.

4

우리들의 가장 불완전한 능력은 자기 자신을 꿰뚫어 보는 것이다. 남의 일은 놀랄만한 통찰력으로 꿰뚫어 볼 수 있으나 자신에 대해서는 거의 장님과 같다.

−브라운

5

남의 실수를 쉽게 용서할 수 있는 사람, 그와 동시에 자신에게는 어떠한 잘못도 용서하지 않을 만큼 악한 일을 두려워하는 사람은 진실로 고매한 인격자이다.

남에 대해서 판단을 내릴 때 그 사람의 결점을 확실히 알고 있다
하더라도 비방을 하지 않도록 조심하라. 그 사람의 결점을
확실히 알지 못하고 남의 말에 의존할 때에는 더욱 조심하라.

9월 28일 교화(教化)

　　　사람들의 모든 행위가 이성적인 판단에 의해서 이루어지는 것은 아니다. 그렇다고 해서 감정에 의한 것만도 아니다. 다만 무의식적인 모방에 의하여 혹은 맹목적으로 이루어지는 것이다.

1

남의 장단에 춤추는 행위에도 선과 악이 있을 수 있다. 남의 장단에 춤추는 행위는 어리석기 짝이 없다. 양심의 요구에 의해서 자발적으로 하는 행위만이 악이 되지 않는다.

2

교화(教化)란 인간이 자신 속에 지니고 있는 유치함에서 탈피하는 것을 의미한다. 또 유치함이란 남의 도움 없이 자신의 이성을 이용할 수 없음을 뜻한다. 사람이 유치한 존재라는 것은 이성의 힘이 불충분함에 그 원인이 있는 것이 아니라 남의 지도

없이는 자신의 이성을 살필 수 없을 만큼 결단과 용기가 부족하다는 데 있다.　　　　　　　　　　　　　　　　　　　　　-칸트

3

자신의 이성을 살릴 수 있는 용기를 가져라. 이것이 교화의 첫 걸음이다.

4

무지의 원인은 우리가 흔히 생각하는 학교나 도서관이 불안전한 데 있는 것이 아니라 그들이 키워온 모든 예술 속에 끊임없이 생산되는 미신이 있다는 것이다.

5

사회의 일원으로써 가장 중요하고 곤란한 의무는 사회의 혜택을 입으면서도 그 법칙에 따르지 않는 것이다. 남의 사상이나 신념을 수용할 준비를 하고서도 누구도 침범할 수 없는 자기 자신의 판단의 권리를 강하게 고집하는 일이다. 남과 함께 행동하면서도 자신의 양심에 따르는 일이다. 남의 의견에 대한 존경과 자기 신뢰를 결합시키는 일이다.

자기의 이성적 판단에 의한 것이 아니라 외부로부터의
영향에 의하여 충동적으로 행동하게 될 때에는 멈춰 서라. 그리고
그대를 이끄는 그 영향이 선한 것인지 악한 것인지를 판단하라.

9월 29일 전쟁의 결과

　　　　전쟁으로 인한 모든 불행과 공포 가운데 가장 저주스러운 결과는 인간의 두뇌가 사악한 일에 쓰인다는 것이다. 전쟁의 비용이 명백히 설명되어야 하나 그것을 합리적으로 설명하기란 불가능한 일이다. 그래서 두뇌가 사악(邪惡)한 생각을 낳게 되는 것이다.

1

　미크로메가스는 다음과 같이 말했다.

　"그대들은 모두 이성을 가진 원자이다. 그대들 속에는 영원의 존재가 아름다움과 힘을 나타내고 있는 것이다. 그대들은 분명히 이 지구상의 많은 기쁨에 젖을 수 있다. 왜냐하면 그대들은 물욕보다 정신력이 더 발달했기 때문이다. 그리고 그대들의 생활은 사랑과 꿈의 사색으로 형성할 수 있는데 그것은 그 속에 정신적인 존재의 참된 생활이 있기 때문이다."

　이 말에 대하여 모든 철학자들은 동의하지 않았다. 그 중에서 한 사람은 가장 노골적으로 다음과 같은 말을 했다.

　"이 지구상에서 소수의 사람들에게 존경받는 소수의 사람을 제외한 다른 모든 사람들은 정신병자이며 악인이나 불행한 사람이다."

　다른 사람이 말했다.

　"만일 악이 육욕적인 생활에서 생겨난다면 그것은 우리들에게 필요 이상의 육체적인 요소가 있기 때문이다. 또 악이 정신

87

Autumn
•
September

생활에서 발생한다면 그것은 우리들에게 너무 정신적인 요소가 많기 때문이다."

"도대체 동물들은 왜 싸우고 있을까?"

"당신의 발바닥만한 땅 때문에 싸우고 있는 것이오. 그러나 서로 죽이는 잔인한 행위를 하는 인간은 이 땅과 직접적인 관계가 없는 것이오. 다만 그 땅이 회교군주에게 속했는가 아니면 로마황제에게 속하고 있는가 그것만이 문제인 것이오. 서로 죽이고 죽는 동물의 경우에도 그 동물이 어떤 한 마리의 동물을 위하여 서로 죽이는 그러한 일은 매우 드문 것이오."

철학자는 대답했다.

"불행한 인간들이로군!"

미크로메가스는 외쳤다.

"이 이상 더 어리석은 불행이 있을 수 있을까? 그렇다면 나는 두서너 걸음을 걷는 수고를 아끼지 않고 이 개미 같은 어리석은 살인자들을 혼내주고 싶다."

이 말을 듣고 철학자는 대답했다.

"그렇게 할 필요가 없소. 그들은 그들이 하는 일에 염증을 느끼고 있소. 그들에게는 벌할 필요가 없고 그보다 자신은 왕궁에 앉아서 살인을 명령하고 그 승리를 신에게 감사하도록 명령하는 저 야만인들을 처벌하시오."

―볼테르

2

사람들이 전쟁의 어리석음을 깨달을 때가 올 것이다. 지금부터 4세기쯤 전에 피사와 루카의 주민들은 서로를 원수 대하듯 했었다. 그 감정은 영원히 풀릴 것 같지 않았기 때문에 피사의 가장 미천한 종들조차 루카의 주민에게서 무엇을 받는 것을 치욕이라고 믿고 있었다. 그러나 오늘날에 와서는 그와 같은 증오를 어디에서도 찾아볼 수 없게 되었다. 오늘날 프랑스에 대한 페르시아의 어리석은 증오에서 무엇이 남았는가? 모든 사람에게 공통된 증오의 대상은 가난과 무지와 질병이다. 우리는 이런 무서운 재앙을 극복하기 위해 모든 노력을 기울여야 할 것이다. 또한 서로를 함정에 빠뜨리는 일이 없도록 힘을 합쳐야 할 것이다.

―샤를 리세

가령 여행하는 사람이
어떤 외딴섬에서 집 한 채를 발견했는데
그 집 주위를 무장한 사람이
밤낮 경계하고 있는 것을 보게 된다면,
그는 섬 곳곳에 도둑이 살고 있다고 생각하게 될 것이다.
오늘날 유럽 여러 나라에 대해서도
이와 마찬가지 말을 할 수 있지 않을까?
우리는 진정한 종교로부터 얼마나 멀어져 있는 것인가!

9월 30일 고독

사람이 고독하면 할수록 자기를 부르는 신의 음성이 잘 들리는 법이다.

1

침묵, 침묵 속에 가만히 숨어 있어라.
그리고 마음 속 깊이 파고들어라.
그대의 감정과 공상이
밤하늘의 샛별처럼 그 모습을 나타내리라.
그것들을 사모하라.
그리고 침묵하라.

영혼은 무엇이라고 말하는가?
그대 자신의 영혼을 남들이 어떻게 알 수 있겠는가?
그대가 무엇에 의해 살고 있는지 남들이 어떻게 이해할 수 있겠는가?
말로 전달된 사상은 거짓이다.
샘물을 휘저으면 흐려지리라.
침묵 속에서 사상을 길러라.

오직 자신을 위해서 산다는 것을 알라.
모든 세계는 그대의 영혼 속에 있다.

신비한 마력과 같은 지혜를 바깥 세상의 소음이 짓누른다.
세상의 생활은 빛을 어둡게 한다.
그 노래에 주의하라.
그리고 침묵하고 있어라.

—투체프

2

인생의 중요한 문제에 봉착할 때마다 우리들은 늘 고독하다.
그리고 우리의 참된 역사는 다른 사람에게는 거의 이해될 수 없
는 것이다. 인생의 참된 장면은 희곡에 있어서 신과 우리들의
양심 사이의 내면적인 교섭 장면이다.

—아미엘

3

파스칼은 인간은 혼자서 죽는다고 말했다. 그와 같이 인간의
삶도 혼자만의 것이다. 인생에 있어서 중요한 순간은 항상 사람
들과 함께 있을 때가 아니라 신과 함께 있을 때이다.

4

타인에게는 필요한 사람이지만 남을 필요로 하지 않는 자는
훌륭한 인간이다.

5

죄 많은 사람은 언제나 남들과 교제하며 어울린다. 그러나 죄

를 지으면 지을수록 내면적으로는 점점 더 고독함을 느끼게 되는 것이다. 반대로 선량하고 현명한 사람은 남들과 어울릴 때에도 가끔 고독을 느끼지만 오히려 자신과 인류와의 끊임없는 결합을 의식하고 있는 것이다.

때때로 외부와의 모든 관계를 끊고 자기 자신의 본질 속에
잠기는 것은 육체에 음식물이 필요하듯 영혼의 활력소가 된다.

10월

Autumn

October

 **성지**(聖智)

　　성자는 무지를 부끄러워하지 않는다. 그는 회의와 노동과 성찰(省察)을 두려워하지 않는다. 그러나 단 하나 두려워하는 것이 있다. 그것은 무지를 의식하지 못하는 것이다.

1

　스스로 알고 있는 것이 많지 않는다는 것을 깨닫기 위해서는 부지런히 배우고 깨우쳐야 한다.

—몽테뉴

2

　모르는 것을 남에게 묻기를 부끄러워 마라. 배움이 있어도 그것을 응용할 줄 모르는 사람은 음식의 냄새만을 맡고 먹지 못하는 사람과 같다.

—아라비아 격언

3

인간의 영혼에는 아무런 부족함이 없다. 부족한 것이 있다면 스스로의 정신력을 받아들이는 능력 그것이다. 인간은 공기의 부족으로 죽는 것이 아니라 그가 공기를 호흡하는 능력을 잃었기 때문에 죽는 것이다. 일찍이 이 세상에 존재하였으며 장래에도 있을 모든 요소 - 육체적인, 두뇌적인, 정신적인 모든 요소 - 는 인간에게도 존재하고 있다. 성지(聖智)에 도착하느냐 못하느냐는 그것들을 통제할 줄 아느냐 모르느냐에 달려 있는 것이다.

−맬러리

4

참된 성지는 무엇이 선이며 무엇을 해야할 것인가를 아는 것에만 있을 뿐 아니라 무엇이 최선이며 무엇이 차선인가를 아는데 있다. 그리고 무엇을 우선하고 무엇을 다음에 할 것인가를 아는 것에 있다.

신의 뜻은 적극적인 것이 아니라 소극적인 것이다.
즉 불합리한 것, 법칙에서 이탈된 것, 있어서는
안될 것을 아는 것에 있다.

10월 2일 도덕과 종교

도덕적인 가르침과 종교는 논의의 방법에 있어서 서로 다르다. 그러나 맡은 바 소임에 있어서는 동일하다.

1

그러므로 내가 너희에게 이르노니 목숨을 위하여 무엇을 먹을까 무엇을 마실까 몸을 위하여 무엇을 입을까 염려하지 말라. 목숨이 음식보다 중하지 아니하며 몸이 의복보다 중하지 아니하냐. 공중의 새를 보라. 심지도 않고 거두지 않고 창고에 모아들이지도 아니하되 너희 천부께서 기르시나니 너희는 이것들보다 귀하지 아니하냐. 너희 중에 누가 염려함으로 그 키를 한 자나 더할 수 있느냐. 또 너희가 의복을 위하여 염려하느냐. 들의 백합화가 어떻게 자라는가 생각하여 보라. 수고도 아니하고 길쌈도 아니하느니라. 그러나 내가 너희에게 말하노니 솔로몬의 모든 영광으로도 입은 것이 이 꽃 하나만 같지 못하였느니라. 오늘 있다가 내일 아궁이에 던지우는 들풀도 하나님이 이렇게 입히시거늘 하물며 너희일까 보냐 믿음이 적은 자들아. 그러므로 염려하여 이르기를 무엇을 먹을까 무엇을 마실까 무엇을 입을까 하지 말라. 이는 다 이방인들이 구하는 것이라. 너희 천부께서 이 모든 것이 너희에게 있어야 할 줄을 아시느니라. 너희는 먼저 그의 나라와 그의 의를 구하라. 그리하면 이 모든 것을 너희에게 더 하시리라. 그러므로 내일 일을 위하여 염려하지

말고 내일 일은 내일 염려할 것이요 한 날 괴로움은 그 날에 족
하니라.

−성경

2

가장 바람직한 신앙은 어떤 목적을 성취하겠다는 소원 없이
이루어지는 것이며 가장 좋지 못한 신앙은 일정한 목적을 가지
고 행하여지는 것이다. 진실로 신을 사랑하는 자는 모든 존재
속에서 신을 생각하며 자기 자신 속에서 모든 존재를 생각한다.

−와바나 푸라나

3

인간들은 신의 뜻을 지키지 않으면서 신을 섬기고 있다. 차라
리 신을 섬기지 않더라도 신의 뜻을 지키는 편이 낫다.

4

이 순간을 영원처럼 살아가라. 그리고 지금 곧 죽을지 모른다
는 마음가짐으로 일하라. 다른 사람들과 교제할 때에도 그대가
곧 죽어버릴지도 모른다는 생각으로 최선을 다하라.

5

종교의 본연은 신이 말씀하신 인간의 의무를 인식하는 데 있
다.

도덕적 교훈이 종교적인 것이 아니라면 다시 말해서
의무적이 아니라면 충분한 가치를 발휘하지 못했을 것이다.
종교는 도덕적이 아니라면 또 선한 생활로 인도하는 것이
아니라면 필요치 않았을 것이다.

10월 3일 부(富)

부(富)는 결코 만족을 주지 못한다. 재물이 늘어갈수록 욕심도 커지는 법이다. 그리고 만족의 정도는 재산이 늘어감에 따라 더욱 감소되는 법이다.

1

인간의 만족이란 절대적인 내용을 가지고 있는 것이 아니라 상대적인 관계에 있는 것이다. 즉 만족이란 사람의 욕심과 그 재산의 관계에 상관 있는 것이다. 그러므로 사람의 만족에 재산 그 자체는 분모없는 분수처럼 의미가 없는 것이다. 수많은 재산을 소유하고도 아직 원하는 것을 갖지 못한 자는 자기를 불행한 자로 여기고 있다.

―쇼펜하우어

2

자기가 원하는 것만큼 가지지 못한 자라 할지라도 자기의 가

치 이상의 것을 가지고 있다는 것을 알아야 한다.

-리히텐베르크

3

가난은 불행이 아니다. 불행은 자기 재산 이상의 것을 바라는
일이다.

-세네카

4

너희를 위하여 보물을 땅에 쌓아 두지 말라. 거기는 좀과 동록
(銅綠)이 해하며 도적이 구멍을 뚫고 도적질하느니라. 오직 너희
를 위하여 보물을 하늘에 쌓아 두라. 거기에는 좀이나 동록이
해하지 못하며 도적이 구멍을 뚫지도 못하고 도적질도 못하니
라. 네 보물이 있는 그 곳에는 네 마음도 있느니라.

-성경

5

도둑이 도적질할 수도 없으며 그대가 죽은 후에도 결코 썩지
않을 재산을 얻으라.

가난을 면하는 것은 두 가지 방법이 있다. 자기의 재산을 늘리는
길과 자기 욕심을 줄이는 것이다. 전자는 우리의 힘으로
해결되는 게 아니나 후자는 항상 우리에게 가능한 일이다.

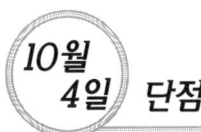

10월 4일 단점

　자기의 단점을 잘 알고 있는 사람만이 남의 결점에 대하여 바른 태도를 가질 수 있다.

1

가끔 타인의 입장에 서서 생각해 보면 그때까지 그 사람에게 품어 왔던 혐오로부터 해방될 수 있는 경우도 있다. 그 뿐만 아니라 스스로의 교만에서 벗어날 수도 있다.

2

남을 용서할 줄 모르는 사람은 자기가 건너야할 다리를 파괴하는 사람이다. 용서와 관용은 모든 사람에게 필요한 미덕이다.

-로드 허버트

3

누구든 남의 비방에 복수하는 것이 그것을 인내하는 것보다 쉬운 일이다.

4

비방을 비방으로 복수하는 것은 불에 장작을 집어넣는 것과 같다. 그러나 자기를 비방하는 자에게 평화로운 태도로 대하는 자는 이미 그것을 이겨낸 사람이다.

큰 강은 돌을 던져도 그 흐름이 흐트러지지 않는다.
신앙인이 남으로부터 악담을 들을 때
마음이 동요되는 것은 큰 강이 아니라 조그만 물웅덩이에 불과하다.
남을 돕다가 불행을 당하면 그를 용서함으로 그 불행을 참으라.
그대 자신도 용서를 받아야만 인간인 것이다.

10월 5일 비난

자로 열 번 측정한 다음에 재단하라. 이웃의 부족한 점이나 결점을 말하려면 백 번쯤 생각하라. 그런 후 그것을 말해도 늦지 않다.

1

남이 잘못을 저지르는 것을 목격해도 결코 책망하지 마라. 고의로 잘못을 범하는 자는 없다고 생각하라. 스스로 소경이 되기를 원하는 자는 아무도 없다. 잘못을 범한 자는 거짓을 진실이라고 생각하고 있는 것이다. 왜냐하면 그들의 양심이 병들어 있는 것과 같기 때문이다.

－에픽테투스

2

시간은 흐른다. 그러나 입 밖으로 나간 말은 언제까지나 사라지지 않는다. 사람들이 누구를 증오하고 있거나 칭찬을 하거든 맞장구를 치기 전에 조심성 있게 그 이유를 따져봄이 필요하다.

—공자

4

우리들의 근심은 주로 자기 자신을 바르게 하는 것을 망각하고 남을 바르게 인도하려는 데 있다.

—맬러리

5

부주의가 우리의 정욕을 부채질한다. 말을 조심하는 것은 커다란 미덕이다.

만일 누구를 비난하지 않으면 안될 경우라면 뒤에 숨어서가 아니라
그 사람 앞에서 당당하게 하라.
그리고 그 말을 듣고 그가 나쁜 감정을 품지 않도록 주의하라.

10월 6일 질병

병은 자연발생적인 현상이다. 질병을 예방하는 방법을 알고 있어야 하며 적당한 처리를 할 줄 알아야 한다.

1

'건강한 신체에 건전한 정신이 깃든다.'라는 말은 진리이다. 그러나 현대에는 반대로 오직 건전한 정신만이 육체를 건강하게 한다. 도덕적인 생활, 노동, 검소한 식사, 절제, 금욕은 건강을 위한 필요충분 조건이다. 육체의 건강을 가벼이 여기는 것은 남에게 봉사할 가능성을 우리들로부터 빼앗아 간다. 그러나 육체에 대하여 지나치게 마음을 쓰는 것도 같은 결과로 이끈다. 그 중용(中庸)을 지키기 위해서는 하나의 방법밖에 없다. 그것은 남에 대한 봉사를 방해하지 않는 범위 안에서 자기의 육체에 대해 마음을 쓰는 일이다.

2

노동으로 사람들에게 봉사할 수 없다면 사랑으로 가득 찬 인내로써 봉사하라.

3

병든 사상은 병든 육체보다 치료하기 곤란하다. 게다가 그 종류도 훨씬 많다.

―키케로

4

아무리 가벼운 증상이라도 사람이 병을 앓게 되어 일상의 생활을 중단하고 전심으로 치료에 몰두할 때면 이전의 건강한 생활이 무척 소중하게 생각될 것이다.

병을 두려워 말고 병의 치료를 두려워하라.
이것은 서투른 치료를 받지 않도록 주의하라는 말이 아니다.
치료를 받으면서 자기가 환자라는 핑계로
잠시나마 도덕적인 규범에서 벗어날 수 있다고 생각하는
그 마음가짐을 가장 두려워하라는 것이다.

살아 있는 송장

아아, 오랫동안 고통받던 조국이여! 러시아의 백성이 살고 있는 땅이여!

-안톤 체호프

다음날 아침 일찍 일어났다. 해는 방금 솟아올랐고 하늘에는 구름한 점 없었다. 주위는 평소보다 환하게 빛나고 있었다. 아침의 빛이 밤새 소나기가 지나간 자리를 따뜻하게 비치고 있었다. 나는 마차가 준비되는 동안 조그만 과수원 쪽으로 걸어갔다.

그 과수원은 거친 뜰에 지나지 않으나 지난 밤 비를 흠뻑 맞고 싱싱한 풀냄새를 풍기는 숲으로 둘러싸여 있었다. 아! 맑은 하늘 아래서 자유롭게 신선한 공기를 마신다는 것은 얼마나 기분 좋은가! 푸른 하늘에는 종달새가 지저귀고 그 소리가 은구슬처럼 내려온다. 그 날개에는 분명 이슬방울을 싣고 있음에 틀림없다. 그리고 노래마저 이슬에 젖어 있는 듯 하다. 나는 모자를 벗어들고 가슴 깊이 공기를 빨아들었다.

낮은 골짜기의 경사진 위 울타리 근처에 벌집이 보였다. 그리고 그 쪽으로 키 큰 풀이 두꺼운 벽처럼 우거져 있었는데 그 사이로 구불구불하게 오솔길이 나 있었다. 나는 오솔길을 따라서 벌집이 있는 곳까지 갔다. 그 옆에는 가느다란 나뭇가지를 엮어서 만든 오두막이 서 있었다. 겨울 동안 벌집을 두는 곳이었다. 나는 반쯤 열린 문틈으로 안을 살펴보았다. 안은 컴컴하고 조용했으며 박하와 향유 냄새가 물씬 풍겼다. 구석에는 침대와 같은 것이 놓여 있었고 그 위에는 이불로 덮은 무언가 작은 것이 있었다. 그 자리를 떠나려고 뒤돌아 설 때였다.

"서방님! 서방님! 표트르 페토로비치님!"

작은 목소리가 들려왔다. 약하나 쉰 듯해서 마치 갈대가 바스락거리는 소리 같은 음성이었다. 나는 걸음을 멈추었다.

"페토로비치님! 들어오십시오."

그 소리는 구석에서 들려왔다. 가까이 가다 너무 놀라서 멈춰 섰다. 내 앞에는 사람이 가로누워 있었는데 그 모양이 오랜 세월 동안 버려진 성상 같았다. 머리카락은 헝클어지고 뾰족한 코는 튀어나왔으며, 입술은 어디에 붙어 있었는지 알아볼 수가 없었다. 다만 이빨과 눈만이 하얗게 빛나고 있었다. 값싼 수건 밑으로 누런 머리카락이 흐트러져 있었다. 이불이 접혀있는 턱 아래에는 두 손이 움직이고 있었는데 손가락은 깡마른 나뭇가지처럼 보였다. 나는 유심히 살펴보았다. 그것은 추한 것이 아니라 오히려 아름다운 얼굴이었다. 그러나 처량한 느낌이 들었다. 그 얼굴이 나에게 더 처참하게 보인 것은 나무껍질 같은 뺨 위에 떠오른 괴로운 듯한 미소를 보았기 때문이다.

"저를 모르시겠습니까, 서방님?"

목소리가 다시 귓전에 와 닿았다. 그러나 그 소리를 내는 입술은 거의 움직이지 않았다.

"몰라보시는 게 당연하죠. 어떻게 알아보시겠습니까? 저는 루케리아입니다. 기억하고 계시는지요? 서방님의 모친 스바스코에님 저택에서 무용을 가르치고 있었습니다…… 합창 지휘도 하던……"

"루케리아!"

그의 말이 끝나기도 전에 소리쳤다.

"너였구나! 그런가?"

"예, 서방님. 제가 그 루케리아입니다."

나는 할 말을 잊었다. 다만 빛나는 두 눈으로 나를 응시하고 있는 죽은 듯한 얼굴을 물끄러미 바라보았다. 이런 일이 있을 수 있을까! 이 송장 같은 인간이 루케리아라고…… 우리 집에서 가장 아름답던 여자, 날씬한 몸매에 윤기 있는 살결, 노래하며 명랑하게 웃던 그 여자 루케리아, 재치있던 루케리아에게 젊은 사나이들은 모두 사랑을 구했고 당시 16세 소년이었던 나도 남몰래 가슴을 태우지 않았던가!

"오오, 루케리아!"

나는 참을 수 없어 소리쳤다.

"이게 어찌된 일이냐?"

"네, 아주 지독한 일을 당했습니다. 만일 싫지 않으시다면 제 얘기를 들어주세요. 이 작은 통 위에 앉으시고, 더 가까이…… 그러지 않으면 제 이야기소리를 듣지 못하십니다. 이렇게나마 뵈올 수 있어서 즐겁습니다. 어떻게 서방님은 아레크세프카까지 오셨습니까?"

루케리아는 가늘고 쉰 듯한 목소리로 물었다.

"사냥꾼 엘모라이와 같이 왔지. 그런데 어떻게 해서 이렇게……."

"저의 과거 말입니까? 예, 이야기하죠. 그러니까 6~7년 전 일입니다. 그때 저는 워시리아와 사랑하고 있었습니다. 생각나십니까? 곱슬머리를 한 훌륭한 청년으로서 서방님의 모친을 모시던 남자였습니다. 그때 서방님은 모스크바에서 유학하고 계실 때였으니까요.

워시리아와 저는 깊이 사랑하고 있었습니다. 그런데 어느 해 봄의 밤이었습니다. 새벽이 가까웠으나 좀처럼 잠이 오지 않았습니다. 뜰에서 나이팅게일이 아름다운 소리로 울고 있었습니다. 저는 자리에서 일어나 그 소리를 들으려고 계단까지 나가지 않을 수가 없었습니다.

나이팅게일은 아름다운 소리로 그칠 줄 모르며 노래를 불렀습니다. 그때 갑자기 누가 부르는 것 같았습니다. 그것은 워시리아가 부드러운 음성으로 '루케리아' 하고 부르는 것 같았습니다. 저는 사방을 살펴보았습니다. 그런데 아직 정신이 맑지 않아서인지 그만 발을 헛디뎌 계단에서 굴러 떨어지고 말았습니다. 그러나 심하게 다치지는 않았습니다. 곧 일어나서 제 방으로 돌아갈 수 있었으니까요. 그저 몸속 어딘가에 가벼운 통증을 느꼈을 뿐이지요. 서방님 잠깐만 숨을 돌리겠습니다. 잠깐만⋯⋯."

루케리아는 이야기를 멈추었다. 나는 그녀를 바라보면서 놀랐다. 그녀가 재미있다는 듯이 거의 숨도 쉬지 않고 신음 소리도 없이 동정도 바라지 않는 표정으로 이야기를 계속했기 때문이다.

"그런 일이 있은 후부터는⋯⋯."

루케리아는 다시 이야기를 시작했다.

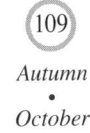
"저는 점점 마르고 야위기 시작했습니다. 피부는 거칠어지고 걸음도 불편해졌습니다. 그 후 점점 악화되어 두 다리를 쓸 수 없게 되어 누워 있어야만 했습니다. 또 식욕이 없어지고 차츰 건강이 나빠졌습니다. 서방님의 모친은 친절하게 저를 의사에게 보이고 입원도 시켜 주셨습니다. 그러나 조금도 호전되지 않았습니다. 더구나 의사는 무슨 병인지조차 알지 못했습니다. 의사는 여러 가지 방법으로 치료해 주었습니다. 그러나 나중에는 온몸이 마비되고 말았습니다. 결국 더 이상 치료해도 소용없다는 의사의 선고를 받았고 불치의 병자는 서방님 댁에 두어봐야 어쩔 도리도 없고 해서 이 곳으로 옮기게 된 것입니다. 여기는 친척도 있고⋯⋯."

루케리아는 입을 다물었다. 그리고 가냘픈 미소를 지으려 했다.

"하지만 이건 너무 심한데…… 이런 곳에서!"

나는 부르짖었다. 그러나 그 다음을 이어갈 말이 나오지 않아 또 물었다.

"그래서 워시리아는 어떻게 됐나?"

이것은 참으로 어처구니없는 질문이었다. 루케리아는 잠깐 시선을 떨어뜨렸다.

"워시리아가 어떻게 되었냐구요? 조금은 슬퍼해 주었습니다. 그러나 얼마 후 다른 여자와 결혼했습니다. 그린노에를 아시지요? 그 여자 이름은 아그라페나라는 이름이었습니다. 워시리아는 정말 저를 사랑했습니다. 그러나 그는 젊어요. 언제까지나 독신으로 있을 수는 없어요. 그리고 이렇게 되어버린 저는 그 사람의 상대가 될 수 없습니다. 그 사람의 아내는 마음이 곱고 아주 아름다운 아가씨였습니다. 지금은 아이까지 낳았습니다. 그는 이곳에 살면서 서기 일을 보고 있습니다. 서방님의 모친께서 신원보증을 해주셔서 잘 지내고 있습니다. 다행한 일이죠."

"그럼 너는 줄곧 여기에 누워 있었고?"

다시 물어보았다.

"예, 벌써 7년째입니다. 여름에는 여기서 지내고 겨울이 되면 목욕실로 옮겨갑니다."

"누가 돌봐주나? 간호해 주는 사람이 있나?"

"그럼요. 어디든지 친절한 사람은 있으니까요. 저는 여기 이대로 버림받은 것이 아닙니다. 그리고 저는 많은 사람에게 수고를 끼치지 않아도 됩니다. 음식도 남들처럼 먹고 물은 이 병 속에 들어있습니다. 이 병은 언제나 맑은 물로 가득 차 있습니다. 병은 손이 닿는 곳에 있고 한 쪽 팔은 움직일 수 있습니다.

　고아인 작은 여자아이가 종종 와서 시중을 들어 줍니다. 그 애는 아
주 친절합니다. 방금 와 있었는데…… 만나지 못했습니까? 아주 귀엽
고 예쁜 아이입니다. 그 아이가 종종 꽃을 가져옵니다. 옛날에는 뜰에
꽃이 많았지요. 지금은 한 포기도 없다면서요? 그런데 들꽃 향기는
참 좋아요. 정원의 꽃보다 향기가 더 진하지요. 야생 백합은 말할 것
도 없어요.”

　“그래 루케리아. 지루하다던가 쓸쓸한 생각은 안 들어?”

　“그렇지만 어쩔 수 없지 않습니까? 거짓말을 하기 싫습니다. 처음
에는 참을 수 없이 괴로웠습니다. 그러나 차츰 익숙해져 이제는 참는
것이 습관이 되었습니다. 이제는 아무렇지도 않아요. 다른 사람 중에
는 저보다 훨씬 불행한 사람도 있으니까요.”

　“그건 어떤 사람이라고 생각해?”

　“세상에는 비바람을 피할 오두막 하나 없는 사람도 있고, 눈이 보이
지 않는 사람, 귀가 들리지 않는 사람도 있으나 저는 눈도 있고 무엇
이나 들을 수 있습니다. 두더지가 땅을 파는 소리까지도 들을 수 있습
니다. 그리고 냄새도 맡을 수 있습니다. 보리수나무에 꽃이 피면 저는
누구보다 먼저 알 수 있습니다. 바람이 냄새를 실어 오기 때문이지요.
신의 뜻을 거역한 사람은 저보다 훨씬 심한 고통을 당하고 있지요. 그
것은 진실입니다. 건강한 사람은 누구라도 죄에 물들기 쉽지만 저는
이제 죄와 멀어졌습니다. 얼마 전에도 알렉세이 신부님이 성찬식을
거행하려 오셨을 때, “당신은 참회할 필요가 없다. 이 처지에서 죄는
범할 리 없을 테니!”라고 말씀하셨습니다. 그러나 저는 이렇게 대답
했습니다. “마음 속에 저지른 죄는 어떻게 합니까?” 그때 신부님은

"글쎄, 대단한 죄는 아니겠지."라고 하시면서 웃으셨습니다. 그렇습니다. 저는 마음 속으로라도 큰 죄를 범하고 있지 않다고 생각합니다."

루케리아는 가냘픈 음성이지만 단호하게 스스로의 의견을 말하고 이야기를 계속했다.

"왜냐하면 저는 되도록 아무것도 생각하지 않도록 더욱이 지난 일은 생각지 않으려고 애써 왔으니까요. 그래서 시간은 아주 빨리 지나갑니다."

나는 매우 놀랐다.

"루케리아, 너는 항상 홀로 있는데 어떻게 생각을 않고 견딜 수 있지? 계속 잠만 자고 있을 리 없을 텐데."

"아니 서방님! 언제나 잠을 자다니요. 심하게 아픈 데는 없지만 오른편 안쪽과 뼛속에도 아픈 곳이 있어서 마음대로 잠을 수 없어요. 그러나 홀로 누워 있기는 하나 별로 생각을 하지 않습니다. 저는 그저 내가 살아 있어서 숨을 쉬고 있다는 것을 느낄 뿐이고 그것에만 정신을 쏟고 있습니다. 저는 눈을 뜨고 있든지 귀를 기울이든지 합니다. 꿀벌은 벌집에서 웅성거리기도 하고 윙윙 소리를 내면서 날아다니기도 합니다. 비둘기도 지붕 위에서 구구구 울어댑니다. 암탉은 병아리를 거느리고 빵 부스러기를 쪼아먹으려고 옵니다. 그리고 새나 나비가 날아들며 꽤 재미있고 위안이 되는 일이 있습니다. 지난해에는 제비가 저쪽에 둥지를 틀었지요. 새끼도 몇 마리 낳았습니다. 아주 재미있었습니다. 어미가 둥지로 날아와서 새끼에게 먹이를 줍니다. 그리고 곧 날아갑니다. 그러면 또 다른 놈이 들어옵니다. 그냥 지나쳐버리면 어린 새끼들은 짹짹거리며 울기 시작합니다. 저는 올해에도 다시 와달라고 기원했으나 듣는 바에 의하면 사냥꾼이 총으로 쏘았다지 뭐예요. 도대체 그것을 잡아 뭘 하겠다는 건지! 사냥이란 아주 잔인한 것입니다."

"나는 제비 따위를 쏘아본 일은 없어."

당황하여 말했다.

"그러나 한 번은……."

루케리아는 또 이야기를 계속했다.

"참 재미있는 일이 있었어요. 토끼 한 마리가 뛰어들어 왔어요. 산토끼 말이에요. 아마 사냥개에게 쫓긴 모양이에요. 문안으로 굴러들어 왔어요. 바로 제 곁에 쪼그리고 앉아서 한참 동안 가만히 있었습니다. 쉴새 없이 코를 쌜룩거리고 수염을 움직이기도 하면서 말이죠. 그리고는 나를 바라보는 것이었어요. 아마 제가 무서운 존재는 아니라는 것을 알았나 봐요. 한참 있다가 일어서서 깡충깡충 뛰어나가서 밖을 살펴보는 것이었습니다. 그 때 그 장면을 무어라 이야기하면 좋을지! 참으로 우스운 장면이었어요!"

루케리아는 우습지 않으세요? 라고 하듯 나를 쳐다보았다. 그녀를 기쁘게 하려고 나도 따라 웃었다. 그녀는 마른 입술을 축였다.

"겨울이 되면 아무래도 쓸쓸해집니다. 언제나 어두우니까요. 촛불을 켜는 것도 비참하고 또 켜보았자 소용이 없어요. 책이라도 읽었을 때는 그래도 보람이 있었죠. 예전에는 책읽기를 좋아했지요. 그러나 지금은 무슨 책을 읽어야 합니까? 읽을 책이란 한 권도 없어요. 설령 있다해도 들 수가 없습니다. 알렉세이 목사님이 위안이 될 거라며 가져오셨다가 별 도움이 안될 거라며 도로 가져갔습니다. 캄캄한 어둠 속에서도 소리가 들립니다. 귀뚜라미 소리, 쥐가 무엇을 갉아먹는 소리, 그럴 때에는 아무것도 생각지 않는 편이 편하다고 말씀드렸고 기도를 계속하고 있습니다."

루케리아는 잠시 숨을 돌리고 이야기를 계속했다.

"저는 기도의 말씀을 많이 알지 못해요. 그리고 무엇 때문에 신에게 누를 끼치겠어요. 제가 새삼 무엇을 바라겠어요? 신은 저에게 없어서는 안될 것을 저보다 더 잘 알고 계시죠. 신은 저에게 십자가를 주셨습니다. 그것은 신이 저를 사랑하여 주시기 때문입니다. 저는 '죽음의 기도', '마리아에게 바치는 찬미', '고통 하는 자의 소원'을 반복하고 다시 조용히 누워있습니다. 아무것도 생각지 않고 아무 일도 없이 그 날 그 날을 보내고 있습니다."

얼마쯤 침묵이 흘렀다. 나는 그 침묵을 깨뜨리지 않으려고 통 위에 꼼짝도 않고 앉아 있었다. 내 앞에 누워있는 이 산, 죽음과도 같은 침묵이 나에게 옮겨왔다. 나도 자꾸 마비되는 것 같이 느껴졌다.

"루케리아!"

나는 드디어 입을 열었다.

"너를 시내에 있는 좋은 병원에 입원시켜 주려고 하는데 어때? 혹시 나을 수 있을지도 모르는 거야. 어쨌든 이렇게 그냥 내버려 둘 수는 없어……"

루케리아는 눈썹을 약간 찌푸렸다.

"아니에요. 말씀은 고마우시나 제 염려는 마세요. 병원에는 보내지 마세요. 그곳에 가면 고통만 더해질 뿐입니다. 이제 이런 상태에서 더 낫지 않습니다. 얼마 전에도 의사가 오셔서 진찰하시겠다고 말했습니다. 그때에도 저는 그냥 내버려두라고 부탁했어요. 그래도 기어코 저를 이리저리 눕히고 손발을 두들겨 보고 잡아 당겨 보더니 "나는 학문을 위하여 이렇게 한다. 그러므로 절대로 불평해서는 안 돼. 나는 여러 가지 학문에서 공로가 많아 상을 받고 있다. 또 그대와 같은 사람을 위하여 힘쓰고 있는 거야."라고 말하는 것이에요. 의사는 여러 곳을 두들기고 저의 병명을 알려 주었습니다. 아주 긴 병명이었습니다. 그리고 그냥 돌아가 버렸습니다. 그 후 일주일 동안은 뼈가 쑤셔서 견딜 수가 없었습니다. 서방님은 제가 항상 혼자 있다고 말씀하시지만 그렇지는 않습니다. 동네 사람들도 종종 왔습니다. 그러나 그들에게 별로 부탁할 것이 없어요. 처녀들도 와서 이야기해 주고 수녀들도 길을 잘못 들어와서는 예루살렘 이야기나 갈릴리 이야기 그밖에 여러 성지(聖地)에 대하여 이야기 해줍니다. 거기다 이제는 저 혼자 있어도 조금도 두렵지 않습니다. 오히려 그 편이 좋아요. 정말 그래요. 그러니 서방님 제 걱정 마세요. 그 친절은 정말 고맙습니다."

"네 뜻이 그렇다면 네가 좋아하는 대로 할 수 밖에. 루케리아, 나는 오직 너를 생각해서 말했을 뿐이야."

"저를 위하는 마음에서 말씀하시는 것은 잘 알고 있습니다. 그렇지만 서방님이 저를 구하려 한다고 그것이 가능할까요? 어느 누군들 다른 인간의 마음까지 들어갈 수 있을까요? 사람은 누구나 자기가 자신의 일을 해야 합니다. 서방님은 내가 말씀드린 것을 진정으로 생각지 않으시겠지만 저는 가끔 쓸쓸하게 생각될 때가 있습니다. 그리고 이 세상에서 나 이외에는 아무도 없는 것 같이 느껴질 때가 있습니다. 오직 나 혼자만 살고 있는 것같이! 그러나 누가 저를 꼭 축복해 주고 있는 것처럼 생각됩니다. 그리고 저는 정말 이상한 꿈을 갖고 있습니다."

"대체 어떤 꿈인데, 루케리아?"

"무어라고 말할 수 없고 잘 설명할 수도 없는 꿈입니다. 그리고 꿈을 꾼 뒤에는 곧 잊어버려요. 구름 같은 것이 내려와서 쭉 퍼지는가 하면 아주 맑은 기분이 됩니다. 그런데 그것을 좀처럼 알 수 없어요. 사람이 옆에 있을 때는 나타나지 않아요. 그리고 제가 불행하다는 것 외에는 아무것도 느껴지지 않습니다."

루케리아는 괴로운 듯 긴 한숨을 쉬었다. 호흡도 손발처럼 마음대로 되지 않았던 것이다.

"서방님은 염려를 해 주십니다만……"

그녀는 다시 이야기를 시작했다.

"너무 걱정하지 마십시오. 안심하시라고 또 다른 이야기를 하겠습니다. 저는 얼마나 명랑한 여자였습니까? 기억하고 계십니까? 정말 말괄량이였지요. 서방님 어때요? 저는 지금도 노래를 부를 때가 있어요."

"노래를 불러…… 네가?"

"네. 옛 노래며 흥겨운 노래, 캐롤송 등 여러 가지 노래를 불러요. 저는 많은 노래를 외우고 있고 아직 잊지 않고 있어요. 다만 무용곡만은 부르지 못합니다. 이런 몸으로는 도저히 춤출 수 없기 때문입니다."

"어떻게 부르지? 화풀이로?"

"네. 답답함을 달래기 위해서입니다. 큰 소리로 부르지 못하지만 남이 알아들을 만큼 불러요. 조금 전 작은 여자아이가 시중을 든다고 했는데 영리한 고아입니다. 저는 그 아이에게 노래를 가르쳐주었습니다. 그 애는 지금 네 가지 노래를 할 줄 알아요. 잠깐만 기다리세요. 노래를 불러 보겠습니다."

루케리아는 숨을 돌렸다. 거의 죽은 인간이나 마찬가지인 사람이 노래를 하려 한다는 것이 공포를 느끼게 했다. 그러나 내가 말도 하기 전에 이미 겨우 들릴락말락한 맑고 잔잔한 가락이 내 귀에 울려 왔다. 그것은 계속 이어져 갔다. '목장에서'라는 노래였다. 그녀는 노래를 계속하고 있었으나 돌과 같이 굳은 표정은 조금도 변하지 않고 시선마저 한 곳을 응시한 채 움직일 줄 몰랐다. 그러나 실연기처럼 흔들리고 한없이 가느다란 목소리는 사람의 심금을 울렸다. 그녀는 그 노래에 온 영혼을 넣으려고 애쓰는 것 같았다. 이제 나는 아무런 공포도 느끼지 않았다. 나의 가슴은 말로 표현할 수 없는 연민의 정으로 숨이 막혀왔다.

"아아, 이제는 틀렸습니다."

노래를 그치고 루케리아는 슬프게 탄식했다.

"이젠 기력이 없습니다. 서방님을 뵙게 되어 제 마음은 기쁨으로 들떠 버린 모양입니다."

그녀는 눈을 감았다. 나는 메말라 버린 차가운 손바닥 위에 손을 얹었다. 그녀는 눈을 떠서 나를 쳐다보더니 다시 감아 버렸다. 마치 흙으로 빚어 놓은 낡은 조각인양 조용히 움직이지 않았다. 조금 후 두 눈이 어둠 속에서 빛났다. 눈물에 젖어 있었다. 나는 움직이지 않고 그대로 앉아 있었다.

"나는 정말 어리석은 바보예요."

갑자기 루케리아는 힘차게 말했다. 그리고 눈을 커다랗게 깜박거리며 눈물을 지우려고 했다.

"부끄러워요. 왠지 모르겠습니다. 이런 일은 한 동안은 없었는데…… 지난해 봄 워시리아가 와 준 이후로는 없는 일이에요. 그가 내 곁에 앉아서 이야기할 때에는 아무렇지도 않았는데 그가 떠나고 나니 갑자기 외로워져서 얼마나 울었는지 몰라요. 저는 왜 눈물을 흘렸을까요? 여자는 아무것도 아닌 일에도 눈물을 흘려요. 서방님, 손수건 가지고 계시죠? 죄송하지만 좀 닦아주세요.”

나는 즉시 그녀가 원하는 대로 해주었다. 그리고 손수건을 루케리아에게 주었다. 처음에는 받으려고 하지 않았다.

“이런 것을 가진들 저에게 무슨 소용이 있겠습니까?”

그 손수건은 아주 좋은 것은 아니었으나 깨끗한 것이었다. 사양하다가 나중에는 그 가느다란 손가락으로 꼭 쥐고서 놓으려 하지 않았다. 마침내 어둠에 익숙해져서 그녀의 얼굴을 똑똑히 살펴 볼 수 있었다. 적어도 예전의 아름다웠던 그녀의 모습을 아직은 찾아 볼 수 있어 조금은 즐거웠다.

“서방님, 저에게 편히 잘 수 있는가를 물어보셨죠?”

루케리아는 다시 이야기를 이었다.

“잠자는 시간은 얼마 안되지만 잘 때마다 꿈을 꿉니다. 그것은 아주 굉장한 꿈이에요. 꿈속에는 병이란 없어요. 꿈속에서 저는 언제나 건강하고 아주 젊어요. 그러나 슬픈 것은 꿈을 깨어 기지개를 켜려고 하면 마치 쇠사슬에 매인 것처럼 온몸이 부자유한 것을 깨닫게 되는 것입니다. 언젠가 한 번은 대단한 꿈을 꾸었어요. 그 이야기를 할까요? 들어보세요. 제가 목장에 서 있었는데 그 주위에는 모두 키가 크고 금빛 나는 보리밭이었어요. 저는 붉은 강아지를 한 마리 데리고 있었습니다. 그 놈은 심술궂고 버릇이 나빠서 항상 나에게 덤벼들어 물려고 했습니다. 그런데 저는 낫을 한 자루 가지고 있습니다. 그것은 보통 낫이 아니었어요. 그것은 낫 모양을 한 달님이었지요. 그때 저는 그

달님으로 보리를 베지 않으면 안되었어요. 그러던 중 무더위에 지치고 피곤해서 달빛이 저의 눈을 쏘는 것처럼 느꼈답니다. 힘이 빠져 피곤함을 느꼈어요. 해바라기가 주위에 많이 자라나 있고 그것은 또 아주 큰 것들이었습니다. 그리고 모두 나에게로 머리를 돌리고 있어요. 저는 정신 없이 그 꽃을 꺾으려고 했어요. 워시리아가 오기로 되어 있었기 때문에 꽃다발을 만들 작정이었지요. 그래서 저는 열심히 땄습니다. 그러나 아무리 따도 손가락 틈으로 빠져버리는 것입니다. 그래서 꽃다발을 만들 수가 없었지요. 계속 애를 쓰고 있었는데 누군가 곁에 와서, "루케리아! 루케리아!"하고 부르는 것이었습니다. "아아, 이걸 어쩌나 아직 만들지 못했는데!" 저는 안타까워했습니다. 그러나 저는 할 수 없다고 생각하고 해바라기 대신 달님을 머리 위에 썼습니다. 관처럼 그것을 쓰고 나니 온 몸이 찬란하게 빛나기 시작하고 사방이 밝아졌습니다. 그때 어떻게 되었겠습니까? 보리이삭 사이를 빠른 걸음으로 나에게 다가오는 분은 워시리아가 아니고 예수 그리스도였습니다. 어째서 그리스도라고 생각했는지 모르겠습니다. 성화에서 본 것과는 아주 달랐습니다. 아무튼 그 분은 그리스도였습니다. 수염이 없고 키가 큰 젊은이, 그는 온 몸을 흰 천으로 감고 허리띠만은 금빛이었습니다. 그리고 손을 내밀면서, "두려워 마라. 곱게 단장한 나의 신부여! 나를 따르라. 너는 천국의 합창과 무도를 지휘하고 천국의 노래를 부를지어다."라고 말씀하셨어요. 저는 그의 손에 매달렸어요. 개도 저의 뒤를 쫓아 왔습니다. 우리는 공중으로 올라갔습니다. 하나님께서 앞장서시고 비둘기 같은 흰빛 날개를 하늘 가득히 펼치고…… 그리고 제가 그 뒤를 따르고…… 그러나 개는 뒤에 남아 있어야했습니다. 그때 저는 처음으로 알았습니다. 그 개가 저의 병이었다는 것

을…… 그리고 천국에는 병이 있을 수 없다는 것을."

루케리아는 잠깐 말을 멈췄다.

"그리고 또 하나 있습니다."

그녀는 다시 이야기를 시작했다.

"그것은 어쩌면 환영(幻影)이었는지도 모르지요. 저에게는 전혀 알 수 없는 것입니다. 저는 이 오두막에 누워 있었던 것 같습니다. 그러던 중 돌아가신 부모님이 오셔서 공손히 머리를 숙이고 한 마디 말씀도 없었습니다. 그래서 제가 "아버지, 어머니 어쩐 일로 저에게 절을 하십니까?"하고 물었습니다. 그랬더니 두 분은 "왜라니? 너는 이 세상에서 커다란 괴로움을 겪었다. 그래서 너의 영혼을 구했을 뿐 아니라 우리들의 무거운 짐조차 벗겨주었다. 그러므로 저 세상에 가 있는 우리들은 매우 편하다. 너는 이미 네 죄를 다 씻고 현재는 우리의 죄까지 없애 주고 있는 것이다."라고요. 그렇게 말씀하시고 저의 양친은 다시 한 번 절을 하더니 보이지 않았습니다. 저는 그 후에 그 일이 항상 마음에 걸려 참회할 때에 신부님에게 이야기했습니다. 신부님은 그것은 환영이 아니라고 하셨습니다. 하나 더 이야기하겠어요."

루케리아는 이야기를 계속하였다.

"꿈속에서 저는 길가 버드나무 아래에 앉아 있었습니다. 지팡이를 짚고 보따리를 짊어지고 수건으로 머리를 동여매 마치 순례자처럼 하고 저는 먼 곳으로 순례의 길을 떠나야 했습니다. 순례자들은 그칠 새 없이 저의 곁을 지나갑니다. 모두 같은 방향으로 갑니다. 모두 피곤한 모습으로 길을 가고 있었습니다. 마침내 저는 그 사람들 틈에 끼어 어슬렁거리는 한 여자를 보았습니다. 다른 사람들보다 머리만큼 키가 크고 이상한 옷을 입고 있었는데 러시아 옷도 아니었습니다. 얼굴은 야위었으며 이상하고 험상궂은 얼굴이었습니다. 그리고 다른 사람들은 모두 지나쳐 가는데 그 여자가 뒤를 돌아보더니 터덜터덜 저에게 다가왔습니다. 그리고 걸음을 멈추고 저를 바라보았습니다. 그 눈은 노란빛이고 크고 밝아서 독수리 눈 같았습니다. 저는 누구냐고 물었습니다. 그러자 그 여자는 "나는 너를 데리러 온 죽음의 신이다."라고 말했습니다. 그러나 저는 조금도 놀라지 않았습니다. 반대로 아주 반가웠습니다. 저는 성호를 그었습니다. 그러자 죽음의 신이라고 한 여자는 "가엽구나, 루케리아. 아직 너를 데려갈 수는 없다. 잘 있어."하고 말했습니다. 저는 그 말에 너무 슬퍼 "데려가 주세요. 제발 데려가 주세요."라고 애원했습니다. 그러자 죽음의 신은 저를 보고 말을 시작했습니다. 무엇인지 분명치 않고 뜻도 모를 말이었습니다. "성 베드로의 축제가 끝나거든."하고 말했습니다. 아주 이상한 꿈을 꾸었습니다."

루케리아는 천장을 바라보며 깊은 생각에 잠겼다.

"슬픈 일은 가끔 일주일쯤 한잠도 자지 못하고 지나는 때가 있어요. 지난해 어떤 부인이 수면제를 한 병 주셨습니다. 그리고 한번에 40 방울씩 마시라고 했습니다. 그것은 아주 효과가 좋았습니다. 그러나 지금은 약이 다 떨어졌습니다. 서방님은 알고 계시겠죠? 그것이 무슨 약입니까? 어떻게 하면 구할 수 있습니까?"

그 부인은 루케리아에게 아편을 주었음에 틀림없었다. 나는 그와 같은 약을 가져다 주겠노라고 약속했다. 그리고 그녀의 인내력에 대하여 다시 한번 감탄하지 않을 수 없었다.

"아유, 서방님! 어째서 그런 말씀을 하십니까? 인내력이란 무엇을 말하는 겁니까? 저 기둥 위에 서 있는 수도사 시메온 말입니다. 그 사람의 인내력은 대단합니다. 30년이나 기둥 위에 서서 지냈다고 합니다. 그리고 또 한 사람의 성자는 가슴까지 땅에 파묻혀서 개미가 얼굴을 파먹도록 참았다는 이야기 아닙니까? 그리고 어떤 학자의 이야기입니다만 어느 나라에 이스라엘 사람이 전쟁을 일으켜 그 나라 사람들을 괴롭히고 죽이고 온갖 나쁜 일을 저질렀으나 무력한 나라 백성들은 어쩔 수가 없었습니다. 그러자 그 나라에 깨끗하고 용감한 처녀가 나타났습니다. 그 처녀는 긴칼을 차고 8파운드나 되는 무거운 갑옷을 입고 적군인 이스라엘 군을 공격하여 바다 밖으로 물리쳤다는 이야기였습니다. 그러나 적을 몰아낸 후 그 처녀는 적들에게 "나를 화형에 처해달라. 내 조국을 위하여 화형 당해 죽겠노라고 맹세했으니까."라고 말했다는 거예요. 그래서 이스라엘 사람들은 그 여자를 화형에 처했습니다. 그리하여 그 나라 사람들은 그 후로부터 자유를 누렸다는 것입니다. 그러한 일이야 참으로 고귀한 행위라고 말할 수 있는 것이죠. 그것에 비하면 저 따위는 대체 무엇일까요?"

나는 어떻게 잔다르크의 이야기가 그의 귀에 들어갔나 이상하게 생각했다. 한동안 침묵이 흐른 뒤 나이가 어떻게 되냐고 물어보았다.

"스물여덟, 스물아홉, 서른은 아직 되지 않았습니다. 그런데 왜 나이를 물어 봅니까? 저는 아직도 할 이야기가 있는데……"

루케리아는 갑자기 숨막힐 듯한 기침을 하며 괴로워했다.

"너무 이야기를 많이 했나봐 루케리아. 그래서 기침을 하고 그러지."

"그래요."

그녀는 간신히 기침을 참는 목소리로 말했다.

"이제 이야기는 그만 하는 것이 좋겠지요. 그러나 상관 있습니까?

서방님이 가시고 나면 언제까지나 잠자코 있을 거예요. 아무튼 가슴이 후련해지는 걸요.”

나는 작별 인사를 하며 약을 보내 주겠다고 하고 필요한 것이 있으면 말해 보라고 했다.

“아무것도 생각나지 않아요. 저는 이것으로 만족합니다.”

그녀는 매우 감격한 듯이 떨리는 목소리로 말했다.

“여러분들 안녕하시길 빕니다. 서방님! 서방님의 어머님께 꼭 한마디 전해 주십시오. 이 근처 농부들은 한결같이 가난합니다. 만일 소작료를 조금이라도 감해 주신다면 모두들 얼마나 감사해 하겠습니까? 저는 아무것도 필요치 않습니다. 지금 이대로가 좋으니까요.”

나는 루케리아의 소원이 이루어지게 힘쓰겠다고 약속했다. 걸어나오는 데 그녀가 다시 불렀다.

“기억하고 계십니까? 서방님.”

그녀의 눈과 입술에는 무엇인지 모를 광채가 보였다.

“옛날 저의 머리카락이 어떠하였는가를…… 무릎까지 내려왔었는데 그걸 큰 맘 먹고 잘라버린 것도 이젠 옛일입니다. 머리를 빗을 수가 없기 때문입니다. 이런 신세가 되고 보니 자르길 잘했죠. 그럼 안녕히 가세요. 서방님 이제는 더 말할 기력이 없습니다.”

그 날 사냥을 하러 가기 전에 나는 마을에 있는 순경과 루케리아의 이야기를 했다. 나는 그에게 루케리아가 동네에서 ‘살아 있는 송장’이라고 한다는 것을 들었다. 불편하면서도 다른 사람에게는 조금도 폐를 끼치지 않으며 잔소리나 불평을 하지 않고 있다는 것도 들었다.

“무엇을 요구하지도 않습니다. 그러나 무엇을 해 주면 기뻐합니다. 참으로 보기 드문 마음씨 고운 여자입니다. 그 여자가 그렇게 된 것은 신의 벌이라고 생각하는 사람도 있겠지요. 그러나 우리들은 그렇게 생각하지 않습니다. 그 여자가 벌받는 건지 아닌지는 글쎄요, 그러한 시비는 가리지 않겠습니다. 그대로 가만히 두는 것이 좋겠지요."

몇 주일 후 나는 루케리아가 죽었다는 소식을 들었다. 그녀의 죽음의 신은 '성 베드로제'가 끝나자 왔던 것이다. 소문에 의하면 그 날 그녀는 종소리를 계속 듣고 있었다는 것이다.

아제크세프에서 교회까지 5마일 이상 떨어져 있었고 그 날은 일요일도 아니었는데 루케리아는 종소리가 들린다고 말했다는 것이다. 짐작컨대 그녀도 하늘로부터라고는 말하지 못했을 것 같다.

−투르게네프

10월 7일 신을 안다는 것

신을 알고자 하는 욕구는 우리가 신을 배척하고 망각했을 때 가장 분명하게 느껴진다.

1

지금 내가 알고 있는 모든 일은 신이 존재하므로 알고 있는 것이다. 그러므로 나는 신을 알고 있다. 신을 목표로 하여 나가는 것에 나의 생활 전체가 있고 또 내가 그것을 향하여 나가기 위해 신은 존재하고 있는 것이다. 그리고 나는 항상 신을 이해할 수 있으나 신을 무엇이라 이름 붙일 수는 없다. 만일 내가 이해한다면 나는 신에게 도달할 것이다. 또 내가 가지고 있는 모든 지식 중에서 이 지식이 가장 고상하고 확실한 것이다. 신과 함께 있지 않을 때 나는 항상 두려움을 느낀다.

2

에고이즘에서 비롯되는 모든 행위, 즉 기우제를 지내거나 장래의 보답을 기대하면서 희생을 드리는 일은 이기적인 행위이다. 그러나 순수하게 신을 인식한 결과에서 생기는 행위 그리고 이기심을 앞세우지 않는 행위는 언제나 훌륭하며 또한 값진 것이다.

—마누

3

신은 맹목적인 기도나 아첨을 바라는 우상이 아니다. 신은 인간이 그들의 일상 생활에서 표현해야만 하는 이상이다.

―맬러리

4

설령 공기를 마시고 있다는 사실을 모르는 자라도 질식하게 될 때에는 그 무엇인가를 빼앗겼다는 것을 깨닫게 될 것이다. 신을 빼앗긴 자도 역시 마찬가지다.

5

무리해서 신에게 가까이 갈 필요는 없다. 스스로 마음이 원하지 않을 때에는 가까이 갈 수 없는 것이다. 그러므로 신에게 가까이 하지 않는 자에게 유혹에 빠지라고 말한다. 또 신에게 접근한다고 하면서 악한 생각을 하고 있지 않냐고 질문한 자에게는 목소리 높여 악마에게 가라고 부르짖는다. 의혹의 길 위에 서거나 신에게 가까이 가듯 형식에 빠지기보다 차라리 악마의 불에 타 죽는 편이 훨씬 낫다.

언제나 신을 경외하는 일은 거룩한 일이다.
그것은 말로서만 신을 이해하는 것이 아니다.
신이 우리들의 모든 행위를 감찰하고 때로는 책망도 하고
때로는 칭찬하고 있는 것이라고 믿고 살아야 한다.

 **물욕**

기독교인이 그 가르침을 정직하게 지킨다면 이 세상에는 부자도 가난한 자도 없게 될 것이다.

1

어떤 사람이 주께 와서 "주여, 영생을 얻기 위해서 저는 어떤 일을 해야 합니까?"라고 물었다.

예수께서 가라사대 "네가 온전하고자 할진대 네 소유를 팔아 가난한 자들을 주라. 그리하면 하늘에서 보화가 네게 있으리라. 그리고 와서 나를 좇으라 하시니라."

—성경

2

부자는 항상 남의 고통에 냉담하고 무관심하다.

—탈무드

3

물욕은 진실로 무서운 것이다. 그것은 우리들의 눈과 마음을 가려버린다. 그리고 우리들을 야수보다 잔인하게 만들고 양심이나 우정, 사회나 자신의 영혼 구원에 대하여 생각하지 못하게 한다. 무지한 폭군처럼 우리를 노예로 만들어버리는 것이다.

—조로아스터

4

부자와 가난한 사람들로 이루어진 사회에서 사람들은 권력자의 포로가 될 수 밖에 없다. 가난한 사람들에게는 반항할 만한 힘이 없다. 그럴수록 부자들의 곳간은 더 이상 빈자리가 없을 정도로 수많은 재물이 쌓여 가는 것이다.

―헨리 조지

5

재산은 거름과 같다. 가만히 두면 썩어서 악취가 나지만 땅에 뿌리면 대지를 기름지게 한다.

그리스도를 믿는 나라에 살면서 수많은 가난한 자들 속에서
자기 재산을 자랑하는 자는 자신의 도덕적인 감정을
속이기 위하여 얼마나 큰 노력이 필요할까.

10월 9일 자의식

> 자의식을 정신적인 자아로 승화시키는 자는 삶에 있어서나 죽음에 있어서나 불행을 경험하지 않는다.

1

이 세상(현실)의 인생 의식에 대한 각성은 물질적인 형식 속에 나타난다. 그리고 이 물질적인 형식은 정신적인 본질을 제한하는 것이다. 그러므로 참된 인생은 끊임없이 이 제한을 파괴하는 데 있다. 그리고 이 일을 이행하는 것이 우리들 두뇌의 본질인 것이다. 또 그것이 인간에게 영원한 삶에 대한 인식을 준다.

2

인간은 자신의 내면에 존재하는 무한하고 위대하며 전능한 그 무엇과 자신의 내부에 존재하는 지극히 미약한 그 무엇과의 사이에 있는 모순을 분명하게 의식한다. 그래서 때로는 즐거워하고 때로는 슬퍼한다.

3

육(肉)으로 난 것은 육이요 영(靈)으로 난 것은 영이니 내가 네게 거듭나야 하겠다는 말을 기이히 여기지 말라. 바람이 임의로 불매 네가 그 소리를 들어도 어디서 오며 어디로 가는지 알지 못하나니 성령으로 난 사람은 다 이러하니라. —성경

129

Autumn
·
October

4

의로운 사람들이 상상하는 많은 일들은 신과 영원에 속한 것이라고 나는 생각한다. 그러나 중요한 것은 가장 선하고 가장 현명한 사람들의 영혼은 미래의 영원성에 그 사상의 모두를 집중시키고 있는 것 같이 생각되는 것이다.

－키케로

5

신은 신의 경지에 도달하려고 노력하는 사람을 끌어올린다. 그러므로 인간이 신을 향하여 나아가는 일은 놀랄 일이 아니다. 신은 스스로 인간에게 다가와서 내면에 거한다. 신이 없이 영존할 영혼이란 하나도 없다.

－키케로

모든 것에서 구원받기 위해서는
자신의 정신력을 인식하지 않으면 안 된다.
그런 사람에게는 어떤 일이 생긴다 하더라도
결코 불행에 빠지는 일은 없다.

 **도덕적인 생활**

　　도덕적인 생활에 있어서 모든 것의 중요성은 결코 그 물질적인 의의에 의하여 결정되는 것이 아니다. 그것은 오직 도덕적인 노력의 정도에 따를 뿐인 것이다.

1

　그 일이 보잘 것 없다는 이유로 자기가 해야할 일을 외면하는 사람이 있다면 그는 자신을 기만하고 있는 것이다. 그 사람은 그 일이 사소한 일이기 때문에 하지 않는 것이 아니라, 자신의 능력에 벅차기 때문에 못하는 것이다.

－페요제이

131
Autumn
•
October

2

　스스로를 그 어떤 사명 때문에 태어났다고 생각지 않는 자는 교양인이라 할 수 없다.

－중국 격언

3

　인간은 사고의 능력에 의해서가 아니라 행동으로 자신을 아는 것이다. 해야할 일을 위하여 노력하는 과정을 통해서만 인간은 자기의 가치를 깨닫게 되는 것이다.

－괴테

4

일을 끝까지 하지 않아도 좋다. 그러나 처음부터 일을 포기할 생각만은 하지 마라. 왜냐하면 그대에게 일을 맡긴 자는 언제나 희망을 버리지 않는다.

-탈무드

세상 사람들이 하찮은 것이라고 생각하는 것을 자기도
그와 같이 경시하는 것만큼 도덕의 완성에서 멀어지는 길은 없다.

10월 11일 존경

많은 사람들은 참으로 존경을 받을 만한 가치 있는 일을 자랑으로 하지 않고 도리어 불필요하고 해로운 것, 즉 권력이나 재산을 자랑으로 생각하고 있다.

1

스스로 읽고 쓸 줄을 모르는 자는 남을 가르칠 수 없다. 그와 마찬가지로 스스로 할 바를 모르는 자는 남에게 무엇을 하여야 할 것인가를 가르칠 수 없다.

-아우렐리우스

2

어떤 면으로 보아도 자기보다 못한 사람을 발견할 수 없는 사람은 결코 무가치한 인간이 아니다.

3

훌륭한 가르침을 완전히 이해하기도 전에 그것을 남에게 가르치려는 자들이 있다. 그런 자들은 방금 먹은 음식을 곧 토해 버리는 위와 같은 것이다. 그러한 자들을 본받지 마라. 우선 가르침을 충분히 소화해야 한다. 그러기 전에는 결코 밖으로 내놓지 마라. 그러지 않고서는 어떤 음식물도 감당치 못할 소화불량증에 빠지고 말 것이다.

―에픽테투스

4

교만과 인간의 존엄에 대한 자각은 전혀 다른 것이다. 교만은 외부적인 성공이 커짐에 따라 커진다. 그러나 인간의 존엄성에 대한 자각은 표면적 지위가 낮음에 의하여 커지는 것이다.

5

어리석은 자는 현명한 사람과 함께 살면서도 진리를 발견하지 못하는 자이다. 그것은 마치 숟가락이 산해진미의 맛을 알 수 없는 것과 같다.

―붓다

교만은 사람들을 혼란에 빠뜨린다.
그러나 그러한 교만이 모든 사람들에게 허용되었던 혼란의 시기가
지나면 그 인간은 어느새 우스운 존재가 되고 만다.

10월 12일 관습

　　관습이라는 테두리에서 벗어나려면 대단한 노력이 필요하다. 그러나 완성에 도달하는 첫걸음은 언제나 관습에서 벗어나는 일과 관련되어 있다.

1

　세상을 살아가면서 이 세상의 관습대로 살아가기란 쉬운 일이다. 그러나 진실하고 위대한 사람이란 사람들 사이에 섞여 살면서도 동화되지 않고 자신의 독립성을 지킬 수 있는 사람이다.

－에머슨

2

　사회적 관습은 다음과 같이 말한다. 우리들의 생각대로 행동하라. 우리들이 믿는 것을 믿으라. 우리들이 먹고 마시는 것을 먹고 마시라. 우리들이 입는 것을 입으라. 그렇게 하지 않으면 그대는 미움을 받을 것이다. 만일 누군가 이 말을 따르지 않는

다면 그는 조소나 비난, 배척과 증오에 부딪쳐 지옥과 같은 삶을 보내게 될 것이다. 그러나 용기를 내라.

−맬러리

3

자기 양심이 요구하는 대로 세상의 습관에서 벗어난 자는 자신에 엄격하고 주의 깊은 행동이 필요하다. 왜냐하면 그 사람의 과실이나 약점이 큰 죄로 오해받을 염려가 있기 때문이다. 그리고 중요한 것은 그 자신의 모처럼의 결심을 배반할 우려가 있다는 것이다.

4

자신에게 하찮은 것에 불과한 세상 습관에 따른다는 것은 그대의 힘을 낭비하는 일이며 그대의 귀중한 시간을 허비하는 일이며 그대 본성의 가장 독자적인 특성을 파괴하는 것이다. 이런 생활은 육체와 정신을 다같이 멸망시키는 것이다.

−에머슨

5

도덕적인 생활을 하고 있으면 나쁜 자들의 간섭이나 모욕을 당하고 조소에 부딪친다. 그러나 우리들은 그것 때문에 괴로워하거나 좌절해서는 안 된다. 선한 사람이 비도덕한 사람들에게 증오를 받음은 당연한 일이다. 그들은 남의 명예를 손상시키고 시기한다. 나쁜 자들로부터 증오를 받는 것은 우리들이 참된 도덕인이라는 증거이다.

세상의 관습을 초월한 사람들에게 화를 내는 것은 죄악이다.
그러나 세상의 습관에 젖어 자신의 양심이나 이성의 요구를
거부하는 것은 그 이상의 악이다.

10월 13일 인간 사회의 현실

인간 사회의 현실은 폭력에 의하여 굴종되는 것의 아니라 이성에 의하여 인도되고 모든 법칙이 바르게 인식되는 것이라고 생각하는 편이 훨씬 자연스러운 일이다.

1

위대한 현인이 권력을 쥐고 있는 곳에서는 사람들이 그 영향을 받고 살아가면서도 그 현인의 존재를 깨닫지 못한다. 그보다 못한 현인이 지배하고 있는 곳에서는 사람들이 그 현인과 결합되어 그를 칭찬한다. 그 다음 가는 현인이 지배하는 곳에서는 그를 두려워한다. 그리고 가장 위대하지 못한 현인이 지배하는 곳에서는 사람들이 그를 경멸한다.

－노자

2

폭력은 사랑에 어긋난다. 무력함은 전쟁을 유발시킨다. 사랑
으로 결합함으로써 우리는 굳세게 서 있을 수 있는 것이다. 싸
움으로 우리는 쓰러질 뿐이다.

−맬러리

폭력을 사용하는 일이 없는 생활을 하도록 노력하라.

신의 법칙과 세상의 법칙

　오직 신앙만이 이 세상에서 사람들을 착오와 악마의 함정에서 구해 낼 수 있다. 신앙만이 선과 악의 구별을 가르치고 신앙에 의해서만이 우리들은 영적인 신과 교제할 수 있는 것이다. 현대에는 믿어서는 안 될 것이 많이 있다. 진실된 기독교적 신앙이 착오나 사교(邪敎)로 생각되고 생명 없는 관습이 신앙으로 받아들여지고 있다. 사람들 사이에는 이견이 생기고 한 편에서는 다른 편을 사교(邪敎)라고 비방한다. 그 때문에 전쟁, 참화, 살인, 화형이나 기타 많은 죄악이 발생한다. 그와 같이 오늘날에는 신앙을 갖기란 어려운 일이다. 왜냐하면 그것은 사교나 적의(敵意) 속에 악취를 풍기고 있기 때문이다. 그러나 이와 같은 상태에 있어서도 이지(理知)있는 인간은 사도(使徒)에 의하여 전파되고 일찍이 신에 의하여, 예수를 통하여 주어진 참된 신앙을 얻어야 한다. 그리고 오늘날 사람들이 무비판적으로 받아들이고 있는 새로운 신앙에 매혹되어서는 안 된다.

　초기 기독교인 사이에는 사도에 의하여 평등이라는 것이 가르쳐졌다. 아무도 남에게 빌리는 일 없고 서로 사랑으로 봉사하였다. 머리는 그리스도요 성도들은 지체로서 결합되어 일체를 이루었던 것이다. 그들 중에는 이교도적 존재 이유를 가진 심판자는 없었다. 재판관도 없었다. 시의 참사관도 없었다. 설령 그 당시의 기독교도가 이교도의 권력하에서 살고 세금을 내지 않으면 안 되는 환경에 있어도 그들은 이교도일 의무는 없었다.

　이와 같은 시대가 300년 이상이나 계속되었다. 그리고 콘스탄틴 대제가 나타났다. 그가 최초로 기독교도 사이에 이교적인 군주나 관리를 융화시킨 인물이었다. 사도에 의하여 신도들에게 가르친 목적은 이교도적인 권력에 의해 보다 고귀해지고 완강해졌다. 왜냐하면 모든 것이 일체를 이루고 종교와 도덕의 영역에서 오직 하나의 신의 뜻에 의하여 인도된다는 것은 여러 가지 필요의 정도에 따라서 이교도들이 지지하고 있는 지상적이며 오류에 가득 찬 법칙을 지키는 것보다 더욱 고귀한 일이기 때문이다.

재판관들은 빼앗긴 재산을 다시 찾을 수 있도록 도와주고 기타 여러 가지 죄악을 다룬다. 그러나 기독교도는 이와 같은 죄는 범하지 않기 때문에 재판관은 필요가 없다. 기독교도는 어떠한 자에게도 불의를 범하지 않고 어떤 자에게도 기만하지 않는다. 그리고 자기에게 저질러진 죄에 대해서 인내로 용서하고 악을 악으로 보복하는 일은 하지 않는다.

사도들이 최초의 기독교도에게 설정했던 상호관계는 그리스도의 규범 속에 그 기초를 두고 있다. 그것은 먼저 신앙에 배타적인 자, 유혹하는 자, 이러한 이교도들을 어떻게 취급할 것인가를 가르쳐 주었다. 처음에는 범법한 자가 개개인을 좋은 말로 타이른다. 그래도 반성하지 않을 때에는 증인을 세워놓고 교회가 공동으로 설유(說喩)한다. 그것마저도 듣지 않을 때에는 그들을 이방인이나 세리(稅吏)처럼 취급한다. 즉 그런 자들과는 교제를 끊는다. 사도는 간음으로 책벌(責罰) 받은 자, 기타 범죄자들과 교제하는 것을 금했다.

그리하여 오직 그리스도의 법칙에 의해서만 최초의 그리스도교리가 전파된 사회가 건설되고 그리스도의 법칙에 의해서만 그 사회는 인도되었다. 그리고 도덕적인 상호관계도 잘 유지되었던 것이다. 그러나 마침내 두 가지 법칙 즉 교황의 교권적인 법칙과 세상의 왕권의 법칙

이 혼합되어 덕성은 파경에 이르렀다. 이 두 가지 권리에 의하여 정해진 법칙이 신의 법칙과 신앙을 어떻게 깨뜨렸는가에 대해서는 역사가도 기술하고 있으며 우리도 눈으로 보아 알고 있는 것이다. 그리고 현재 우리가 살고 있는 시대에 와서는 모든 것이 이 두 가지 권리 뒤에 감춰지고 신의 규범, 신의 통치에 대하여 확신을 가지고 말할 수 없게 되었다. 이 두 가지 법칙에 의하여 정해진 권리가 우리들의 눈을 어둡게 하였기 때문이다. 그러므로 나는 다음과 같은 질문을 제기한다.

"예수의 교훈은 충분한 힘을 가지고 있는가? 즉 후세 인간들에 의하여 첨가된 법칙 없이 순수한 그 자체가 이 세상 참된 기독교의 기초를 쌓고 그것을 세울만한 충분한 힘을 아직도 가지고 있는가?"

그리고 나는 스스로 얼마간의 두려움을 갖고 다음과 같이 대답하지 않을 수 없다.

"그렇다. 그만한 힘은 아직 있다. 왜냐하면 이전에 기독교 사회를 이룩하기에 충분한 힘을 가지고 있었기 때문이다."

그리스도의 법칙은 그것을 위반하는 자가 있을지라도 결코 약해지지는 않는다. 반대로 더욱 더 힘을 받는다. 그러므로 그리스도의 규범만이 이 세상에서 충분한 힘을 가지고 있는 것이다. 그리고 만일 그것이 불신자를 신앙인으로 변화시킬 수 있는 충분한 힘을 간직했다면 도덕적인 인생을 만드는 일은 쉬운 것이다. 그리스도의 가르침은 인간의 정신 속에, 그 덕성 속에 세워진다. 그리고 그것은 인간의 마음속에 자리잡은 일체의 사악을 씻어 버리고 신에게 봉사하게 하여 영원의 보답에 충분하게 하는 것이다. 그리스도교의 법칙에 따르는 인간은 육체적인 재물을 빼앗긴 경우라도 보통 사람들과 전혀 다른 태도를 보인다.

탈취를 당해도 복수하지 않고 재판에 호소하여 만족을 얻으려 하지 않는다. 오직 인내하며 그것을 찾아갈 뿐이다. 기독교 사회에서는 평등이 이루어졌다. 아무도 남위에 자신을 올려놓을 수 없다. 진실한 기독교인은 자신을 왕으로 내세워 남의 무거운 짐이 될 수 없다. 그것은 솔로몬의 죽음에 임하여 생겼던 일을 보아도 분명하다. 솔로몬이 죽자 원로들이 그 아들에게 무거운 노동과 세금을 가볍게 해달라고 애원했다. 그러나 그 아들은 총명하지 못한 왕이어서 냉정하게 대답했다.

"내 부친이 너희로 무거운 멍에를 메게 하였으나 이제 나는 너희의 멍에를 더욱 무겁게 할 것이다. 내 부친은 채찍으로 징치(懲治)하였으나 나는 전갈로 하리라."

예수께서는 그 제자들에게 다른 사람 위에 군림하는 일을 금하셨다. 인간 위에 서는 이는 신 하나 밖에 없기 때문이다. 인간의 신에 대한 사랑은 억지로 될 수 없는 일이다. 신에 대한 사랑은 인간의 자유로운 의지에 바탕을 두어야 하고 신의 말씀 속에서 생겨나야 한다. 만일 죄인이 신의 말씀에 감화되어 바른 인간이 되고 신앙이 깊은 자로 변화된다면 권력으로서는 도저히 선한 인간이 될 수 없는 것이기에 결코 권력에는 한 눈도 팔지 않을 것이다.

남을 혹사시켜 자기의 사치를 꿈꾸는 세상 권력자들은 구약성경에 나오는 나무 이야기에 비유할 수 있다. 나무는 감람나무, 무화과, 포도나무에게 자기들의 지배자가 되어달라고 부탁했다. 그러나 그들은 자기들의 매력을 상실하는 일이므로 승낙하지 않았다. 그러나 오직 가시나무는 이렇게 대답했다.

"내게 기름을 부어 너희 왕을 삼겠거든 와서 내 그늘에 피하라. 그리하지 아니하면 불이 가시나무에서 나와서 레바논의 백향목을 사를 것이니라."

신의 은총을 받고 있는 자들은 육체적이며 세상적인 행복만을 얻으려 하지 않는다. 지배나 출세를 가지려고 하지 않는다. 왜냐하면 이들의 배후에는 참혹, 무자비, 폭력, 동족에 대한 약탈이 따르고 있음을 알기 때문이다. 그리하여 악독한 가시나무는 말했다.

"내가 불을 뿜어 사를 것이라."

사치와 비만한 배와 기름진 생활 속에서 세월을 보내는 자들은 가시나무와 같이 약한 백성을 지배하고 있는 것이다. 어떠한 인간이 제정한 법칙도 신의 규범과 같은 도덕상의 완성에 작용할 수 없는 것이다. 모세의 율법은 좋은 규범이었다. 그러나 기독교는 모세의 율법에 의해서 인도될 수는 없었다. 모세 율법은 이미 예수의 규범 속에 포용되어 예수의 가르침으로 대체되었기 때문이다. 그리고 예수의 교훈은 모두 신에 대한 사랑과 이웃에 대한 사랑 위에 그 기초를 두고 있는 것이다.

교회 안에 세상 권력과 정신적 권력이 결탁하기 시작한 일은 그 결과 깨끗함과 티 없는 상태를 파괴해 버렸다. 교회는 사도에 의하여 순결과 순진의 상태 속에서만 세워진 것이다. 그리고 그 상태는 320년간이나 계속되었다. 비록 많은 사람들이 이 두 권력의 결탁이 신앙에 많은 이익을 가져오는 것으로 인식하고 있다고 해도 그것은 결국 아주 해로운 것이다. 결코 신앙에 유익이 되지 못하며 사람들을 멸망시키는 것이다. 진실한 기독교인들은 자신이 세상 관습대로 남을 지배해서는 안됨을 기억해야 한다. 그러나 기독교를 배척하는 자들은 세상적인 권력을 교회의 제3세력을 형성하는 것으로 생각하고 있다.

로마 교회에 의하면 지상적인 권력은 성경의 특히 다음과 같은 말에 그 근거를 두고 있다고 한다.

"군병들도 물어 가로되 우리는 무엇을 하리이까 하매 가로되 사람에게 강포하지 말며 무소하지 말고 받는 급료를 족한 줄로 알라."

이 말씀은 그 자신, 즉 기독교도들은 인간의 피를 흘리기 위하여 칼을 갈 수 없다는 것을 의미한다. 그러나 로마 교회는 이 말씀을 강력히 지지하여 칼의 필요성을 뜻한다고, 즉 만일 기독교가 말하는바 군대를 비방하는 것이라면 그때 요한에게 질문한 군병에게 무기를 버리고 전쟁을 포기하라는 충언이 구원으로 주어졌을 것이다. 그러나 요한이 군병에게 급료로써 족하라고 했다면 전쟁은 그칠 수 없는 것이며 군병의 존재를 부정할 수 없음을 인정하는 것이라고.

어느 대학 교수는 인간의 행위에 대하여 죽음으로 처벌하는 법은 신의 규범에 위배되는 것이 아니라는 말로써 설명한다. 죽이지 말라는 계명은 죄인을 죽음으로써 벌하는 것을 금하는 것이 아니다. 왜냐하면 그것은 재판 없이 처형하지 말라는 규범이니까. 둘째는 삶과 죽음의 연장은 오직 신의 주권이다. 신은 죽일 수도 있다. 마찬가지로 신에 의하여 세워진 군주도 죽일 수 있는 것이다. 셋째는 가치 있는 죽음이 있다. 영원한 생명을 위한 순교적 죽음이다.

예수는 지금 가난하다. 그를 따르는 자는 몇 사람에 불과하다. 그들은 지극히 가난하고 밉살스럽고 어리석은 자들이 따라다닌다. 그러나 당시 바리새인이나 서기관의 학자들은 부자고 세상의 영예를 갖고 있었다. 권력을 가진 신에 대한 봉사자들이 수 없이 많아진다. 그리고 많은 사람들이 우러러보고 있다. 그리스도를 따르는 자들은 마지막에 예수가 사람들에게 버림받고 가난에 허덕이는 모습을 본다. 그래서 사람들은 예수를 버리고 학자들과 합세한다. 학자들은 자기들의 법칙에 의하여 모든 사람들은 교회와 전쟁과 교수대와 불길과 국가와 시설을 통하여 신에게 봉사하게 한다. 여기에 종사하는 자는 현명한 자로, 진실된 예수의 규범에 봉사하는 자는 어리석은 자로 취급된다. 그러나 참된 진리의 빛은 이 어리석은 자들을 비치고 있는 것이다.

칼(권력)에 의한 봉사는 그것이 악을 악으로 대한다는 점에서 예수의 가르침에 가장 위배되고 있다. 설령 칼은 자신을 위함이 아니라고 해도 신은 그 말의 진실성을 인정하실까? 자기에게 쏟아진 모든 비방과 불의를 복수하지 않는 일이 참으로 신을 위하는 것이다. 사람이 어떠한 욕설에도 복수할 수 없다고 하는 것은 신에 대한 비방을 허용하는 것을 의미한다. 예수께서는 그와 반대로 원수를 사랑하고 악을 선으로 대하기를 가르쳤다.

불쾌한 사마리아인이 그 동리를 통과하는 것을 거절할 때 제자들은 하늘에서 불을 내려 파멸시키자고 했으나 예수께서는 허용하지 않으셨다. 예수께서는 일시적인 자기의 고통보다는 원수의 영혼에 대하여 더 염려하였던 것이다. 만일 인간들이 예수의 말을 믿고 그가 보여준 본을 따른다면 이 지상에는 전쟁이 있을 수 없을 것이다. 그리고 폭력, 불안, 적대 행위는 우리들이 적을 사랑하지 않고 자기에게 쏟아지는 비방을 인내하지 못하기 때문에 일어나는 것이다.

성경이 말하는 참된 사회의 건설은 칼이나 그와 같은 모든 행위는 아무런 공통점도 가질 수 없다. 그것은 예수의 가르침에 정면으로 어긋난다. 기독교는 그리스도의 신앙에 의하여 서로 결합된다. 그리고 서로 기도로 도와준다. 서로 자신의 의무를 다하고 사랑과 평화 속에 결합된다. 이교도는 참된 신을 알지 못한다. 그리고 정신적인 행복에 참여할 줄 모른다. 그러나 사이비 기독교는 그러한 일을 안다는 차이가 있다. 기독교와 유대교의 싸움은 같은 것이라 할 수 없다. 기독교는 싸움과 보복은 허용되지 않으나 유대교는 공공연한 규범으로 허용되어 있다.

싸움에서 서로 죽이는 기독교는 예수께서 가르친 정신적 행복으로 결코 들어갈 수 없는 것이다. 그렇다면 신앙도 기도도 천국도 소용없다. 왜냐하면 신앙과 사랑으로 그리스도를 따르지 않는 인간은 영원한 고뇌로부터 해방시켜 주지 않기 때문이다. 만일 그리스도의 고뇌를 스스로 알고 또 구원을 바라보면서도 싸움과 미움과 불평을 하여 그리스도를 괴롭힌다면 그는 이교도 보다 큰 형벌과 큰 저주가 기다리고 있을 것이다.

기독교도간의 싸움은 그리스도의 사랑의 규범에 위배되는 일이다. 사도에 의하여 전해진 교우간의 상호관계는 다음과 같은 말로써 정의되는 것이다.

'어떠한 자, 어떠한 일에도 평등하라. 서로 사랑하라.'

이 말 속에 참된 신앙과 세상적인 군주의 권력 차이가 있다. 이 둘은 절대로 일치할 수 없는 것이다. 그러므로 기독교와 세상의 결합은 처음부터 결코 존재할 수 없다. 초기 이교도들은 기독교도들이 피 흘리는 것을 위안으로 삼았다. 그리고 지금은 기독교들이 인간의 피를 흘리고 있다.

두 가지 극단이 있다. 신을 전적으로 부인하고 아주 떠나 있던가 또는 절대 신앙으로 신에게 결합되던가. 그러나 인간으로서는 그 어느 편도 어려운 일이다. 왜냐하면 인간은 신을 아주 배척할만큼 죄가 많은 것이 아니다. 그리고 절대 신앙으로 신을 따른 자도 그리 많이 볼 수 있는 것이 아니기 때문이다. 로마 왕에 의한 법칙을 근거로 한 신

앙은 이 극단의 중간에 있음을 본다. 대다수의 인간은 이와 같은 신앙에 의하여 위안을 얻는다.

그 법칙은 여러 가지 외면적인 제식(祭式)에 표현되어 거짓된 일을 선이라고 가르치고 있다. 그리고 인간들은 자기가 진실한 신앙을 가지고 있다고 알고 있다. 그러나 그 법칙은 입으로는 신을 설교하고 다른 면으로는 자신의 존경을 말해 보여주고 있는 것이다.

―표트르 헤르츠키

예술은 인간이 도달할 수 있는 지고 지선의 감정을 갖도록 하는 것이다.

1

참된 예술 작품은 그 작품을 애호하는 사람들의 의식 속에서 그들과 작가의 구별을 없애 버린다. 즉 자기와 남과의 개인적 차별을 없애고 남과 하나됨에 예술의 빛나는 힘이 있으며 본연성이 있는 것이다.

2

사랑을 낳는다는 것은 이제까지 알려진 것을 되풀이하는 것이 아니라 새로운 사상과 사색을 줄 수 있는 그 무엇을 찾아내는 것이다. 예술 작품의 경우에도 마찬가지이다. 예술 창조라는 것은 그것이 인생에 이바지하는 새로운 감정을 가져올 때만이 가치 있는 것이다.

3

언어에 의하여 사람은 사상을 전한다. 그리고 예술 작품을 통하여 현세의 인간들뿐만 아니라 과거와 미래의 모든 사람과 감정을 교류하는 것이다.

4

고귀한 예술 작품은 정복자의 상을 장식한 승리의 제단이 아니다. 사랑에 의하여 깨우쳐진 인간 영혼의 표현이다.

5

현대에 있어서 예술의 사명은 사람들의 행복이 상호 결합에 있음과 판단의 영역에서 감정의 영역으로 인도하는 바로 그것이다. 그리하여 폭력이 지배하는 곳에 모든 인생의 최고 목적이라고 생각되는 사랑을 심어주는 것이다.

언젠가는 과학이 예술보다 새롭고 높은 이상을 부여할 것이다.
그리고 예술은 그것을 실현할 것이다.
그러나 현대에 있어서는 예술의 사명이란 명백하게 제한되어 있다.
종교적인 예술에 있어서의 가장 큰 과제는
인류애와 동포애를 어떻게 실현하냐는 것이다.

10월 15일 인간의 의무

인간의 의무는 자신의 영혼을 성찰하는 일이다. 그것은 스스로의 영혼을 기르고 확대시켜 더욱 위대하게 만드는 일인 것이다.

1

"내가 하늘로서 내려온 것은 내 뜻을 행하려 함이 아니요 나를 보내신 이의 뜻을 행하려 함이다. 나를 보내신 이의 뜻은 내게 주신 자 중에 내가 하나도 잃어버리지 아니하고 마지막 날에 다시 살리는 이것이니라."는 말이 요한복음에 있다. 즉 그것은 유모에게 넘겨준 아기처럼 나에게 준 지(知)의 빛을 지키고 성장시켜서 될 수 있는 한 높이 신에 속하는 영역으로 가져가는 것이다.

2

힘은 성장함에 따라 커간다. 이것은 육체적인 면에서나 정신적인 면에서나 같은 뜻으로 해석할 수 있다. 만일 그대의 정신이 성장하지 않는다면 그대는 정신적인 세계에서 언제나 약한 인간으로 남아있을 것이다. 그것은 그대가 언제나 어린아이에 머물러 있다면 물질적인 세계에서도 언제나 약하다는 것과 같다.

3

인간은 인간에 의하여 행해진 일을 개선하기 위하여 태어났다. 기만을 폭로하고 진리와 선을 다시 찾기 위해서 태어난 것이다. 그러므로 인간은 단 일초라도 지나간 과거 속에 머물지 말고 항상 자신을 바르게 하고 아침마다 새로운 날을, 시간마다 새로운 삶을 꾸려 우리들 모두를 포용하고 있는 대자연으로부터 많은 것을 배우지 않으면 안 된다.

―에머슨

4

정의는 가끔 역사의 토양 속에 오랫동안 움직이지 않고 그대로 있는 씨앗일 경우도 있다. 그러나 적당한 온도와 습도를 받으면 새롭고 건강한 힘을 길러 힘차게 성장한다. 그리하여 꽃이 피고 열매를 맺는다. 그러나 폭력과 부정의 힘에 의해 뿌려진 씨앗은 썩고 말라서 자취도 없이 사라져 버린다.

―탈무드

유년시절부터 죽을 때까지 그 동안의 시간에는 어떠한 차이가
있을지라도 인간의 영혼은 끊임없이 성장하고 있는 것이다.
그대가 그것을 알고 있든 모르고 있든 완성은 계속되어 가는 것이다.
그러나 만일 그대가 신이 원하는 바를 알고 자기도
그와 같이 되기를 바란다면
생활은 자유롭게 되고 즐거운 것으로 될 것이다.

10월 16일 성경의 축복

신은 모든 인간 속에 살고 있다. 그리고 신의 의식에 아직도 눈뜨지 못한 영혼은 존재하지 않는다. 그리고 이 깨우침을 성경에서는 축복이라고 부르고 있다.

1

열매가 차츰 커지면 꽃은 떨어지게 마련이다. 그와 같이 그대의 마음 속에 신의 의식이 성장할 때 그대의 약한 마음은 사라진다.

−파라문교 잠언

2

자기 존중은 인간 속에 있는 신에 대한 의식이 삶에 표현된 것이다. 그것은 깊은 근원을 종교 속에 가지고 있다. 성인이 겸허한 것은 자신이 느끼는 신에 대한 위대성에 의거하고 있다.

−에머슨

3

신은 그대 곁에 있다. 신은 그대와 함께 있다. 신은 그대 속에 있다. 신은 항상 우리들 속에 있고 우리의 선과 악에 대한 증인이다. 인간은 신 없이는 착한 존재가 될 수 없다.

−키케로

사람이 자신 속에서 신의 힘을 느끼지 못한다고 해서
신이 그 사람 속에 존재하지 않는다고 볼 수 없다.
단지 그 사람이 자신 속에 있는 신을 깨닫지 못하고 있을 따름이다.

 10월 17일 종교적 사색

사람이 있고 신이 있는 이상 사람과 신 사이에 아무런 관계도 없다고는 말할 수 없다.

1

인류의 종교 의식은 고정되어 있는 것이 아니라 끊임없이 변하는 것이며 점차 명백하고 순수해지고 있는 것이다.

2

어떤 일정한 정신 발달의 단계에 대하여 알맞은 진리도 더욱 정신이 발달해 가기 위해서는 방해가 되고 더 높은 단계로 도약하기 위해서는 잘못 되는 경우도 있다.

―맬러리

3

우리들의 형이상학적인 이해를 자주 해치고 있는 것은 미신이다. 나는 나에게 주어진 감정의 기관에 의하여 세계를 인식하고 신을 자각한다. 그러나 창조주로서의 신을 나는 모르며 또 알 수도 없다.

성경에도 우파니샤드에도 코란에도 석가나 공자에게도
스토아학파의 여러 저작에도 훌륭한 가르침은 많다.
그러나 무엇보다 필요하고 이해하기 쉽고 우리들에게 가까운 것은
자기 자신의 종교적 사색 바로 그것이다.

10월 18일 현재의 행위

신에 대한 자유로운 힘이 나타나는 것은 오직 현재에 있어서 뿐이다. 그러므로 현재의 행위도 신에 속한 성질을 가진 것이라야 한다. 즉 총명과 선량한 것이어야 한다.

1

예수께서 가라사대 아직 잠시 동안 빛이 있을 동안 빛이 너희 중에 있으니 빛이 있을 동안에 다녀 어둠에 붙잡히지 않게 하라. 어둠에 다니는 자는 그 가는 바를 알지 못하느니라. 너희에게 아직 빛이 있을 동안에 빛을 믿으라. 그리하면 빛의 아들이 되리라.
　　　　　　　　　　　　　　　　　　　　　　　　　　　　－성경

2

누구나 습관은 노력에 의하여 강화된다는 것을 알고 있다. 예를 들어 잘 걷기 위해서는 자주 그리고 많이 걸어야 한다. 잘 달리기 위해서는 많이 달려야 한다. 잘 읽기 위해서는 많이 읽어야 한다. 이와 반대로 지금까지의 습관을 중지하면 점점 그 습관은 쇠퇴한다. 예를 들어 10일간을 잠만 자다가 일어나면 걷기가 힘들고 발이 약해졌음을 안다. 그러므로 그대가 어떤 습관을 얻고자 한다면 그것을 자주 반복하는 일이 필요하다. 그와 반대로 어떤 습관을 벗어버리기를 원한다면 그것을 중단함이 필요하다. 정신적인 노력에 대해서도 마찬가지이다. 유혹적인 사상과 투쟁할 때에는 우선 자신보다 교양이 높은 사람들과 교제하고 그대보다 앞서 살았던 현인들의 교훈을 명심해 깊이 읽는 것이 필요하다. 참된 투쟁은 자신의 죄악적인 사상과 싸우는 일이다.

—에픽테투스

3

만일 그대가 착한 일을 하고 사랑을 베풀 수 있다면 지금 곧 그렇게 하라. 왜냐하면 기회는 두 번 다시 오지 않기 때문이다.

4

우리들이 모든 순간을 잘 이용할 줄 알 때만이 자신의 영원성을 믿을 수 있는 것이다. 모든 순간 자신의 높은 정신을 유지할 때만이 보잘 것 없는 사명까지도 보람 있는 것이 된다.

—말티노

뉘우침은 유익한 것이다. 왜냐하면
그 순간에 가지고 있던 힘에 알맞도록 그 순간을 이용하지
못했다는 자책에 대한 슬픔이기 때문에 뉘우침은 그 순간에
어떻게 행동했어야만 했을까 하는 것을 추억하는 일이다.

10월 19일 *인생의 의의*

    인생의 의의는 자신에게 제시된 모든 것을 따를 준비
가 되어 있는 사람에게는 분명하게 이해가 된다. 그러나 자기에
게 유익하고 습관이 된 인생의 의의만을 진리라고 고집하는 사
람에게는 언제까지나 이해되지 못하는 것이다.

1

  '나는 무엇인가? 나는 무엇을 할 것인가? 나는 무엇을 믿으며
무엇을 희망할 수 있는가? 이 모든 질문에 의하여 우리는 철학
으로 들어가는 것이다.'

―리히텐베르크

  이러한 질문 중에서 가장 중요한 것은 무엇을 할 것인가 하는
것이다. 만일 인간이 해야 할 일을 알고 있다면 알아야 할 모든
것을 알게 될 것이다. 그리고 이 질문에 대한 대답도 찾을 수 있

을 것이다.

2

자기가 해야 할 일을 발견한 사람은 행복하다. 그 사람으로 하여금 그 이외의 행복을 찾게 하지 마라. 그는 할 일이 있다. 인생의 목적이 있다. 그는 그것을 찾아냈다. 이제 그는 그 일을 수행하기만 하면 되는 것이다.

–칼라일

3

인생의 의의를 알지 못하는 자에게 슬픔이 있으라. 그것은 그들이 인생의 의의란 알 수 없는 것이라고 체념하기 때문이다. 이런 자들이 상당히 많이 존재하고 있다. 그리고 그들이 인생의 의의를 알려고 원하지 않는 것이 오히려 지혜라고 자랑하고 있기 때문이다.

–파스칼

4

모든 새는 어느 곳에 둥지를 지으면 좋을지 알고 있다. 새들은 맡은 바 사명을 알고 있는 것이다. 하물며 만물의 영장인 인간이 새도 알고 있는 것을 알지 못한다는 것은 이해할 수 없는 일이다.

–중국 격언

인생의 의의를 인식한다는 것은 어려운 일이 아니다.
그것은 어리석은 인간에게도 아이들에게도 가능한 일이다.

 **10월 20일 봉사**

**인생을 봉사하는 것으로 생각할 때만이 깊은 지혜가
생긴다.**

1

어느 때건 죽음이 기다리고 있다는 것은 분명한 사실이다. 그
때가 오면 부자이건 가난하건 지위가 높던 낮던 영예를 얻었든
멸시를 받았든 학자이건 무식한 자건 우리들에게 무슨 가치가
있을까? 우리의 눈이 어둡고 귀가 멀어져 갈 때 어둠 속에서 그
리고 침묵 속에서 "착하고 충성된 종아! 네가 작은 일에 충성하
였으매 내가 많은 것으로 네게 맡기리니 네 주인의 즐거움에 참
여할지어다."라는 소리가 들릴 때 그러한 모든 것은 우리들에게
무슨 가치가 있을까?

―헨리 조지

2

이 세상의 가장 미미한 것 속에서도 신의 빛을 보는 자는 가장

높은 이해와 가장 높은 노력을 기울인 사람이다. 이 같은 사람은 자신과 다른 모든 사람을 존중한다. 그리고 아무리 작은 일이라도 가볍게 여기지 않는다.   *-페르시아 잠언*

3

그대의 모든 재능과 지식은 남을 돕기 위한 수단이라고 생각하라. 강한 자 현명한 자에게는 그 힘과 총명이 약한 자를 지도하고 돕기 위하여 부여된 것이다. 그 힘과 지혜로 약한 자를 압박하기 위하여 부여된 것이 아니다.   *-존 러스킨*

4

남과 교제할 때 상대가 그대에게 어떤 도움이 될 수 있는가를 생각지 말고 그대가 상대에게 어떤 봉사를 할 수 있는가를 생각하라.

5

선행은 인간이 스스로 해야할 봉사이다. 설령 세계를 주관하는 하늘과 신이 없다해도 도덕은 인간의 의무적인 규범이어야 한다. 정의를 알고 정의를 성취하는 곳에 인간의 존엄성이 있다.   *-라마야나*

자기 스스로 선한 생활을 찾아라.
그것은 그대에게 부여된 봉사를 충실히 수행하는 일이다.

라므네

우수한 두뇌와 불타는 열정, 위대한 업적을 남기는 사람들은 그의 생애에 독특한 빛을 가지고 완성의 단계를 밟아 가는 사람이다. 그리고 그 완성의 단계는 다소 차이는 있으나 평범한 모든 인간들도 밟아 갈 수 있는 것이다. 인간의 삶에 있어서 완성의 단계는 다음과 같은 것이다.

첫째, 유년 시절 남으로부터 받은 그대로의 신앙이다. 권위에 대한 완전한 복종이며 평안이며 주위의 모든 것과의 신뢰에 의한 교제이다. 둘째, 남으로부터 받고 의심할 수 없는 것이라고 생각된 신앙의 본질에 더 깊이 들어가는 일이다. 그 신앙과 교훈에 대한 긍정과 선교, 독특한 열정을 가진 의욕이다. 그리고 주위와의 협조이며 찬양이다. 셋째, 신앙으로 받아들인 온갖 거짓되고 미신적인 것을 모두 청산하려는 시도이다. 예전에는 동감하고 찬양했던 것과의 결별이며 냉소이다. 넷째, 신앙으로 받아들인 교훈에서 완전히 해방되는 일이다. 오직 자신의 이성과 양심에 조화되는 것만 인정하고 모든 사람과의 사이에 자신의 고독과 신과의 결합을 아는 일이다. 이웃의 숭고하고 강한 사랑과 많은 사람들의 공포와 증오 그리고 죽음을 아는 것이다.

모든 사람들은 그들이 원하든 원치 않든 그 의식의 정도에 다소의 차이는 있으나 다음의 단계를 거치는 것이다. 첫째, 원만한 신앙이다. 둘째, 가끔 인정의 경지까지 이르게 될까 말까하는 정도의 회의(懷疑)가 온다. 셋째, 때로는 매우 약하나 아무튼 자신의 인생에 대한 이해를 가지려고 하는 시도가 보인다. 넷째, 결국 신과 대면을 하는 일이다. 진리에 대한 인식이며 고독이며 그리고 죽음인 것이다.

159

Autumn
•
October

모든 사람들이 이와 같은 상태를 거쳐간다. 그러나 라므네에게 있어서는 이러한 단계가 가장 독자적인 능력과 효과를 가지고 나타났다.

페리시티 라므네는 1782년 브레타뉴에서 출생해 1816년에 성직자가 되었다. 그는 어릴 때부터 종교적인 인품을 가졌으나 성직자가 되겠다는 자기 의지는 가지지 않았다. 그의 서신을 보면 이웃의 간곡한 권고에 의하여 성직자가 되었다는 사실이 명백히 나타난다. 그의 친척들도 라므네의 종교적 기질을 감안하여 교회 일에 종사하도록 원했던 것이다. 그 후 실제 성직자가 된 라므네는 카톨릭 교회에 헌신하기 위하여 전력을 다한다. 그는 교리를 절대 의심하지 않았던 것이다. 라므네는 사회나 국민의 신앙이 퇴보하는 것을 방지하고 높게 하려고 힘썼다. 그는 카톨릭 교회가 가장 널리 전파된 종교이며 가장 많은 사람들이 믿고 있는 종교라는 점을 강조했다.

당시 그의 견해는 진리는 개인으로서는 도저히 구할 수 없는 것이었다. 진리는 대중에 의하여 얻어지는 것이다. 가장 많은 사람들이 카톨릭을 신봉하고 있다. 그러므로 카톨릭교의 진리는 의심할 수 없는 것이었다. 그리고 카톨릭교는 자체가 가장 높은 진리를 가르치고 있는 것이므로 국가도 여기에 순응하지 않으면 안 된다. 국가는 종교 없이 존재할 수 없고 종교는 교회 없이 존재할 수 없는 것이다.

이러한 것이 라므네의 신념이었다. 이 신념은 그의 초기 논문 중 하나인 『신앙에 있어서 무관심에 관한 신념』속에 잘 나타나 있다. 이것이 라므네의 정신 세계의 첫 번째 상태였다. 의심할 수 없었던 신념이었다. 라므네는 국가의 권력은 카톨릭 교회의 보호자로서의 역할을 기대했다. 그리고 그 같은 사상은 그를 국가 권력의 옹호자들과 가깝게 해서 그는 잡지 『보수주의』에 여러 가지 논문을 발표하기 시작했다. 그 잡지에서 그는 특별한 지위를 차지하고 있었다. 그리고 그 잡지의 협력자로서 국가의 보호와 이익을 주장하는 글을 쓰고 있었던 것이다. 그러나 라므네는 항상 무엇보다도 종교를 중요시하고 있었다. 국가의 권력은 카톨릭 교회의 승리를 보장하는 정도에 따라서만 중요했던 것이다.

그러나 라므네는 얼마 되지 않아서 국가의 권력과 종교의 이익이 일치하지 않는다는 것, 오히려 대개는 반대되는 것임을 보았다. 종종 국가 권력이 그 이익을 위하여 종교를 탄압하는 것도 보았다. 그와 동시에 라므네는 국가에 대한 자기의 의견을 바꾸었다. 그리고 다른 잡지로 옮겨 권력이 종교를 돕고 종교와 결합되는 것이 아니고 국가 권력은 종교에 자유를 주고 종교 문제에 일체의 간섭을 배제할 것을 요구하기 시작했다. 라므네는 여기에 만족할 수 없었다. 더 나아가서 교회가 국가로부터 완전히 분리될 것을 요구하기 시작했다. 그리고 지배를 비난하고 1830년의 혁명을 지지한 혁명가의 반열에 섰다. 이것이 라므네의 정신 세계의 두 번째 단계였다.

1830년의 혁명시대에 라므네는 몽탈베르와 라코르테르의 협력자로서 신문 『미래』를 발간했다. 그 신문에서 그는 첫째, 교회와 국가의 분리 둘째, 개인 권리의 확립 셋째, 사원과 절대 중앙집권제의 폐지 넷째, 보통 선거 실시와 검열제도 폐지 등을 주장했다.

라므네는 또 그 신문에서 국가 권력이 교회의 일에 간섭하지 말 것, 교회 권력도 국가 사업에 참견하지 말 것, 그러므로 교황은 지상적인 권리와 국가의 급료를 사양하고 오직 정신적인 과업에만 종사할 것을 주장했다. 이 사상은 물론 로마에서는 찬성을 얻지 못했다. 그것을 알고 라므네는 로마로 향했다. 민중이 교회의 권력을 지지하기 위해서는 교황의 국가적인 권력은 포기해야 한다는 것을 설명하려고 했다.

　그러나 로마에서 교황과의 면접이 실패로 돌아갔다. 그리고 그의 주장에는 아무런 답변도 얻지 못했다. 카톨릭교를 소생시키려는 희망을 무참히 배반당한 라므네는 파리로 돌아왔다. 그 후 한동안 신문 일에 열중했다. 신문을 통하여 그는 민중의 지지를 얻기 위해서는 카톨릭교회의 형식을 바꾸어야 한다고 계속 주장하였다. 이것이 그의 세 번째 단계였다.

　1832년 라므네에 의하여 주장된 사상을 비난하는 교황의 교서가 발표되었다. 그리고 라므네가 믿고 봉사해 온 모든 것은 부정되고 말았다. 라므네는 번민했다. 그리고 카톨릭교의 깊은 병폐가 고쳐질 수 없는 것임을 알았다. 라므네는 로마에 대한 모든 꿈을 버리고 『신앙인의 말』이라는 글을 썼다. 성서 속의 비유를 인용하여 라므네는 종교의 참된 요구와 서로 상반되는 그 당시의 경제적, 정치적 측면을 공격했던 것이다. 이 책은 곧 교황의 비위를 건드렸다. 그러나 라므네는 벌써 교회와의 관계를 끊고 여생을 민중에 대한 봉사로 헌신했다. 이것이 그의 네 번째 단계였다.

　라므네는 만년을 정치적인 활동에서 떨어져 고독과 빈곤 속에서 문학적인 일에 힘썼다. 그 동안 그는 철학적인 입장에서 집필하여 성서의 좋은 주석을 썼다.

　라므네가 그의 서적이나 논문이나 강연(그는 국회의원이 된 일도 있다)에서 발표한 사상의 근원은 민중은 스스로 자신의 운명을 결정하며 스스로 생활을 수립하여야 하는 것이라고 주장했다. 카톨릭교회의 보호 아래 민중을 진리로 교육하고 도덕을 완성시키는 개개인으로 볼 것이 아니라 민중, 국민, 인류 그 자체라는 원칙에 의하여 인도되어야 한다고 했다. 이와 같이 라므네는 민중에게 충분한 권력을 주면서 희망하기를 만일 민중이 도덕적인 완성을 위하여 끊임없이 노력하지 않으면 국가의 외부적 시설의 개혁이나 변화도 민중의 생활 상태를 개선하지 못한다고 역설했다. 그는 민중을 향해 다음과 같이 말했다.

"오직 정의만을 원하라. 정의는 언제나 승리를 가져온다. 그대의 권리를 짓밟는 자의 권리도 존중하라. 모든 인간의 평안과 소유물은 그대에게도 신성한 것이라고 생각하라. 모든 사람들에 대한 의무를 항상 준수해야 한다. 만일 단 한 번이라도 그대들이 의무를 저버린다면 어찌할 것인가? 무질서는 무질서로써 바로 잡지 못한다. 그대들의 적은 그대들의 어떤 점을 비방하고 있는가? 그것은 자신이 국가를 대용하려는 점, 국가의 권력을 악용하려는 점, 복수나 전체주의 사상을 배양하고 있는 점이다. 이러한 사상을 가지고 있으므로 그대들에게는 한없는 공포가 도사리고 있는 것이다. 그리고 그대들의 적은 그 공포를 잘 이용하여 그대들의 굴종을 계속 시키려 하는 것이다. 건전한 사회를 이룩함에는 깊은 정신의 역할 없이는 불가능하다."라고 라므네는 말했다.

공산주의 사회에 대하여 그는 항상 부정적인 견해를 가지고 있었다. 그의 견해에 따르면 공산주의 교리는 인간의 자연스런 진행에 폭력을 대용시키는 것이므로 인간 본연의 법칙을 무시하는 것이라고 말했다. 그는 공산주의 교리는 특히 물질적인 목적만을 강조하고 종교의 필요성을 부정하므로 찬성하지 않았던 것이다. 정의로운 사회 건설은 물질적인 목적이 아니라 정욕에 대한 이성과 의미의 승리로서 정신적인 목적을 필요로 한 것이다.

1850년대의 초기에 라므네는 병이 들었다. 그는 자신의 병이 치명적임을 알고 친구인 발베를 불렀다. 그리고 살아있는 동안 병간호를 부탁하고 사후에는 관리인이 되어 주기를 유언으로 부탁했다. 그 이외에도 다음과 같은 유서를 남겼다.

'가난한 사람들 틈에 가난한 자로서 묻어 줄 것, 묘에는 어떠한 기념비도 세우지 말 것, 시체는 곧 바로 묘지로 운반하고 절대로 교회로 옮겨가서는 안 된다.'

사람들은 그가 교회로 돌아오도록 노력을 다했으나 끝내 라므네는 조용하나 단호하게 신부와 대면하기를 거부했다. 그는 살아 있는 동안의 신념과 같이 신에 대한 살아있는 신앙을 가지고 평온하고 확고하게 죽어갔던 것이다. 그가 마지막에 남긴 말은,

"나는 종말이 왔음을, 신의 뜻에 순종해야 할 때가 왔음을 느낀다. 신과 함께 있으므로 나는 언제나 행복하다."

그리고 최후의 순간이 되어 그는,

"행복한 시간이다."

라고 두세 번 되풀이했다. 그것은 1854년 2월 27일의 일이었다.

라므네가 행한 일은 매우 고귀한 것이다. 그는 뛰어난 두뇌와 열정을 소유했다. 그리고 인류가 반드시 걸어가야 할 길을 닦아주었다. 그것은 인간의 외면적인 것으로부터 사이비 기독교적인 신앙으로부터 해방되는 길이었다. 그것은 최초의 그리스도교와 같은 가르침을 회복하는 길이었다. 그리고 그 길에 의하여 이제야 개인적인 인간 생활뿐만 아니라 인류의 생활이 변화되어 가는 것이다.

—레프 톨스토이

10월 21일 본연성을 방해하는 것

　폭풍이 강을 뒤흔들어 흐리게 하는 것과 같이 정욕, 불안, 공포, 번뇌가 인간 본연성을 방해한다.

1

　너그럽고 아름다운 마음을 가진 사람은 언제나 평화롭고 만족스럽다. 마음이 작은 사람은 언제나 불평불만을 일삼는 것이다.

-중국 속담

2

　생활은 이성의 테두리 속에 두고 그것에 봉사하는 사람, 무슨 일이나 절망하지 않는 사람, 양심의 부끄러움이 없는 사람, 고독을 두려워하지 않고 소란스런 사회를 원치 않는 사람, 이와 같은 사람은 평화로운 생활의 소유자이다. 그는 사람들에게 격리되지 않고 사람에게 쫓기지도 않는 사람이다. 그의 행위는 죽음을 앞에 두고도 평상시와 조금도 다름이 없다. 그에게 있어서 불안은 자신이 사람들과 평화로이 사귀고 지혜로운 생활을 하고 있는가 어떤가라는 점뿐이다.

-아우렐리우스

3

　자신이 처한 자리를 확실히 깨닫고 있을 때 마음에 두려움이 없어진다. 정신의 초조가 없어지면 비로소 완전한 평화가 온다.
이 평안을 가진 사람은 사색적인 인간이다. 그는 죽음을 앞에
두고도 평상시와 조금도 다름없이 행동한다. 이런 사람은 모든
진리를 받아들일 수 있는 사람이다.

—공자

4

인간의 참된 힘은 근심 속에 있는 것이 아니라 파괴되지 않는
평안 속에 있는 것이다.

처음부터 끝까지 평안할 수 있는 것은 불가능하다.
그러나 평안의 때가 왔을 때에는
그 평안을 소중히 여기고 오래 지속하도록 노력하여야 한다.
그것은 생활을 지도하는 좋은 사상을 낳으며
그 사상이 명확하게 되고 확보될 때인 것이다.

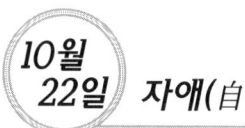

10월 22일 자애(自愛)

자애(自愛)는 교만의 시작이다. 교만은 자애에 대한 억제가 곤란할 때 나타난다.

1

이기심을 미워하지 않는 자, 자기를 누구보다 높은 위치에 놓으려는 본능을 미워하지 않는 자는 완전한 소경이다. 그리고 그런 행위만큼 사람을 정의나 진리에 어긋나게 하는 것은 없다. 그것 자체가 허위이다. 왜냐하면 이 세상에서 자신을 누구보다 높은 자리에 둔다는 것은 불가능하기 때문이다. 그리고 그것은 부정이다. 왜냐하면 자기를 누구보다 높은 자리에 두려는 일은 모든 사람이 원하는 것이기 때문이다.

―파스칼

2

인간에게는 두 가지 유형이 있다. 그 하나는 자기가 옳으면서 죄인이라고 생각하는 사람이고 다른 하나는 자기가 죄인이면서 의로운 자라고 생각하는 사람이다.

―파스칼

3

인간은 분수(分數)이다. 그 분자는 자기를 남과 비교해서 결정

167

Autumn
•
October

한 위대성이다. 그 분모는 자신에 의한 평가이다. 분자를 크게 하는 것, 자기의 표면적인 위대성을 크게 하는 것은 그 사람 자신의 힘 밖의 일이다. 그러나 그 누구도 분모를 작게 할 수는 있다. 자기 자신에 대한 평가를 적게 할 수 있기 때문이다. 그리고 분모를 작게 함으로써 사람들은 완성에 가까워져 가는 것이다.

4

물체는 퍼지면 퍼질수록 그 내용이 엷어진다. 인간의 자기 자랑도 이와 같다.

5

많은 사람들은 다음과 같은 약점을 지니고 있다. 그것은 아직도 자신이 배우는 처지에 있음에도 불구하고 남을 가르치려 한다는 것이다.

—동양 명언

6

잘못 만들어진 수레는 언제나 시끄러운 소리를 낸다. 충분히 익지 못한 이삭은 언제나 머리를 쳐들고 있다.

인생에 있어서 가장 중요한 것은 자기 완성이다.
그러나 자기를 남보다 우월하다고 자랑한다면
어떻게 자기 완성을 기대할 수 있겠는가.

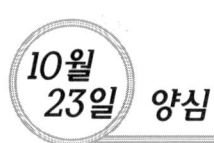

양심

양심은 이 세상의 모든 의의에 대한 인식이다.

1

양심은 선과 악에 대한 신뢰할만한 판결자이다. 자신을 신에게 속하는 존재로 생각하는 자에게는 양심이 있다. 양심은 인간 최고의 본연성을 형성한다. 양심 없이는 인간을 동물 이상으로 높여줄 그 무엇도 없는 것이다. 양심 없는 판단은 지침을 잃고 이성은 기초를 잃고 그저 과실에서 과실로 방황하는 슬픈 상대 밖에는 인간은 가질 수 없는 것이다.

–루소

2

양심에 가책되는 일을 하지 마라. 진리에 어긋나는 말을 하지 마라. 이성이 허용하지 않는 일을 원하지 마라. 인생의 문제는 다수의 사람이 호응하는 데 있는 것이다. 자신 속에 의식되는 규범과 화합하여 살아가는 데 있는 것이다.

–아우렐리우스

3

외부에서 들려오는 무수한 소리도 그대를 그릇된 길로 인도할 뿐이다. 그대의 내부에서 들려오는 양심의 나직한 소리만이 오직 신뢰할 수 있는 안내자인 것이다.

―맬러리

4

대부분의 사람들은 죄를 범하기 쉬운 성품을 가지고 있다. 다만 그 차이는 죄를 범한 후에 양심의 가책을 느끼는 정도에 있는 것이다.

―알피에리

양심의 명령과 투쟁할 수는 없다. 그것은 신의 명령이다.
따라서 그 명령에 복종해야 한다.

10월 24일 동정

만일 모든 인간의 정신적 근원이 동일하지 않다면 우리들이 경험하는 동정과 연민의 감정은 무엇으로도 설명할 수 없을 것이다.

1

비록 그것이 정당한 분노라도 상대편에게 '그 역시 불행한 인간'이라고 생각한다면 그 분노는 곧 사라질 것이다. 그 무엇도 이보다 빨리 노여움을 풀어주는 것은 없다. 왜냐하면 분노 대신에 동정은 불에 대한 물과 같은 것이기 때문이다.

—쇼펜하우어

2

인간이 가야할 바른 길, 지켜야할 도덕은 먼 곳에 있는 것이 아니다. 만일 사람들이 자기보다 먼 곳에 있는 것, 즉 자기들의 본질과 일치하지 않는 것을 도덕이라고 한다면 그것은 악이다.

—공자

3

그대는 돈이 들어 있는 지갑을 잃어버렸을 때는 곧 안다. 그러나 자신의 존엄, 선량함, 온유함을 잃었을 때의 손실은 알지 못하는가?

—에픽테투스

4

그대보다 불행한 사람은 얼마든지 있다. 이러한 생각이 그 밑에서 편히 쉴 수 있는 지붕이 되지는 못할지라도 소나기를 피하기에는 충분할 것이다.

—리히텐베르크

고뇌하고 있는 사람의 위치에 자신을 놓고 생각하라.
상대방의 고뇌를 이해할 수 있어야 참된 동정이 생긴다.

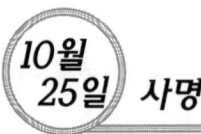

사명

자신의 사명을 인식함으로써 인간은 자기의 가치를 아는 것이다. 그리고 자신의 사명을 아는 것은 종교적인 사람에게만 가능한 일이다.

1

왕이 성현에게 물었다.

"그대는 나를 생각한 일이 있는가?"

성현은 대답했다.

"네, 신을 망각했을 때는 생각합니다."

—사디

2

우리들은 자신의 생활과 이웃의 생활을 마음 속에 깊이 깨달을 때마다 신을 알게 된다.

—마치니

3

드디어 인간이 자신의 가치를 깨달을 때가 왔다. 실로 인간은 아무런 목적 없이 태어난 것일까? 그렇지 않다. 인생은 나에게 구경거리로 주어진 것이 아니다. 내가 그 인생을 살도록 주어진 것이다. 참된 자신의 의의를 깨달아야 하는 것이다.

—에머슨

4

어리석은 자에 대한 태도만큼 그 사람의 특질을 보여 주는 것
은 없다.

–아미엘

5

그가 악인이고 바보이고 부정직하다는 이유로 그를 존경할 의
무를 저버려도 좋다면 남을 멸시하는 한계는 끝이 없는 것이다.

자기가 정신적인 실체임을 깨달은 사람은
자기와 남에 대한 인간의 가치를 알 수 있다.

10월 26일 인생의 의의

　　　　인생의 의의를 결정할 때 "무엇 때문에 당신은 나를
이 세상에 태어나게 했습니까?"라고 신에게 묻는 것은 어리석
은 일이다. 그러나 자기 자신에게 "무엇을 할 것인가!"라고 물
을 때는 아주 간단히 풀린다.

1

인생은 시시각각으로 이어지는 고뇌의 연속이다. 그러므로 가

장 어리석은 조소의 대상이 되지 않기 위한 인생의 의의는 시간의 길고 짧음에 결정되는 것이 아니라는 생각을 가져야 한다.

2

나그네는 어쩌다 들른 여관방을 더럽히고 손상시킨다. 그리고는 죄 없는 여관주인만 탓한다. 이와 같이 사람들은 이 세상의 악에 대하여 반성은커녕 오히려 신을 비난한다.

3

영혼의 완성이야말로 인생의 진정한 목적이다. 이것은 온갖 다른 목적이 죽음을 앞에 두고서 무의미해지는 것만 보아도 진리임에 틀림없다.

4

이 세상은 장난이 아니다. 단순히 경험의 골짜기도 아니다. 더 나은 세계로 옮아가는 것도 아니다. 이 세계 자체가 영원한 세계의 하나이다. 그리고 아름답고 즐거운 세계이다. 그리고 우리들은 함께 사는 모두를 위하여 이 세상을 더욱 아름답고 보람된 것으로 만들어야 한다.

그대가 인생의 의의를 생각할 때
부질없이 이해할 수 없다고 해서 낙담하지 마라.
그런 사람은 좋은 책을 읽고 있는
사람들 틈에 끼어서 어리둥절하고 있는 사람과 같다.
그는 남들이 읽고 있는 것을 이해할 수 없는 것이다.
그리고 그들 사이에서 지쳐버리는 것이다.
이와 같은 인간의 위치는 높여지거나 또는 비극적인 것도 아니다.
도리어 우스꽝스럽고 바보스럽고 가련하게 여겨질 뿐이다.

 **10월 27일 참된 종교**

참된 종교는 이성의 종교가 아니다. 그러나 참된 종교는 이성을 벗어날 수 없다.

1

우리들이 자신의 이성에 순응해야 한다는 것은 숨길 필요도 의심의 여지도 없다. 이성의 힘에 의한 신앙은 모든 신앙의 기초다. 이성은 계시를 받아들이는 유일한 능력이다. 이성은 우리들의 능력에 의하여 정확하고 공정하게 살핀 후에 어떤 가르침이 의심할 수 없는 중요한 원칙과 일치되는가를 인식하게 한다.

—찬닝

2

　설령 신앙의 대상인 신이 우리들의 이성보다 초월한 곳에 있어서 신을 포용할 수 없다해도 이성의 활동을 해로운 것으로 경시해서는 안 된다. 비록 신앙이 높은 차원에 있음을 부인할 수 없으나 이성은 그 신앙의 대상과의 관계에서 매우 중요한 의의를 가지고 있다. 그것은 신앙의 영역에서 이성 이상의 것, 즉 형이상학적인 진리만을 허용하고 이성에 위배되는 모든 사이비 진리를 부정하는 것이다. 그 외에도 이성에게는 인간을 죄나 유혹이나 거짓된 신앙에서 해방시키는 소극적인 과업도 주어져 있는 것이다.

–표트르 스트라호프

3

　빛은 빛으로서 남는다. 설령 소경이 그것을 보지 못한다 하더라도……

4

　너희에게 아직 빛이 있을 동안에 빛을 믿으라. 그리하면 빛의 아들이 되리라. –성경

거짓을 말하는 자들이 무엇이라 하든 이성의 소리를 죽여서는 안 된다.
그것은 참된 진리를 인식하는 데 필요하다. 이성을 정결케 하고
넓혀 가르침 받은 모든 것을 이성으로 검토하는 것이 필요하다.

계시(啓示)와 이성(理性)

신의 계시는 여러 가지로 다르게 설교되고 있다. 이 사실은 신에게 인간적인 정념을 부여함으로써 신의 권위를 떨어뜨리는 데 불과하다. 많은 종교가 존재하는 것은 신에 대한 이해를 깊게 하는 대신 공연히 미혹시킬 뿐이다. 또한 신의 거룩함에 도전하고 인간을 오만하게 하고 잔인하게 만들고 지상의 평화를 위함이 아니라 투쟁과 혼란으로 이끌어 간다. 나는 그 답을 모른다. 나는 종교의 분쟁으로 많은 사람들의 죄악과 인류의 불행을 볼뿐이다.

그들은 계시란 사람들에게 없어서는 안될 신에 대한 봉사를 가르치는 것이라고 말한다. 그 증거로써 이 세계에 전파된 여러 종교를 예로 든다. 그러면서도 종교가 서로 다른 것도 계시에서 비롯된 것인가를 명백히 하려고 하지 않는다. 사람들이 신에 관한 이야기를 원할 때 그 각각의 종교는 자기의 교리와 자기의 방식으로 이야기하도록 강요된다. 만일 신이 우리 인간의 마음 속에서 말씀하심을 듣는다면 이 지상에 존재하는 종교는 오직 하나 뿐일 것이다.

그들은 일정한 제사나 의식이 필요하다고 한다. 그러나 신이 원하는 제의(祭儀)는 영혼 그 자체이다. 신을 위한 의복이나 기도나 제단에서의 동작이나 무릎을 꿇고 절하는 일이 꼭 필요한가를 생각하는 것은 어리석은 일이다. 우리는 아무리 키가 크다 해도 땅에 가깝다. 신은 신령과 진정으로 숭배하기를 바라고 있다. 여기에 모든 종교 모든 나라 모든 사람의 의무가 있다.

이 세상을 지배하며 서로 위선을 행하고 서로 비방하는 많은 종교를 향하여 나는 어느 것이 진실한 것이냐고 물었다. 그때 모든 사람들이 제각기 자기의 것이라고 대답했다. 그 모든 자들이 제각기 오직 자기와 그의 신앙자들이 생각하고 있는 것만이 옳고 다른 것은 모두 잘못된 것이라고 대답했다. 그러면 어째서 그들의 종교가 참이라고 생각하느냐 물으니 "이것은 신이 계시하신 것"이기 때문이라고 말한다. 그러나 누가 "그것이 신께서 계시한 것이라고 알겠는가?"라고 물으면 "우리의 사제(司祭)이다. 그는 잘 알고 있다. 우리들의 사제는 자기의 말을 믿으라 했다. 그래서 나는 그렇게 믿을 뿐이다. 사제는 자기의 말에 부합되지 않는 말은 모두 거짓으로 알라고 말했다. 그래서 다른 모든 것을 나는 배척한다."

나는 이렇게 생각했다. '그럴까? 진리는 하나가 아닌가? 우리에게 옳은 것이 그대들에게는 옳지 못한 일일 수 있는가? 이 양자 사이에는 어떤 차이가 있는가? 선택은 오직 기회의 문제다. 그리고 남을 그것 때문에 불신하고 비방하는 것은 그들이 우리나라가 아닌 다른 나라에서 태어났다고 비방하는 것과 같다. 모든 종교는 신에게 좋은 것이며 받아들일 수 있는 것일까? 또는 그것을 알지 못하는 자들에게 형벌을 주는 어떤 종교를 신이 사람에게 가르쳐 주었을까?'

아무튼 참된 종교를 알 수 있는 명백하고 의심할 수 없는 표식은 신에 의하여 주어져 있음에 틀림없다. 그리고 이 표식은 유·무식이나 어른이나 아이나, 문화인이나 야만인이나, 동양인이나 서양인들에게 모두 통할 수 있는 것이어야 한다. 만일 이 세상에 그것을 믿지 않는 자에게 영원한 고뇌를 주는 종교가 존재하고 진심으로 진리를 탐구하는 인간이 그것을 명확히 믿지 못하고 죽었다면 그와 같은 신은 참혹하고 부정한 폭군이라고 말할 수 있다.

"그들은 이성에 의해 행동하라고 나에게 말한다. 그러나 그것은 나를 기만하는 그 인간 자신에게도 말할 수 있는 말이다. 자기 이성에 따르기 위해서는 확증이 될만한 것을 나는 필요로 하는 것이다. 모든 인간은 나와 같다. 그리고 인간이 참된 길에 이를 수 있다면 나도 도달할 수 있는 것이다.

모든 인간은 나와 같이 잘못을 범할 수 있다. 만일 내가 남들이 나에게 말한 것을 믿는다면 그것은 다른 사람이 나에게 말했으므로 믿는 것이 아니다. 그가 말한 것을 스스로 증명해 주었기 때문에 믿는 것이다. 그러므로 사람들의 증명들은 본질적으로 나의 이성의 증명과 다를 바 없다. 그리고 그들은 신이 내게 주신 진리를 인식할 줄 아는 참된 능력에 대해서는 아무것도 부여하지 않는다. 내 자신이 결단하지 못할 그 무엇이 있을까?"

신이 이르신다. 신의 계시를 들으라. 신은 참으로 이렇게 이르는 것이다. 이것은 위대한 말씀이다. 그렇다면 신은 누구에게 말하는 것인가? 신은 인간들에게 이르신다. 그러면 왜 나는 그것을 듣지 못하는 것일까? 신은 그대에게 고할 것을 다른 사람에게 맡긴 것이다. 그렇다. 사람들은 신이 말씀하신 것을 나에게 말한 것이다. 그러나 신이 직접 나에게 말씀하시는 것이 낫지 않을까? 신으로서는 그것이 어려운 일이 아닐 것이다. 그러면 나도 기만당하는 일은 피할 수 있는 것이다. 그러나 신은 사도들에 의하여 그것이 자기의 말씀임을 증명한다. 어떤 형식으로 말씀하는가? 기적에 의해서이다. 그 기적은 어디에 있는가? 책 속에 있다. 누가 그 책을 만드는가? 사람들이다. 누가 그 기적을 보는가? 그것을 믿는 사람들이다.

결국 그들 자신의 증명에 의하는 것이 아닌가? 모든 사람들은 다른 사람들이 말하는 것을 나에게 이르는 것이다. 신과 나 사이에 얼마나 많은 사람들이 개재하는 것일까? 그대들은 일과 마찬가지로 스스로 보고 스스로 확신하는 것이다. 만일 신이 나에게 모든 고생을 면하게 해주신다면 더욱 쉽게 신을 섬길 수 있을 텐데……

우리들이 단호한 결정에 직면하고 얼마나 많은 지식을 필요로 하고 있는가를 생각해 보라. 그것은 모두 많은 것을 구별하고 조사하고, 저울질하며 이것들의 죄와 계시와 진실을 필요로 하며 모든 나라에 세워진 신앙의 기념비를 고찰하기에 필요하며 시대와 장소와 작자와 상태는 한정하기에 필요하다. 실제 기념비와 조작한 기념비를 구별하기 위하여, 항의와 답변의 구별을 위하여, 원본과 사본을 구별하기 위하여, 증명의 공정성이나 건전한 사상 유익한 교화를 판단하기 위하여 필요하며, 무엇인가 제거되고 또는 중단되어 있지 않느냐를 결정하기 위하여, 그것에 대한 반대를 없애기 위하여, 반대자가 말한 것을 판단하고 그것이 자기와 반대인가를 알기 위하여 이와 같은 문제에 얼마나 정확한 판단을 가져야함이 필요한가?

그 다음 그들 기념비가 사실임이 증명되면 그 작자들의 말의 실제성을 증명하는 일이 필요하며 그 기적의 예언을 방해 없이 확실하게 실감할 수 있느냐 없느냐를 아는 것이 필요하게 된다. 말씀의 정신을 아는 일이 필요하다. 그것은 그 말씀에 어떤 예언이 있고 이 예언에 어떠한 자연의 아니 초자연적인 사실이 있느냐 없느냐를 밝히기 위하여 필요하다. 간사한 인간이 단순한 사람들의 눈을 어느 정도 속이고 교양 있는 사람들까지 놀라게 할 수 있느냐를 결정하고 참된 기적의 목적과 거짓된 기적의 증명을 비교하고 이것을 밝히기 위한 신뢰할만한 법칙을 찾아냄이 필요하다. 그리고 신이 자기의 말을 믿기 위하여 인간이 어떤 방법을 취하기를 원하는가를 아는 것이 필요하다. 신은 사람을 억지로 기쁘게 하고 강제로 항복시키는 수단을 허락하지 않기 때문이다.

인류 모두가 각자의 사명을 인식하지 못하고 어느 선택된 한 사람의 소리에 복종하기를 요구함은 합리적인 일인가? 그 한 사람이 자기의 의사를 확인하기 위하여 소수의 무지한 사람들 앞에서 제멋대로 행동하는 것이 옳은가? 그리고 또 다른 사람은 그와 같은 말을 소문으로 들을 따름이다. 대중들이 보았다고 하는 기적이 옳은 것이라고 한다면 모든 종교는 진실하고 자연히 존재한 그 이상의 기적이 있을 것이다. 자연의 변함 없는 질서는 그 무엇보다 내게 신의 깊은 지혜를 확신시켜 준다. 만일 이 불변의 질서가 어떤 예외를 허용한다면 나는 그것을 어떻게 설명해야할 지 모르겠다. 그리고 신의 뜻에 반대되는 이 많은 기적을 믿기에는 신을 굳게 믿고 있는 것이다. 그대들이 말한 기적은 무엇이든지 무분별하고 쉽게 믿으며 쉽게 감복하는 자들을 기만하는 조작된 것임에 틀림없다.

그래서 가장 중요한 문제가 남아있다. 그것은 참된 신의 가르침을 체험하는 일이다. 신이 기적을 베푼다고 하는 자들에게 악마도 가끔 그런 것을 흉내낸다고 말하리라. 그래서 어느 것이 가장 신뢰할만한 기적인지 알 수 없게 되는 것이다. 결국 기적이라는 수단으로 가르침을 증명하고 악마와 신의 사업을 혼동시키지 않겠다는 말은 다시 그 가르침에 의하여 기적을 증명하지 않으면 안 된다. 신의 가르침은 우선 정결하며 신의 속성이 있어야 한다.

만일 어떤 교훈이 무의미한 운명을 논하고 이웃에 대한 감정을 일으키게 하고 분노와 질투를 부채질하여 당장 번뇌와 형벌을 말하고 약한 자는 벌하기 좋아하고 전쟁과 전쟁의 신을 찬양한다면 나의 마음은 절대로 그 무서운 신에게 끌리지 않을 것이다. 그대들의 신은 나의 신이 아니며 그대들을 종파주의라고 부를 것이다. 오직 특정한 민족을 선별하여 다른 인류를 외면하는 신은 모든 인류의 아버지가 될 수 없다. 자기의 피조물에게는 영원의 고뇌를 선포하는 따위의 신은 자애로운 은총의 신은 아니다. 나의 이성은 자애로우며 좋으신 신에게만 귀를 기울인다.

종교에 대한 이성은 명료하고 놀라울 정도의 확고함이 있어야 한다. 신앙은 이해에 의하여 지속되는 것이다. 가장 참된 종교는 명확한 것이다. 항상 비밀에 싸여있고 모순으로 가득 찬 종교는 그 결과를 경계하도록 나에게 강요한다. 내가 숭배하는 신은 어둠의 신이 아니다. 사람들이 이성에 따르라고 내게 말할 때에는 그것이 창조주를 무시한다는 의미가 있음을 나는 안다.

―루소

10월 28일 고뇌

병에 대한 자각이 우리의 육체를 보호하는 길인 것처럼 고뇌는 요람에서 무덤에 이르기까지 우리들의 생활에 있어서 불가피한 조건이다.

1

공기의 압력이 제거된다면 우리의 육체는 파괴될 것이다. 그와 같이 빈곤과 노고, 기타 괴로운 운명의 압력이 인간 생활에서 제거된다면 인간의 자부심이 차츰 커져서 어쩔 수 없는 우매와 광증(狂症)이 모습을 나타내게 될 것이다.

―쇼펜하우어

Autumn
•
October

2

의사의 처방이 아무리 고통스런 것이라도 환자의 건강을 회복시키려고 하는 것과 같이 신이 인간에게 질병이나 상처나 슬픔의 손실을 주는 것은 이러한 기회를 통해서 그 사람의 도덕적인 건강을 회복하고 그의 독자적인 존재와 모든 인류에 공통된 생활의 결합을 회복시키려고 하는 것이다. 그러므로 아무리 괴로운 일이더라도 자기에게 일어나는 모든 것을 받아들임이 필요하다. 왜냐하면 그러한 기회가 그대에게 주는 의미는 건강하고 가치 있는 세계의 건설이라는 것에 있기 때문이다.

―아우렐리우스

3

항해의 묘미는 폭풍 속에서만 나타난다. 군대의 용감성은 전쟁을 통해서만 발휘된다. 인간의 용기는 그가 곤란하고 위험한 상황에 처했을 때만이 알 수 있다.

—다니엘

4

불행은 인생의 시금석(試金石)이다.

—프리체

5

명예에 습관이 되어서는 안 된다. 그것은 곧 사라져 버리고 만다. 부유한 자도 잃는다는 것을 알라. 행복한 자는 불행이 있음을 알라.

—쉴러

죽음이 없는 인생은 형벌이나 다름없다.
그와 마찬가지로 고뇌가 없는 생활 또한 형벌이 될 수도 있다.

10월 29일 착오

    전에 겪었던 착오를 가늠해 보면 사람들이 깨달은 진리 중에 이전의 것이 잘못된 것임이 명백하며, 그것에 대신하는 진리가 발현됨에도 불구하고 오히려 착오가 사람들을 지배하는 시기가 그것이다. 착오에 대해서 이론으로 싸운다는 것은 무익하며 도리어 해로운 것이다.

1

    스스로 사색하지 않는 사람은 다른 사람의 주장과 선동에 따르게 된다. 자신의 사색을 그 누구에게 맡기는 것은 자기 육체를 공물로 바치는 것보다 더 천한 일이다.

-칼라일

2

    이웃의 흉내를 내고 싶으면 항상 그 자리에 서서 생각하라. 이 세상의 관습에 따르는 것이 현명한 일인지 어리석은 일인지. 개인으로서 또는 사회적인 견지로 봐서 큰 죄악이나 불행은 분별 없이 외부의 선동에 따를 때에만 생기는 것이다.

3

    두려워할 이유도 없는 것을 두려워하고, 진정으로 두려워할 것을 두려워하지 않는 사람은 거짓된 말을 믿고 파멸과 악의 길에 들어선 것이다.

-붓다

남에게 악을 선동하는 일은 오직 선을 주입시키는 일로 없앨 수 있다.
선을 강요할 가장 좋은 방법은 선한 생활을 보여 줌이다.

10월 30일 자아애의 한계

　　도(度)를 벗어난 이기주의(자아애)는 일종의 정신병이
다. 그것이 위험 수위에 도달하면 과대 망상증이라는 병이 된다.

1

　　자기를 부정하는 것은 자유를 상실하는 것이라고 사람들은 잘
못 생각하고 있다. 사실은 자기 부정만이 자신이 사리사욕에서
해방되고 참된 자유를 누릴 수 있다는 것을 알아야 한다. 정욕
은 우리들에게 있어서 가장 무서운 폭군이다. 정욕에 넘어지면
자유의 힘을 잃고 끝없는 투쟁에 빠진다. 사욕과 정욕에서 자신
을 해방시켜라.

－페늘롱

2

　　자아애는 영혼의 감옥이다. 그것은 감금이 생리적인 자유를
빼앗는 것처럼 우리의 행복을 빼앗는다.

－맬러리

3

자아애는 육체적 생활에 국한되어 있으며 육체적인 생활을 보전하기 위하여 필요하다. 그리고 이성은 모든 것의 개별성을 파괴해야 하는 사명을 가지고 있다. 그 이성이 육체적인 생활의 한계를 넘어서지 못할 때 자아애는 유독하고 괴로운 것이 된다.

4

고뇌 없이는 어떠한 정신적 열매도 없다. 그리스도는 헛되이 십자가 위에서 죽은 것이 아니다. 자기를 부정함으로써 남을 위해 희생한 것이다. 희생의 고뇌가 모든 것을 이겨내는 일은 무가치한 것이 아니다.

자아애(이기주의)에서 벗어나는 것이 중요하다.
그러나 그것이 매우 어려운 것은
생활에서 피치 못할 하나의 상태가 되어 버렸기 때문이다.
그러나 그것은 이성이 자람에 따라
약해지고 없어지지 않으면 안 된다.
어린이는 자아애에 대한 양심의 가책을 못 느끼나
이성이 성장함에 따라 자아애는 점점 약해져 간다.
그리고 죽음이 다가올 때 아주 없어져 버린다.

10월 31일 낡은 전통

　　진리의 전파에 가장 방해가 되는 것은 낡은 것과 오
랜 세월의 전통을 믿는 완고성이다.

1

　　신은 인간을 자신의 형상에 따라 창조했다고 말한다. 이것은
분명히 인간이 자신의 모습대로 신을 만들었다는 것을 의미한
다.

ー리히텐베르크

2

　　가장 중요하고 필요한 진리는 종종 진리로써 힘을 잃고 멸시
를 받으며 가장 어리석은 착오와 함께 침묵하고 있을 때에 빛을
발하고 참된 진리라고 인정되는 것이다.

ー콜리지

3

　　인간의 역사를 살펴봄으로써 다음과 같은 사실을 알 수 있다.
가장 어리석은 일을 의심할 수 없는 진리라고 생각했던 일, 모
든 국민이 미신의 희생이 되어 생명 없는 우상이나 인간이 만들
어 세운 사이비 앞에 경배하던 일, 다수의 사람들이 노예처럼
고통받고 그들의 노동을 착취하여 사치스런 생활을 하고 있는

데 그들은 굶주림으로 죽어갔다는 것 등등을 알 수 있다. 이와 같은 악이 지배하고 있었던 원인은 항상 자아욕의 강한 영향과 어린이의 순진한 질문에 대답하기를 거절했던 교활함 때문이었던 것이다.

―헨리 조지

전통을 존중하지 않는 것은
전통을 존중함으로 생겨난 죄악
즉 오늘날에 있어서
아무런 합리적인 근거도 없는 습관이나
법률이나 제도를 낳게 했던
죄악의 백분의 일도 되지 않는다.

11월 1일 겸손

자기의 운명이 행복해야 한다고 생각하는 사람은 겸손할 수가 없다. 자기를 신의 노예라고 생각하며 운명에 봉사하는 사람만이 겸손한 사람이다.

1

진실로 선량한 사람의 겸손은 사물에 대한 열성으로써 알 수 있다. 그들은 현재 자기의 일에 온 정성을 바치는 것이다. 그리고 어떠한 일에도 태만하지 않는다.

—중국 속담

2

발끝으로는 오랫동안 서 있을 수 없다. 자기 만족에 도취된 자는 영광에 이르지 못하며 자랑하는 자는 보상을 받을 수 없고 뽐내는 자는 그 이상으로 높아질 수 없다. 이런 자들은 이성 앞에서 무가치한 존재이다. 그리고 모든 사람들에게 혐오를 일으키게 하는 것이다. 그러므로 이성을 가진 자는 자기 자신을 지나치게 신뢰하지 않는 법이다.

―노자

3

자기 자신을 깊이 깨달으면 깨달을수록 또 자기 자신을 낮추면 낮출수록 한층 더 높아지며 겸손해지는 것이다.

―켐피스

그대는 무슨 일에 대해서나 권리를 가지고 있지 않음을 기억하라.
그리고 그대는 자신에게 생명을 부여한
어떤 본원에 예속되어 있는 것이다.
그러므로 그대에게는 오직 의무가 있을 따름이다.

11월 2일 세속적인 영광

　　세속적인 영광이나 명예를 얻기 위한 행위는 그 결과가 어떻든 불순한 것이다. 선을 행하려는 의지와 세속적인 영광을 얻고자 하는 행위가 반반씩 섞여 있어도 역시 불순하다. 가장 중요한 동기가 신의 의지를 행하겠다는 것만이 선한 행위가 될 수 있다.

1

　자기 마음이 원하는 대로 행동하는 사람은 동시에 악마에게 자기를 바친 존재이다. 도덕의 세계에서는 주인 없는 땅이란 있을 수 없다. 경계가 없는 땅은 악마에게 속하는 것이다.

—아미엘

2

　그대가 세상 사람들의 평가나 흥미가 어떤 원천에서 나오는가를 안다면 남이 칭찬하는 자리에 함께 어울려서 맞장구를 치는 행위는 결코 하지 않을 것이다.

—아우렐리우스

3

　우리들은 그저 용감하다는 칭찬을 얻고 싶어하는 비겁한 자가 되려고 하는 것이다.

—파스칼

4

모든 선행은 사람들이 칭찬을 얻고자 하는 희망을 가져도 좋다. 다만 그것이 인간적인 영예만을 위한 행위라면 악이다. 그러나 선을 행하려는 희망 속에 사람들의 칭찬에 대한 희망이 가해져 있을 뿐이라면 선행이라고 말할 수 있을 것이다.

타인의 칭찬이 그대 행위의 결과가 되게 하라.
결코 그것을 목적이 되게 해서는 안 된다. 그대가 정말 순수하다면
아무도 알아주지 않는 생활을 할지라도 행복할 것이다.
한 번 시도해 보라. 형언할 수 없는 기쁨을 맛보게 될 것이다.

11월 3일 불변의 법칙

불변의 법칙은 오직 하나 뿐이다. 그것은 신의 법칙이다. 인간이 만든 법칙이 법칙으로 바람직한 가치가 있으려면 신의 법칙과 일치되어야 한다.

1

예수께서 대답했다.
"내 교훈은 내 것 아니요, 나를 보내신 이의 것이니라. 사람이 하나님의 뜻을 행하려면 이 교훈이 하나님께로서 왔는지 내가

스스로 말함인지 알리라. 스스로 말하는 자는 자기 영광만 구하
되 보내신 이의 영광을 구하는 자는 참되니 그 속에 불의가 없
느니라."

-성경

2

육체 밖에 있는 사물을 촉감을 통해서 알 수 있듯이 양심은 우
리들의 개인적인 감정 밖의 사물을 알려준다. 정의나 선이나 진
실은 우리들 자신의 소산이 아니라 신에 의하여 우리들 속에 심
어진 것임을 가르쳐 주는 것이다.

-말티노

3

법을 만든다는 것은 오직 신만이 할 수 있는 일이다. 법을 지
키는 자의 과업은 그것을 생활 속에 바르게 적용하는 것이다.

-존 러스킨

4

사회적인 문제 해결에 필요한 이해는 이론적인 능력만으로는
얻어지지 않는다. 그것을 위해서는 개인 또는 단체의 단순한 이
해를 초월해야만 한다. 종교적인 감정에 젖고 인류의 고뇌에 공
감을 가져야 한다. 그리고 정의를 구해야 한다. 왜냐하면 모든
사회 문제의 근원에는 언제나 공통된 부정을 발견할 수 있기 때
문이다.

-헨리 조지

5

　모든 인간이 인생의 가장 중요한 문제를 해결하려고 할 때는 먼저 오랜 시일이 걸려서 쌓이고 모아진 힘에 의하여 얻어진 지식, 인생의 모든 근본 문제에 대한 허위의 존립을 지지하고 있는 지식을 타파함이 필요하다.

신의 법칙과 인간의 법칙은 상반되는 것이다.
그러면 어떻게 할 것인가?
신의 법칙을 버리고 인간의 법칙을 높일 것인가?
이것은 이미 1,900년 동안이나 실천해 온 것이다.
그럼에도 불구하고 신의 법칙은 더욱 명료해지고 있다.
그래서 단 하나의 해결책이 있는데
그것은 인간의 법칙을 신의 법칙으로 대치시키는 것이다.

신적인 것과 인간적인 것

　이것은 1870년대 러시아 혁명가들과 정부 사이에 싸움이 벌어져 그 싸움이 절정에 이르렀을 때의 일이다.

　남부 어느 지방의 총독은 독일 사람으로 긴 수염과 매서운 눈초리에 무뚝뚝한 얼굴을 하고 있었다. 그는 어느 날 저녁 책상에 앉아 촛대 네 개에 불을 켜고 비서가 놓고 간 서류를 대강 훑으며 '시정무관장'이라고 서명하고 있었다. 그 서류 중에는 반정부 음모에 관련된 노보로시스크 대학 출신 아나토리 스베트로구프에게 사형을 선고한 판결문이 있었다. 총독은 묘하게 얼굴을 찌푸리면서 서명했다. 노령에 자주 씻어 하얗고 주름 잡힌 손가락으로 서류 끝을 맞추어 곁으로 밀어 놓았다.

　다음 서류는 군대 식량 수송비 지불에 대한 것이었다. 그는 그 서류를 자세히 검토하며 계산에 착오가 있는가를 조사하다가 갑자기 스베트로구프의 사건에 관하여 보좌관과 나누던 이야기가 생각났다. 총독은 스베트로구프의 소지품에서 다이너마이트가 나왔다고 해서 그의 범죄를 증명하는 충분한 이유는 못된다고 생각하고 있었다. 그와 반대로 보좌관은 다이너마이트 외에도 스베트로구프가 일당의 주동자임을 증명하는 것은 많다고 주장했다. 그것을 상기하고 총독은 생각에 잠겼다. 그의 심장은 불규칙하게 뛰기 시작했다. 그리고 그의 보람과 만족의 상징인 십자 훈장이 가슴에서 움직일 만큼 큰 한숨을 쉬었다.

　'아직 늦지 않았지. 비서관을 불러야겠어. 취소할 수 없다면 명령 연기만이라도 가능하겠지.'

　부를까 말까로 그의 심장은 몹시 고동쳤다. 그는 벨을 눌렀다. 곧 전령이 조용하게 들어왔다.

"이반 트웨비치는 퇴근했나?"

"예, 각하 아직 사무실에 계십니다."

총독의 심장은 고동을 치다가 갑자기 세차게 뛰기 시작했다. 그는 4~5일 전 자기를 진찰한 의사의 주의가 생각났다.

"자신의 심장이 중하다고 생각되면 곧 사무를 중단하고 휴양을 취하는 것이 무엇보다 필요합니다. 흥분하는 일이 당신에게는 가장 해롭습니다. 어떤 경우라도 그것을 잊어서는 안 됩니다."

"불러올까요?"

"아니, 그만 둬."

그는 혼자 중얼거렸다.

'주저하는 것은 무엇보다도 사람의 마음을 혼란하게 하는 거야. 이미 서명해 버렸는데 이제 그만이지. 잠자리에 들거든 곧 잠들라고 하지 않았는가?'

그는 상황에 맞는 격언을 반복했다.

'나와는 상관없는 일이야. 나는 황제의 대리자가 아닌가. 그 따위를 생각할 필요가 없어.'

자기 마음에 없는 잔인성을 나타내려는 듯이 눈썹을 찌푸렸다. 그리고 최근 황제를 알현했던 일을 생각했다. 황제는 엄숙한 표정을 짓고 큰 눈을 돌리면서 말씀하셨다.

"나는 그대를 믿네. 전쟁에서 용감히 싸웠던 것처럼 혁명분자들과의 투쟁에서도 훌륭한 결단을 보여 주게. 속거나 위협에 굴복하지 않도록! 그럼 부탁하네."

황제는 말을 마치자 그를 껴안고 어깨에 입을 맞추어 주셨다. 총독은 그때 자기가 대답한 말을 상기했다.

"신의 단 하나 소망은 폐하와 국가를 위하여 생명을 바치는 일입니다."

그리고 그는 황제를 위해 헌신적인 열정으로 복종했던 것을 생각해보았다. 그런 후 잠시나마 마음을 혼란케 한 생각을 몰아냈다. 그는 나머지 서류에 서명하고 또 벨을 눌렀다.

"차는 준비됐나?"

"예, 준비되어 있습니다. 각하!"

"그래, 좋아!"

201

Autumn
•
November

총독은 깊은 한숨을 내쉬고 심장 부근을 만져보면서 무거운 걸음으로 텅 빈 홀로 들어갔다. 그리고 깨끗이 닦은 모자이크 문양의 마루바닥을 지나 이야기 소리가 들려오는 응접실로 들어갔다. 응접실에는 총독 부인의 손님이 와 있었다. 지사와 그의 부인 그리고 미혼인 공주한 분, 그녀는 대단한 애국자의 딸이다. 그 밖에 총독의 집에 남아있는 한 명의 딸과 그녀의 약혼자인 근위사단 장교이다. 총독 부인은 얇은 입술과 쌀쌀한 표정의 여자로서 낮은 테이블에 앉아 있었다. 그 위에는 석유난로가 놓여있었고 은제 커피포트와 차 도구가 준비되어 있었다. 아주 뽐내는 목소리로 건강한 지사 부인에게 남편의 건강이 걱정이 된다고 수다를 떨고 있었다.

"매일 새로운 정보가 쏟아지고 끔찍한 음모와 그 밖의 다른 보고가 들어온답니다…… 그 모든 사건과 정보를 우리 집 주인이 처리해야만 하구요."

"아, 그런 말씀 그만두세요."

공주가 가로막았다.

"그 지긋지긋한 악당들을 생각하면 몸서리가 쳐져요."

"참 지긋지긋한 일이에요. 여러분은 아마 믿지 않으시겠지만 우리 주인은 하루에 12시간이나 일을 해요. 그렇게 약한 심장을 가지고 있으면서 말이에요. 저는 정말 걱정입니다."

남편이 들어오는 것을 보면서 그녀는 이야기를 계속했다.

"참, 바르빈은 아주 뛰어난 테너 가수랍니다. 여러분 한 번 와서 들어보세요."

그녀는 지사 부인에게 웃으면서 지금까지 그 이야기를 하고 있었다는 듯이 새로 온 가수 이야기를 했다. 아름답고 날씬한 체격을 가진 총독의 딸은 약혼자와 함께 응접실 구석에 있었다. 그들은 일어나서 아버지 쪽으로 걸어갔다.

"아, 너희는 오늘 처음 보는구나!"

총독이 그렇게 말하며 딸에게 키스를 하고 청년에게 악수를 했다. 손님과 일일이 인사를 한 후 총독은 작은 테이블 앞에 앉아서 지사와 최근의 사태에 대해 이야기하고 있었다.

"안 돼요. 정치 이야기는 그만 두세요. 의사의 지시예요."

총독 부인은 지사의 이야기를 가로막았다.

"그렇지 않아요. 그럴 리가 없어요. 정말 있을 수 없어요. 저를 놓아주세요."

스베트로구프 어머니는 자기를 붙잡고 있는 교장과 아들의 친구, 그리고 의사의 손에서 빠져나려고 몸부림치고 있었다. 스베트로구프 어머니는 백발이 성한 곱슬머리에 눈언저리에는 잔주름이 생겼으나 아직은 인품이 훌륭한 중년 부인이었다. 스베트로구프의 친구인 교사가 사형선고 결재가 끝난 것으로 알고 그녀에게 놀라운 통보가 있더라도 침착하라고 말했던 것이다. 그런데 그가 망설이며 굳은 표정으로 말할 때 그녀는 걱정하던 일이 드디어 닥쳤구나 싶어 눈치를 챘다. 이것은 그 거리의 일류호텔 조그만 객실에서 일어난 사건이었다.

"왜 붙잡는 거요. 놓아주세요!"

그녀는 옛 친구인 의사의 손을 뿌리치려고 몸부림치면서 외쳤다. 의사는 한 손으로 그녀의 손을 잡고 다른 손으로는 테이블 위에 쓰러져 있는 약병을 일으켜 세웠다. 그녀는 내심 잡혀 있는 것을 다행으로 생각했다. 왜냐하면 무슨 일을 저지를지 모른다고 생각하니 자신이 무서워졌기 때문이다.

"진정하시고 이것을 좀 잡수세요."

의사는 포도주용 컵에다 약간 흐린 물약을 따라 주었다. 그녀는 갑자기 조용해지며 고개를 떨구었다. 그리고 눈을 감고 안락의자에 몸을 기대었다. 그녀는 아들이 3개월 전에 묘하고 슬픈 표정으로 작별인사를 하던 일을 생각했다. 그리고 비로드 잠바를 입고 곱슬 금발머리를 하고 있던 8살 소년시절의 아들 모습을 회상하고 있었다.

"아! 그 애에게…… 귀여운 내 아들에게…… 그놈들이 무슨 짓을 하겠다는 거야?"

그녀는 일어서서 테이블을 밀어붙이고 의사의 손을 뿌리쳤다. 그러나 문까지 가다가 다시 의자에 주저앉았다.

"이래도 신이 계신단 말인가? 대체 어떻게 생긴 신일까? 그런 짓을 용서하다니! 그 따위 신은 차라리 없는 것이 낫지!"

이렇게 말하면서 울부짖고 신경질적으로 외치기도 하고 웃기도 하였다.

"교수형에 처한다고! 자신의 일생과 모든 재산을 남을 위하여 국민을 위하여 바친 내 자식을 죽이다니!"

그녀는 미친 듯이 소리쳤다. 지금 이렇게 칭찬하고 있으나 이전에는 자식의 희생을 늘 꾸짖었던 것이다.

"그 애를 교수형에 처하다니! 그 애를…… 그래도 신이 있단 말인가?"

그녀는 원망스레 울부짖었다.

"자, 제발 진정하시고 이 약을 드세요."

"아무것도 먹고 싶지 않아요."

그녀는 절망적으로 외치며 울었다. 밤이 되자 그녀는 기진맥진해져 버렸다. 그리고는 꼼짝도 않고 앉아서 멍한 표정으로 허공만 바라보고 있었다. 의사가 진정제를 주사했기 때문에 잠이 들었다. 그러나 의식이 다시 돌아오자 조금 전보다 훨씬 사나워졌다. 더욱더 놀란 것은 인간이 그처럼 악할 수 있는가였다. 모든 인간이……

그런데 하녀는 태평한 얼굴로 방 청소를 하려고 들어오고 옆방에서는 친구들과 즐거운 듯이 이야기를 나누며 아무 일도 없다는 듯이 웃어대고 있지 않는가?

스베트로구프는 한달 가량 독방에 수감되어 있었다. 그러나 그동안 많은 경험을 얻었다. 스베트로구프는 본능적으로 어릴 때부터 자기가 부자로서의 특권을 누리는 것은 부당하다고 생각했다. 그리고 이 감정을 없애려고 무진 애를 썼으며 특히 자기만이 행복하고 기쁨에 충만하다고 느끼고 남의 가난이나 농부, 늙은이, 부녀자, 아이들과 비교해 보며 부끄럽게 생각할 때도 있었다. 그들은 태어나서 성장해도 그다지

감사할만한 가치도 없다고 생각되는 쾌락이나 향락도 맛보지 못하고 끊임없는 노동과 가난에 시달리다가 죽어 가는 것이다. 대학을 졸업하자 특권을 누리고 있다는 자책 때문에 자기의 땅에 모범학교, 소비조합, 가난한 사람이나 노인을 위한 구제소를 설립하기도 했다.

　그러나 이상한 것은 보람된 일을 하면서도 과거에 친구와 술을 마시고 떠들어대거나 경마에서 돈을 잃은 생각 때문에 죄책감에 사로잡히는 것이었다. 그런 일들은 도덕에 위배되는 악한 것이라고 그는 생각했다. 그와 같은 환멸을 느끼면서 그는 키에프로 갔다. 거기에서 대학시절에 가장 친했던 친구 하나를 만났다. 그 사나이는 3년 후 키에프 요새의 참호 속에서 총살을 당했다.

　그는 천재였으며 감정이 풍부하고 열정적인 사람이었다. 그리고 스베트로구프에게 민중을 계도하고 주인 의식을 깨우쳐 권리를 주장하게 하고 지주나 정부의 압력에서 해방과 자유를 주기 위한 목적의 어떤 결사단체에 가입하도록 권했다. 그 친구와 또 다른 친구들과 교제하면서 스베트로구프는 지금까지 막연하게 생각했던 일을 분명하게 알게 되었다. 자기가 해야할 일을 구체적으로 알게 되었다. 그는 다시 고향으로 돌아왔다. 고향에 돌아와서도 그 친구들과의 관계를 지속하면서 새로운 출발을 하였다. 그는 교장이 되어 성인들을 모아 책이나 팜플렛을 읽어 주며 농민들의 위치를 자세히 가르쳐 주고 금서를 출판하기도 했다. 이 모든 비용은 자기가 충당했으며 어머니에게도 도움을 받지 않았다. 그리고 이웃 여러 마을에도 그런 기관을 세우도록 힘썼다. 이 활동을 하는데 미쳐 생각지도 못했던 두 가지 벽에 부딪쳤다. 그 하나는 백성 대부분이 그의 활동에 냉담할 뿐 아니라 심지어 멸시하는 태도였다. 또 다른 하나는 정부의 간섭이었다. 학교는 폐쇄되고

경찰이 자기 집과 친구 집을 수색하여 책과 서류를 모두 압수해 갔다.

스베트로구프는 첫 번째 장애인 국민들의 무관심은 별 문제가 아니었다. 그는 정부의 간섭에 분노하고 있었으니까. 정당한 일에도 병신 취급을 하는 정부의 탄압, 타지방에서도 마찬가지로 정부의 박해에 시달려 많은 친구들의 분노가 높아져 갔다. 그리고 반정부의 결사단체가 활발하게 일어났다. 이 새로운 계급의 우두머리는 메세네츠키라는 사나이였다. 그는 굽힐 줄 모르는 강한 의지와 확고한 이론을 가지고 있어서 누구에게나 알려져 있었고 개혁을 위해 모든 것을 헌신하고 있었다. 스베트로구프는 그의 지도력에 감화되어 예전에 농민을 위해 힘쓰던 정력을 가지고 폭력 운동에 투신했다.

그런 일은 아주 위험했다. 그는 조용히 중얼거렸다. '승리하느냐? 죽느냐? 비록 죽더라도 그것은 장래의 목적을 성취하기 위한 승리이다.' 그리고 마음 속에 불타는 정열은 그의 7년 간의 혁명시기에 조금도 식지 않고 오히려 더욱 커져 동료와의 사랑, 존경으로 용기를 북돋았다.

그는 그 목적을 위하여 모든 재산과 유산을 포기해 버렸다. 개혁을 위한 고통이나 궁핍도 아무렇지 않았다. 그러나 오직 한 가지 일이 그를 괴롭혔다. 어머니와 어머니를 섬기고 사랑해 주던 젊은 여자에게 주는 상처였다.

그런데 같은 테러단 중에 자기와 의견이 맞지 않는 사나이가 경찰의 추적을 받고 있으니 자기가 가지고 있는 다이너마이트를 몇 개만 숨겨달라고 부탁해 왔다. 스베트로구프는 그 사나이의 부탁이 탐탁지 않았으나 결국 허락했다. 그런 일이 있은 이틀 후 경찰관이 들이닥쳐 가택수색을 해 다이너마이트를 발견했다. 그 일과 관련해 여러 각도의 심문이 있었으나 한 마디도 대답하지 않았다.

그가 각오했던 고통이 시작되었다. 그전부터 그는 많은 친구들이 투옥되고 추방되며 사형 당했을 때 자기도 그들의 고통에 동참하고 싶다는 생각을 했다. 결국 체포되어 심한 고문을 당할 때도 오히려 자랑스러웠고 희열마저 느꼈다.

그러나 먼지와 벌레가 있는 습기 찬 감옥 속에서 옆 감방의 죄수가 불쾌하고 슬픈 소식을 전해 주거나 동지들의 죄를 고백하려는 심약한 자가 심문을 받을 때의 긴장 외에는 무료하고 고독한 하루가 가고 또 일주일 그리고 한 달이 지나자 그의 온 기력은 점점 쇠약해졌다. 그가 우울해질 때면 어떤 결과이든 빨리 끝났으면 좋겠다는 생각뿐이었다. 그의 고뇌는 자신의 인내력에 한계를 느껴 한층 더해 갔다. 두 달째에 접어들어 그는 자기의 무죄를 실토하고 풀려나갈까 생각도 했다. 이 생각에 자기의 의지가 이처럼 약할 수 있는가에 몸서리쳤다. 그리고 예전에 샘솟든 힘이 소진되었음을 인식하고 자신이 미워져 꾸짖기까지 했다. 괴로움은 더해 갔다.

무엇보다도 두려운 일은 자유로운 시절에 너무 무가치한 생활로 젊음을 탕진해 버렸다는 생각이 들 때이다. 그러나 추억이 마음을 유혹했다. 지금까지 선으로 생각해 온 일이 결국 손실이었음을 후회하고 지금 당하고 있는 이 일조차 의혹이 일었다. '자유롭고 평화로운 어느 시골이나 외국에 가서 사랑하는 사람과 살면 얼마나 행복할까'라는 생각이 떠올랐다.

수감된 지 두 달이 지난 어느 날 형무소 전옥이 정례 순회를 하면서 갈색 표지에 금빛의 십자가가 박혀있는 조그마한 책을 스베트로구프에게 주었다. 그는 지사 부인이 조수를 위해 몇 권의 신약성경을 두고

간 것이라고 말했다.

　스베트로구프는 감사 인사를 한 후 미소를 지으면서 그 책을 벽에 달린 테이블에 올려놓았다. 형무소 전옥이 지나가자 스베트로구프는 옆방 사람에게 신호를 보냈다. 그리고는 형무소 전옥이 새로운 소식은 가져오지 않았으나 성경책을 주고 갔다고 했다. 그 사람의 대답도 같았다. 스베트로구프는 습기가 베어 맞붙은 페이지를 한 장 한 장 넘겨가며 읽었다. 그는 성경책을 지금까지 보통 책으로만 취급하여 자세히 읽어 본 일이 없었다. 성경 상식이란 대학시절에 신학 교수가 강의할 때 무심코 들었던 정도와 교회에서 목사가 읽은 것을 기억하고 있을 뿐이었다.

　"마태복음 1장 아브라함과 다윗의 자손 예수 그리스도의 세계라 아브라함이 이삭을 낳고 이삭은 야곱을 낳고 야곱은 유다와 그 형제를 낳고."

　그는 계속해서 읽었다. 아무것도 아니었다. 이상하고 혼란스런 바보 같은 말만 적혀 있었다. 감방이 아니었다면 단 한 페이지도 읽지 않았을 것이다. 그러나 그는 계속 읽었다. 심심해서 읽어 내려갔다. 그 아이가 처녀 몸에서 태어났다는 것, 그리고 그 아이는 '하나님이 우리와 함께 계시다'라는 뜻인 임마누엘이라고 불렸다는 것이 기록되어 있는 제1장을 읽었다.

　'그런 예언자가 도대체 어디서 왔단 말인가?'라고 생각하면서 그는 계속 읽었다. 동방에 별이 나타나 박사들을 인도하던 이야기를 쓴 제2장, 메뚜기와 석청을 먹고살았다는 요한의 기사가 적힌 제3장, 그리고 악마가 40일을 금식한 예수를 성전 꼭대기에서 뛰어내리라고 한 제4장을 읽었다.

모두가 우스운 이야기였다. 그 후에는 무료함에 지쳐도 성경책은 보지 않고 저녁때가 되면 습관처럼 셔츠에 이 잡기를 시작했다. 그때 문득 5학년 시험 때 8복(福) 중의 하나를 잊어버려 곱슬머리 목사에게 야단을 맞고 나쁜 점수를 받았던 일이 생각났다. 그것이 어느 복인지 몰라서 닥치는 대로 읽어보았다.

"의를 위하여 핍박을 받는 자는 복이 있나니 천국이 저희 것임이라."

'이 구절은 나에게도 관계가 있는지도 몰라' 하고 생각했다.

"나로 인하여 너희를 욕하고 핍박하고 거짓으로 너희를 거스려 모든 악한 말을 할 때에는 너희에게 복이 있나니 기뻐하고 즐거워하라. 하늘에서 너희 상이 큼이라. 너희 전에 있던 선지자들을 이같이 핍박하였느니라. 너희는 세상의 소금이니 소금이 만일 그 맛을 잃으면 무엇으로 짜게 하리요. 후에는 아무 쓸데없이 다만 밖에 버리어 사람에게 밟힐 뿐이니라."

'이것은 꼭 나를 두고 하는 말이야.'

그는 생각했다. 그래서 계속 읽었다. 제5장을 단숨에 읽고는 한숨을 돌렸다.

"노하지 말라. 간음하지 말라. 악한 자를 대적하지 말라. 너희 원수를 사랑하라."

'그렇다. 이렇게 고운 모습으로 모두 살아갈 수 있다면' 하고 그는 생각했다. '혁명이니 개혁이니 다 소용없는데.'

계속 읽어가니 그 구절들의 뜻을 깊이 이해할 수 있었다. 읽으면 읽을수록 이 책 속에는 특별한 의미가 있다고 새삼 느꼈다. 어떤 것은 마음에 감명이 오고 또 어떤 것은 지금까지 한 번도 들어 본 적이 없으나 아주 잘 알고 있는 것 같은 친근감이 들었다.

"이에 예수께서 제자들에게 이르되 아무든지 나를 따라 오려거든 자기를 부인하고 자기 십자가를 지고 나를 좇을 것이니라. 누구든지 제 목숨을 구원코자 하면 잃을 것이요, 누구든지 나로 인하여 제 목숨을 잃으면 찾으리라. 사람이 만일 온 천하를 얻고도 제 목숨을 잃으면 무엇이 유익하리요. 사람이 무엇을 주고 제 목숨을 바꾸겠느냐."

'그렇지 그래. 옳은 말씀이야.'

그는 눈물이 맺혀서 외쳤다.

'이것이야말로 바로 내가 그렇게 생각하고 있었던 것이며 내 영혼을 바쳐 구하고 있던 것이다. 이것에 생명이 있다. 나는 많은 사람의 행복을 위하여 여러 가지 좋은 일을 해 왔다.'고 생각했다.

'그러나 그것은 나타샤와 드미이트리 세모로프의 의견이 진리라고 생각하면서 실천하는 것이다. 그러니까 의혹이 생기고 불안하다. 나는 내 자신의 영혼에 명령한 것을 순종했을 때만이 자신을 희생하고자 할 때만이 평화를 느꼈다. 자신의 전부를……'

그 후 스베트로구프는 성경을 읽고 그 진리를 생각해 보면서 참으로 뜻 있는 시간을 보냈다. 그러던 중에 현재의 자기보다 더 높은 차원으로 높이려는 감동이 생겼다. 또 예전에는 경험하지 못했던 사상이 싹텄다. '왜 모든 인간이 성경이 교훈한 생활을 실천하지 않는 것인가?' 라고 생각했다.

'이대로 살기만 한다면 모든 인간이 참 좋을 텐데. 그것을 실천만 한다면 슬픔도 가난도 없고 오직 행복만 있을 것이다. 만일 이 옥살이가 끝나고 내가 다시 살아간다면' 하고 생각한다. '나는 언제 석방될지 몰라. 석방에 대한 노력을 해야 할까? 그러나 어디 있든지 마찬가지야. 이 책의 정신을 따르면 되는 거야. 나는 그대로 살아가야지. 그 것은 가능한 일이야. 그대로 살아가지 않는 것이 바보스런 것이다.'

　며칠이 지난 어느 날 즐겁고 유쾌한 기분으로 있으려니 전옥이 갑자기 찾아와서 현재 기분은 어떠하며 원하는 것은 없냐고 물었다. 스베트로구프는 깜짝 놀랐다. 그러나 그것이 무엇을 의미하는 것인지 몰랐다. 그리고 거절당할 줄 알면서도 담배를 원했다. 그러나 곧 보내주겠다고 말했다. 그리고는 간수가 담배 한 갑과 성냥을 가져왔다. 그는 속으로 누가 잘 봐 달라고 부탁한 줄로만 생각했다. 그리고 담배에 불을 붙여서 갑작스런 대우의 의미를 곰곰이 생각하면서 감방 안을 거닐었다.

　이튿날 그는 법정에 끌려나갔다. 그 곳에는 여러 차례 나간 일이 있었다. 그러나 그날 따라 웬일인지 아무 심문도 없었다. 그리고 재판관 한 사람이 그를 쳐다보지도 않고 일어서자 다른 재판관들도 따라서 일어섰다. 그는 문서 한 장을 펴서 부자연스런 목소리로 읽기 시작했다.

　스베트로구프는 귀를 기울이면서 재판관들의 얼굴을 살펴보고 있었다. 그들은 모두 그의 얼굴을 보지 않으려고 시선을 피하고 있었다. 그들은 긴장한 모습으로 낭독하는 소리를 듣고 있었다. 그 문서에는 다음과 같이 적혀 있었다.

　"아나토리 스베트로구프는 가까운 때 또는 먼 장래에 현 정부를 전복할 목적으로 혁명운동에 가담한 죄로 그 모든 권리를 박탈하며 이에 교수형에 처함."

　스베트로구프는 귀를 기울였으나 재판장의 표면적인 의미 밖에는 알 수 없었다. 그는 '가까운 또는 먼 장래'란 묘한 말을 들었다. 그리고 사형에 처한 자에게 박탈할 권리가 있다는 말을 납득할 수가 없었다. 퇴장 명령을 받고 헌병에게 끌려 밖으로 나왔을 때에야 비로소 사형선고를 받았다는 사실을 분명하게 깨달았다.

"무슨 착오가 있을 것이다. 오해일 거야. 아무것도 모르겠는걸……설마."

감방에 돌아와서 중얼거렸다. 그는 그때 죽음과 자아 의식을 결부시킬 수 없을 정도로 삶의 강한 의지를 느끼고 있었다. 스베트로구프는 침대에 누워서 눈을 감고 이후에 자기를 기다리는 것들을 생각하려 했으나 허사였다. 그는 아무리 생각해도 자기의 존재가 사라진다는 것은 생각할 수 없었다. 타인이 자기 인생을 죽인다는 일은 생각할수 없었다.

'아직은 젊고 행복하고 친절해서 많은 사람에게 사랑 받고 있는 나를' 하고 그는 생각했다. 그리고 어머니의 사랑, 나타샤의 사랑, 친구들의 사랑을 생각했다.

'그러한 내가 죽는다. 누가 그런 짓을 시키는가? 왜? 그리고 나 하나가 없어진다면 어떻게 된다는 것인가? 설마 그런 일이야!'

전옥이 들어왔다. 스베트로구프는 처음에는 몰랐다.

"누구냐? 무얼 하러 왔어."

스베트로구프는 물었다.

"아, 당신이구려. 지금 몇 시나 되었어요?"

"몰라."

전옥이 퉁명스럽게 대답했다. 그리고 잠깐 서 있다가 상냥한 목소리로 말했다.

"충분한 각오가 돼있나 보려고 목사님이 오시겠다는데……"

"만날 필요 없어요. 아무 말도 하고 싶지 않으니 저리 가 주시오."

스베트로구프는 외쳤다.

"그래 유언해 둘 마지막 말은 없는가? 그것은 허가된 사항이야."

"아! 그래, 쓸 것을 주시오. 유서를 써 두게."

전옥은 나갔다.

'틀림없이 내일 아침에는 죽는구나.'

스베트로구프는 생각했다.

'아무것도 아니야. 있을 수 없어. 이건 틀림없이 꿈일 거야.'

그러나 간수가 왔다. 오랫동안 낯익은 사람이었다. 두 자루 펜과 잉크, 편지지 그리고 푸른 봉투를 몇 장 가지고 와서 테이블 앞의 의자에 올려놓았다.

'이것은 모두 현실이며 꿈이 아니야! 더 이상 생각지 말자. 그렇지 먼저 어머니께 쓰자!'

스베트로구프는 속으로 중얼거렸다. 그리고 곧 테이블에 앉아 쓰기 시작했다.

"사랑하는 어머님."

이렇게 쓰고는 울기 시작했다.

"용서해 주십시오. 그동안 어머님께 끼쳐드린 모든 잘못을 용서해 주십시오. 제가 무엇을 잘못했는지 모릅니다. 그러나 그 길 밖에는 어쩔 도리가 없었습니다. 어머님 저를 용서해 주세요."

'그러나 이 말을 몇 번이나 했는가?'라고 생각했다.

'그게 무슨 상관 있어! 다시 고쳐 쓸 시간이 없어.'

"저의 일을 너무 슬퍼하지 마십시오."

그는 다시 계속했다.

"죽는 것, 그것은 조금 먼저 가나 늦게 가나 결국은 마찬가지입니다. 저는 두려워하지 않습니다. 또 제가 한 일도 절대로 후회하지 않습니다. 저는 다른 일을 할 수가 없었으니까요. 그저 용서해 주시고 다른 사람들도 책망하지 마십시오. 나와 함께 모의했던 사람들도 그리고 나를 처형한 사람들도 용서해 주십시오. 모두 그렇게 하지 않고는 다른 방법이 없습니다. 사실 그들은 무엇을 하고 있는지 잘 모릅니다. 제가 지금 생각하고 있는 것을 모두 말씀드릴 용기가 없습니다. 그러나 그것은 내 영혼에 있어서 용기를 주고 있습니다. 안녕히 계십시오. 어머님의 주름진 그리운 손에 입맞춥니다."

눈물이 두 눈에서 계속 쏟아져 종이를 적셔갔다.

"지금 저는 울고 있습니다. 그러나 슬픔이나 원망 때문이 아닙니다. 저의 생애에서 가장 엄숙한 때를 맞아 겸허한 기분이 되어 있기 때문입니다. 그리고 어머님을 사랑하기 때문입니다. 저의 영원한 동지들을 꾸짖지 마십시오. 부디 사랑해 주십시오. 특별히 브로호로프를 사랑해 주시고 저의 사형을 그 때문이라고 미워하지 마십시오. 모든 사람들이 책망하고 미워하는 그 인간을 사랑한다는 것은 정말 기쁜 일입니다. 원수들을 사랑한다는 것은 참으로 기쁜 일입니다. 나타샤에게 전해 주십시오. 그녀의 사랑은 큰 위안이 되고 기쁨이 되고 있습니다. 저는 지금까지 그것을 잘 몰랐으나 이제 저의 영혼 깊은 곳에서 느끼고 있습니다. 그녀가 있어 마음이 든든합니다. 이것으로 드릴 말씀을 마치겠습니다. 안녕히 계십시오. 부디……"

그는 편지를 접어 봉투에 넣었다. 그리고 침대 위에 앉아 손을 무릎 위에 얹고 눈물을 흘렸다. 그는 아직도 죽지 않으면 안될 일을 실감할 수 없었다. 그리고 자기가 잠자고 있는 상태가 아닐까 하고 몇 번이나 반복하여 자문하고 잠든 상태라면 눈을 떠야겠다고 애쓰고 있었다.

이러한 생각은 그에게 또 다른 일을 생각케 했다. 이 세상 생활이란 모두 꿈일지 모른다. 그리고 눈을 뜬다는 것이 곧 죽음이라고 생각해 보았다. 만일 그렇다면 이 세상 생활 의식이란 인간이 아무것도 기억할 수 없는 전생의 꿈에서 잠이 깨는 상태에 지나지 않는다. 그러므로 이 세상의 생활은 시작이 아니다. 하나의 새로운 형식에 지나지 않는다. 그러므로 내가 죽는다해도 그것은 또 다른 새로운 형식에 들어가는 것에 불과하다. 이 생각은 그의 마음을 즐겁고 평안하게 했으며 죽음의 공포를 제거해 주는 것 같았다. 드디어 긴장이 풀리고 모든 피로가 한꺼번에 몰려왔다. 더 이상 머리가 돌아가지 않았다. 그는 눈을 감고 잠시 동안 아무 생각도 하지 않았다.

그는 편지를 다시 읽어보았다. 그리고 맨 끝에 브로호로프라는 이름이 적혀 있음을 발견했다. 만일 이 편지를 본다면 브로호로프의 신세를 망치게 하는 것이 아니고 무엇인가!

'아, 큰일을 저지를 뻔했구나!'

그는 무릎을 쳤다. 그리고 편지를 잘게 찢어 램프 불에 태워버렸다. 그가 편지를 쓸 때만해도 말로 할 수 없는 절망을 느꼈으나 이제는 평화로운 마음을 느끼고 있었다. 그는 새로운 종이를 한 장 꺼내서 다시 쓰기 시작했다. 많은 생각이 머리 속에 떠올랐다.

"사랑하는 그리운 어머님께"

그의 눈은 다시 눈물로 젖었다. 쓴 것을 읽어보려고 소매로 눈물을 닦았다.

"왜 저는 자신을 알지 못했을까요? 왜 모든 사랑과 감사를 깨닫지 못했을까요? 이제야 그것을 깨달았습니다. 지금 그것을 느끼고 있습니다. 그리고 어머님과의 작은 다툼이나 제가 어머님께 냉정한 태도를 보였던 일을 생각하면 괴로울 뿐입니다. 왜 그러한 불손한 일을 저질렀는지 모르겠습니다. 용서해 주십시오. 좋은 점만 생각해 주십시오. 죽음은 이제 조금도 두렵지 않습니다. 사실 저는 죽음이 무엇인지 모르겠습니다. 또 믿을 수도 없습니다. 만일 죽음, 즉 소멸이라는 것이 있다면 인간이 30년 혹은 30초 빨리 죽든 늦게 죽든 그것은 한가지입니다. 만일 죽음이 없다면 일찍 죽으나 늦게 죽으나 같습니다."

그러나 '나는 왜 철학적인 이야기를 하는 것일까' 하고 생각했다.

'조금 전에 썼던 내용을 써야지. 끝에 썼던 중요한 일을 그렇지!'

"저의 친구를 꾸짖지 마십시오. 부디 사랑해 주십시오. 그 중에서도 자신도 모르게 죽음으로 몰아넣은 친구를 사랑해 주십시오. 저를 대신하여 나타샤에게 키스해 주십시오. 그리고 그녀를 언제까지나 사랑하고 있다고 전해 주십시오."

그리고 또 무엇이라 썼는지 생각했다. 살아 있는 인간에게는 그런 의문에 대한 대답이 없다는 것을 느꼈다. 있을 수 없다는 것이 분명하게 깨달아졌다.

'그렇다면 왜 그것을 자문했던가! 물어서는 안 된다. 살아야 한다. 내가 살고 있듯이 이 편지 속에 썼듯이 즉 우리들은 누구를 막론하고 어느 때라도 죽어야만 할 운명이었다. 그러면서도 우리들은 아직도 살아있다. 우리들은 기쁨으로 훌륭히 살고 있는 것이다. 지금 나는 편지를 쓰고 있다. 사랑하고 있다. 그리고 행복하다. 그렇게 우리들은 살아 있는 것이다. 어디로 가든 언제 가든 그렇게 살아갈 수 있는 것이다. 자유로운 몸이든 감옥에 갇혀 있든 그리고 오늘도 내일도 그 최후의 날이라도 말이다.'

그는 갑자기 누구와 정답게 대화하고 싶어졌다. 문을 두드려 간수에게 지금 몇 시냐, 또 곧 교대하냐고 물어보았다. 그러나 간수는 대답이 없었다. 그래서 그는 전옥을 불러달라고 부탁 했다. 조금 후에 전옥이 와서 무슨 일이냐고 물었다.

"어머님께 편지를 썼습니다. 전해 주십시오."

어머님 생각에 또 눈물이 쏟아졌다. 전옥이 편지를 받아들고 잘 전해 주겠다고 약속을 하고 돌아서자 스베트로구프는 그를 불러 세웠다.

"당신은 매우 친절한 분인데 왜 이런 곳에서 일을 하십니까?"

전옥의 옷을 잡으며 조용히 말했다. 전옥은 어색한 얼굴로 슬픈 미소를 보이면서 시선을 떨구더니 아주 조용한 소리로 대답했다.

"그래요. 인간은 어떻게든 살아야만 하니까요?"

"이런 일은 당장이라도 그만 두는 것이 좋습니다. 무슨 일을 한들 이보다야 낫지 않겠어요? 당신은 너무 친절하고 순진한 분인데."

전옥은 갑자기 마음이 뭉클해져 문을 닫고 급히 나가 버렸다. 전옥의 마음이 스베트로구프를 움직였다. 그는 기쁨의 눈물을 참고 방안을 이리 저리 거닐었다. 그리고 지금보다 더 높은 곳으로 자기 몸이 끌려 올라가는 듯한 엄숙함을 느끼고 있었다. 자신의 의문, 즉 예전에는 풀 수 없었던 죽음 후의 의문이 이제는 해답을 얻은 것 같았다. 인간의 까다로운 이론에 의해서가 아니라 마음 속의 참된 삶의 의식에 의하여 깨달은 것이다.

그는 복음서에 있는 말을 생각해 보았다.

'내가 진실로 너희에게 이르노니 한 알의 밀이 땅에 떨어져 죽지 아니하면 한 알 그대로 있고 죽으면 많은 열매를 맺느니라.'

'나는 지금 밀알처럼 땅에 떨어지려고 하는 것이다. 정말로…… 그만 자자. 나중에 피곤하지 않게.'

그는 중얼거리며 침대에 누워 눈을 감았다. 곧 잠이 들었고 꿈을 꾸었다. 그 꿈은 이러했다. 고운 머리를 한 소녀와 까맣게 익은 벗지 나무 가지에 걸터앉아 큰 놋그릇에 벗지 열매를 따서 담고 있었다. 열매하나가 잘못 담겨 땅에 떨어졌다. 그러자 마치 고양이와 같은 이상한짐승이 올렸다 받았다 하면서 공치기를 하고 있었다. 그것을 본 소녀가 갑자기 웃어대는 바람에 스베트로구프도 정신 없이 따라 웃었다. 그러자 갑자기 놋그릇이 소녀의 손에서 미끄러져 땅으로 떨어졌다. 스베트로구로프는 그것을 잡으려 했으나 이미 늦었다. 놋그릇은 나무에 부딪혀 맑은 소리를 내면서 땅에 떨어졌다. 계속 울리고 있는 놋그릇 소리에 잠이 깨었다. 그 울림소리는 복도에서 쇠빗장을 여는 소리였다. 복도에서 발자국 소리와 소총을 만지는 소리가 들렸다. 그는 불현듯이 모든 것을 직감적으로 알아차렸다.

'아, 조금만 더 잤으면 좋겠다.'

그는 생각했다. 그러나 이제는 그렇게 할 수 없다. 발자국 소리는 문 앞까지 왔다. 자물쇠를 만지는 열쇠소리와 함께 문이 열리면서 삐꺽거리는 소리가 들렸다. 헌병 장교 한 사람과 호위병이 들어왔다.

'죽음인가! 아아 그것이 무엇이란 말이냐. 가자. 좋다 좋아 다 좋아!' 하고 그는 전날 느꼈던 감정이 되살아남을 기쁘게 생각했다.

스베트로구프와 같은 감옥에 종교 분리론자인 늙은 농부가 있었다. 그는 신부들을 믿을 수 없다며 참된 신앙을 찾고 있었다. 그는 니콘 이후의 교회와 표트르 대제 이후의 정부조차도 모두 반그리스도적이라고 보고 반대했으며 정부 권력을 '담배의 왕국'이라고 비꼬고 있었다. 그리고 자기의 의견을 대담하게 부르짖고 신부와 정부의 관리들을 욕했다. 그 때문에 조사를 받아 금고 처분을 받고 이 감옥에서 저 감옥으로 옮겨 다니고 있었다. 다시는 자유인이 될 수 없고 평생을 감옥에서 보내야 하는 것이다. 그래서 그는 간수의 학대나 손발을 묶은 쇠고랑이나 동료 죄수들의 무시나 동료들이 신을 부정하고 서로 욕하며 자신의 마음 속에 있는 신을 모독하는 일은 그와 아무런 관계가 없었다. 그러한 일은 자유의 몸이었을 때 가는 곳마다 목격했던 것이다. 그것은 모든 인간이 참된 신앙을 잃고 어미를 떠난 눈먼 강아지처럼 길을 잃고 있기 때문이라고 생각했다. 그러나 그는 아직도 참된 신앙이 존재하고 있음을 알고 있었다. 자기가 그것을 마음 속에 느끼고 있기 때문에 그것은 아직도 존재하고 있다고 생각한 것이다. 그는 가는 곳마다 그것을 찾았다. 그 중에서도 그것을 요한계시록에서 찾아보려고 했다.

'불의를 행하는 자는 그대로 불의를 하고 더러운 자는 그대로 더럽고 의로운 자는 그대로 의를 행하고 거룩한 자는 그대로 거룩되게 하라. 보라 내가 속히 오르니 내가 줄 상이 내게 있어 각 사람에게 그 일한대로 갚아 주리라.'

그는 이 신비의 책을 읽어가며 언제까지 '저마다 행함에 따라 이것을 갚을지어다'라고 하는 것뿐만 아니라 인간에게 신의 진리와 모든 것을 보여줄 '내 뒤에 오시는 이'를 기다리고 있었던 것이다.

사형 날 아침 북소리가 들려왔으므로 그는 창으로 기어올라가 밖을 내다보았다. 마차 한 대가 끌려 나오고 물결치는 듯한 곱슬머리에 반짝이는 눈동자를 가진 청년이 웃으면서 감옥에서 나와 마차에 올라탔다. 그의 하얀 손에는 책이 쥐어져 있었고 그 책을 가슴에 대고 있었다. 그는 그것이 복음서란 것을 알고 있었다. 그 청년은 내다보는 죄수들에게 고개를 끄덕여 인사를 했다. 마차가 움직이기 시작했다. 마차는 호위병의 감시를 받으며 그 청년을 싣고 감옥 밖으로 달려갔다. 그 열심 있는 신자는 창에서 내려와 침대에 앉아 생각에 잠겼다.

'그 청년은 진리를 발견했다. 그런데 반기독교적인 놈들이 진리를 어느 누구에게 전하지 못하도록 그를 죽이려고 하는 것이다!'

침울한 가을 아침이었다. 태양은 아직 떠오르지 않고 축축한 바닷바람이 불어왔다. 맑은 공기, 각양각색의 집, 거리, 논밭, 그리고 자기를 바라보고 있는 사람들이 스베트로구프의 마음을 혼란시켰다. 마부를 등지고 마차에 앉아서 그는 무심히 자기를 감시하는 병사의 얼굴과 지나쳐 가는 사람들의 얼굴을 보고 있었다. 이른 아침이어서 거리는 쓸쓸하고 그저 노동자만 다니고 있었다. 앞치마를 두른 벽돌공, 힘차게 걸어가던 미장공들이 걸음을 멈추고 마차를 보았다. 덜커덩 소리를 내면서 철근을 달구지에 싣고 오는 마부들은 다루기 힘든 그들의 말을 길가에 붙여 길을 피해 주면서 놀란 듯 한 사람은 모자를 벗고 십자를 그었다.

흰 모자를 쓰고 행주치마를 두른 식모가 바구니를 들고 대문 밖으로 나왔다. 그 순간 마차를 보고 급히 대문 안으로 뛰어 들어가 다른 여자를 데리고 나와서는 숨도 제대로 쉬지 않고 마차가 멀리 사라질 때까지 바라보고 있었다. 두 소년이 마차 쪽으로 뛰어왔다. 그리고는 앞은 보지도 않고 마차를 줄곧 바라보면서 걷고 있었다. 그 중 나이가 좀 많은 소년은 빠른 걸음으로 걷고 있었으며 나이가 적은 소년은 모자를 쓰지 않고 있었다. 그리고는 키가 큰 소년을 열심히 따라가면서 놀란 얼굴로 마차를 쳐다보고 있었다. 스베트로구프는 그 소년과 눈이 마주치자 고개를 끄덕여 보였다. 소년은 놀라서 눈과 입을 벌려 큰 소리를 지르려고 했다. 그때 스베트로구프는 손으로 키스를 보내며 다정하게 웃어 보였다. 그때야 소년은 마음에 감동이 오는지 기쁜 듯이 순진한 웃음을 보내는 것이었다.

스베트로구프는 지금부터 자기를 기다리고 있는 일들을 곰곰이 생각해 보았으나 그의 평화롭고 엄숙한 마음은 조금도 흐트러지지 않았다. 그러나 교수대가 있는 곳에 도착해 우뚝 서 있는 십자가와 바람에 조용히 흔들리고 있는 밧줄을 보았을 때에는 마음에 동요를 느꼈다. 그는 울적한 기분이었다.

그러나 그것은 순간적인 것이었다. 그는 교수대 주위에 무장을 한 행렬과 그 앞에서 장교가 분주히 움직이고 있는 것을 보았다. 마차에서 내리자 갑자기 북소리가 울렸으므로 그는 놀랐다. 스베트로구프는 병사들 행렬 뒤에 신사 숙녀들이 탄 마차가 멈춰 있음을 보았다. 그들은 구경하러 온 것이다. 처음에는 그들에게 놀라움을 느꼈으나 곧 그들이 불쌍하게 여겨졌다. 왜냐하면 그들은 예전의 자기와 같이 자기가 지금 깨닫고 있는 것을 알고 있지 못하기 때문이다.

'그러나 그들도 알게 될 때가 올 것이다. 나는 죽으나 진리는 영원하니까. 그들은 그 진리를 알게 되리라. 나 혼자만이 아니라 모든 인간이 행복할 날이 오리라. 반드시 오고야 말 것이다.'

장교에게 끌려 교수대 위에 올랐다. 북소리가 그치자 그 장교는 부자연스런 목소리로 법정에서 재판관이 그에게 낭독했던 사형선고를 낭독했다.

'왜 이런 짓을 하는 것일까?'

스베트로구프는 생각했다.

'아직도 모르다니 가엾은 노릇이다. 그들에게 지금 그것을 설명할

수는 없다. 그러나 곧 알게 될 것이다. 누구든지 알게 되는 것이다.'

보라색 가운을 입은 윤기 있는 얼굴의 목사가 비로드 소매에서 내민 흰 손에 은제 십자가를 들고 스베트로구프에게로 다가왔다.

"자비로운 하나님이시여"

목사가 말을 시작하더니 왼손에서 오른손으로 은제 십자가를 옮겨 쥐고 그것을 스베트로구프의 앞으로 받쳐들었다. 그는 목사가 이런 처참한 환경에서도 여전히 자비로운 자라는 거짓말을 서슴없이 하였으므로 목사에게 큰 소리로 욕설을 퍼붓고 싶었으나 복음서에 '그들은 그 한 바를 알지 못하느니라'는 말씀이 생각나서 겨우 참았다. 그리고 나지막한 소리로 말했다.

'용서하소서, 저는 이런 것이 필요 없습니다. 진정 필요 없습니다. 그러나 고맙습니다.'

그는 목사에게 손을 내밀어 악수를 청했다. 그러자 목사는 십자가를 왼손에 바꿔 쥐고 스베트로구프와 악수로 인사했다. 그러나 얼굴은 보지 않으려고 하면서 교수대로 내려갔다. 다른 모든 소리를 감춰버리듯 북소리가 다시 울렸다.

목사가 내려가자 키가 그렇게 크지 않고 어깨가 둥글며 가슴이 딱 벌어진 사나이가 올라왔다. 그리고 교수대를 힘차게 흔들어대며 빠른 걸음으로 스베트로구프 곁으로 다가 왔다. 그 사나이는 날카롭게 스베트로구프를 쏘아보고는 술과 땀으로 고약한 냄새가 나는 두툼한 손으로 그의 어깨 관절을 잡고 두 팔을 위로 비틀어 올렸다. 그리고 꽁꽁 묶어버렸다. 그는 두 팔을 결박하고 난 후 무엇인가를 생각하듯 한참 동안 서 있었다. 그리고 십자가 기둥에 드리운 밧줄을 쳐다보았다. 해야할 일의 순서를 확인하고 나서는 밧줄 곁으로 가서 무엇을 만지

작거리고 있었다. 그리고 스베트로구프를 밧줄 가까이의 교수대 끝으로 내밀었다. 스베트로구프는 이전에 사형선고가 낭독되었을 때 자기에게 무슨 의미가 있는지 몰랐고 지금도 자기에게 다가온 순간의 진정한 뜻을 이해하기 힘들었다. 그리고 그는 빨리 그리고 조심스럽게 몸서리쳐지는 일을 해치우려고 하는 사형집행인을 놀라운 눈으로 지켜보고 있었다. 사형집행인의 표정은 러시아 노동자의 가장 많은 형태로 잔인한 점이란 조금도 없고 오직 열심히 자기가 해야할 어려운 일을 가능한 한 실수 없이 하려고 하는 진실한 인간의 얼굴이었다.

"조금 앞으로 나가……"

끝 쪽으로 내밀면서 쉰 목소리로 사형집행인이 말했다. 스베트로구프는 움직였다. 그리고 중얼거렸다.

'주여! 자비를 베푸소서!'

스베트로구프는 신을 믿지 않았다. 그리고 신을 믿는 자들을 언제나 비웃고 있었다. 지금도 그는 신을 믿지 않았다. 말로 표현할 수도 없고 사랑으로도 파악할 수 없는 신을 믿지 않았던 것이다. 그러나 지금 이 순간에 그가 부른 주라는 이름으로 나타내는 것은 그것을 절감했음을 말한다. 그가 아는 한도에서는 가장 진실한 것이었다. 그 부름은 어쩔 수 없는 것, 중요한 것임을 알았다. 왜냐하면 지금 그 이름을 부르는 것이 그에게 용기를 주고 마음을 진정시켜 주었기 때문이다.

그는 교수대 끝으로 다가갔다. 그리고 무심코 병사의 행렬과 화려하게 꾸민 구경꾼들을 바라보았다. 그래서 그는 또 생각했다.

'왜? 왜 이런 짓을 하는 것일까?'

그리고 그들과 자기 자신이 가엾어 눈물이 고였다.

"자네는 내가 불쌍하지 않은가?"

그는 사형집행인에게 물었다. 사형집행인은 잠깐 멈칫하더니 곧 얼굴 표정이 굳어졌다.

"아, 떠들면 안 돼."

그는 더듬거리면서 재빨리 외투를 놓아 둔 곳에 주저 않았다. 그리고 두 손을 잽싸게 움직여 뒤에서 스베트로구프를 붙들고 포대를 그의 머리에 뒤집어 씌웠다. 그리고 잽싸게 허리까지 푹 씌웠다.

'주여! 당신의 손에 저의 영혼을 맡깁니다.'

복음서의 말씀이 생각나서 그렇게 말했다.

그의 영혼은 죽음에 반항하지 않았으나 그의 강하고 젊은 육체는 죽음을 받아들이지 않았다. 죽음에 순응하지 않고 그것과 투쟁하려고 했다. 몸을 자유롭게 하고 싶어 소리치고 싶었다. 그러나 그 순간 경련과 발이 닿을 곳이 없어졌다는 것과 숨이 차고 동물적인 공포로 머리가 찡하고 울리는 소리 그리고 모든 것의 최후임을 느꼈다.

스베트로구프의 신체는 밧줄에 매달린 채 드리워졌다. 그리고 어깨가 두어 번 위아래로 꿈틀거렸다. 사형집행인은 2분쯤 지나서 얼굴을 찌푸리고 손을 시체의 어깨에 얹더니 힘차게 시체를 끌어내렸다. 시체는 움직이지 않았다. 그저 고개를 늘어뜨리고 죄수용 양말을 신은 발이 뻣뻣하게 흔들거리고 있었다. 사형집행인은 교수대에서 내려와 지휘관에게 이제 시체는 매장해도 좋다고 말했다. 시체는 한 시간 내에 교수대에서 내려져 공동묘지로 운반되었다.

사형집행인은 자기의 의무를 다했다. 그러나 그것은 쉬운 일이 아니었다. 스베트로구프가 말하던 '내가 불쌍하게 보이지 않느냐?' 라고 하는 말이 그의 마음에서 떠나지 않았다. 그리고 사람을 죽인다는 것이 잘못된 일이란 것을 깨달았다. 그는 여태껏 아무렇지도 않게 해

오던 일을 거절했다. 그리고 그 주의 집행요금으로 받은 돈은 모두 술 마시는데 써버렸고 그것도 모자라 옷까지 팔아 술을 마셨다. 그리고 얼마안가 구속되어 금고형을 받아 감옥에서 병원으로 이송되는 신세가 되고 말았다.

테러단 지도자의 한 사람으로 스베트로구프를 이 운동에 끌어들인 메제네츠키는 체포된 곳에서 센트 페테르스부르크로 이송되었다. 그가 수감된 감옥에는 스베트로구프가 사형장으로 가는 것을 보았던 늙은 신도가 감금되어 있었다. 그는 곧 시베리아로 이송될 예정이었다. 그는 언제나 참된 신앙의 문제를 생각하고 있었다. 그리고 가끔 기쁜 듯이 웃음을 지으며 사형장으로 끌려가던 빛나는 그 청년의 일을 생각해 보곤 했다.

같은 감옥에 그 청년의 친구로 그와 같은 신념을 가진 청년이 있다는 말을 듣고 그 노 신도는 매우 기뻐했다. 그래서 간수장에게 그를 만날 수 있게 해달라고 부탁했다. 메제네츠키는 감옥의 규칙이 대단히 엄했음에도 그의 동지들과 끊임없이 은밀한 연락을 하고 있었다.

열차를 폭파시키려고 묻어둔 지뢰에 관한 보고를 매일 기다리고 있었다. 잊어버리고 전하지 못했던 일이 문득 생각나서 동지들에게 그것을 전할 방법을 생각하고 있었다. 그때 간수장이 그의 감방에 찾아와서 작은 목소리로 같은 죄수 한 사람이 만나고 싶어한다는 말을 했을 때 그는 동지에게 연락할 인물이 되지나 않을까 하고 기뻐했다.

"누구입니까?"

"나이 많은 농부야."

"무슨 일로 만나자고 합니까?"

"신앙문제로 이야기하고 싶어해."

메제네츠키는 조용히 웃었다.

"만나게 해주세요."

'이 신앙인도 정부를 반대하고 있군! 어떤 쓸모가 있을 테지'하고 그는 생각했다.

간수장이 나가자 곧 문을 열고 머리가 헝클어지고 수염이 희끗희끗하나 눈은 거칠고 허리가 구부러진 작은 노인을 들여보냈다.

"무슨 일이 있습니까?"

메제네츠키는 물었다.

노인은 그를 쳐다보고는 다시 시선을 내려뜨리고 작기는 하나 튼튼하고 메마른 손을 내 밀었다.

"무슨 일로 만나자고 했습니까?"

메제네츠키는 다시 물어 보았다.

"이야기할 것이 조금 있어서……"

"무엇인데요?"

"신앙에 관해서……"

"무슨 신앙 말입니까?"

"듣는 바에 의하면 당신은 반그리스도의 놈들이 오뎃사에서 교수형으로 죽인 청년과 같은 신자라지요?"

"어떤 청년 말입니까?"

"지난 가을 오뎃사에서 사형된 청년 말입니다."

"아, 스베트로구프 말씀이지요!"

"그래 그 사람, 그는 당신의 친구이죠?"

노인은 말할 때마다 메제네츠키의 얼굴을 날카롭게 살펴보았다. 그리고는 또 곧 시선을 아래로 향했다.

"예. 아주 친한 사이였습니다."

"같은 신앙을 가졌습니까?"

"그렇습니다."

메제네츠키는 웃으면서 대답했다.

"예. 바로 그 점이에요. 내가 말하려고 하는 것은……"

"도대체 무슨 말씀입니까?"

"당신들의 신앙을 자세히 듣고 싶습니다."

"우리들의 신앙, 그럼 여기 앉으세요."

메제네츠키는 어깨를 으쓱하며 말했다.

"우리들의 신앙은 이렇습니다. 민중을 학대하고 있는 자들에게 백성을 빼앗기고 있다는 것을 믿습니다. 그래서 그놈들이 착취한 민중을 구하기 위하여 우리들은 생명을 아끼지 않고 그들과 싸워야 한다고 생각합니다."

메제네츠키는 습관적으로 '착취'라는 말을 사용했다. 그리고 곧 '학대한다'라고 고쳐 말했다.

"그러므로 놈들을 멸망시켜야 하는 것입니다. 놈들은 무고한 사람을 죽입니다. 그러므로 그들도 당연히 죽어 마땅합니다. 스스로 반성하지 않는 한."

나이 많은 신앙인은 한숨만 쉬었다.

"우리들의 신앙이란 생명을 희생시켜서라도 민중을 압제하는 정부를 전복시키는 데 있습니다. 그리고 자유로운 국민정부를 건설하는 데 있습니다."

노인은 깊은 한숨을 쉬면서 일어서서 웃옷을 고쳐 입고 무릎을 꿇어 메제네츠키의 발에 엎드려 절을 했다.

"왜 절을 하십니까?"

"제발 이 늙은이를 속이지 마십시오. 당신의 신앙이 무엇인지 속 시원히 가르쳐 주십시오."

"말씀드렸지 않습니까? 일어나십시오. 그렇게 하고 계시면 말씀을 드릴 수 없습니다."

노인은 일어섰다.

"그것이 그 젊은 분의 신앙이었던가요?"

끊임없이 그의 눈은 그를 보기도 하고 아래로 떨어뜨리기도 했다.

"그것이 그 사나이의 진정한 신앙이었습니다. 그래서 교수형을 받은 것입니다. 나도 같은 이유로 금고형을 받으러 가게 되었습니다."

노인은 허리보다 낮게 머리를 숙이고 나가버렸다.

'아니다! 청년의 신앙은 그런 게 아니었어!' 하고 노인은 생각했다.

그는 진실한 신앙을 발견했어. 이 청년은 같은 신앙을 가졌다고 자랑하면서도 그것을 솔직히 털어놓지 않고 있어…… 그렇다면 혼자서 찾아내야지. 여기에 머물든 시베리아로 가든 신은 어디에나 계시니까. 사람도 어디를 가나 살고 있으니까. '여행 중에 한 번은 길을 물으라고 했으니까'라고 노인은 생각했다. 그리고 성경을 들고 안경을 쓰고는 창가에 앉아 읽기 시작했다.

그 후 7년이란 세월이 지났다. 메제네츠키는 페테로파블로프스크 요새에서 복역을 끝내고 고역을 하게 되었다. 그는 7년 동안 많은 고통을 겪었으나 신념은 변하지 않고 열정도 줄어들지 않았다. 금고에 처하기 전 심문을 받을 때 조사관에게 거만하고 도도한 태도를 보여

검사나 판사들을 놀라게 했다. 내심으로는 갇혀있기 때문에 추진한 일들이 중단됨을 고민했으나 그런 기색은 조금도 나타내지 않았다. 심문을 받을 때에도 입을 다물고 다만 자기를 배반하는 자들인 헌병 장교나 검사들을 욕할 때는 입을 열었다.

"솔직하게 자백하고 죄를 가볍게 하는 편이 좋지 않을까?"

이런 말을 들을 때도 그는 거만하게 웃으며 잠시 침묵을 하다가 이렇게 말했다.

"만약 당신들이 회유나 공갈로 동지를 배반케 하고자 한다면 그것은 나를 너무 모르는 소치입니다. 당신들이 취조하는 일에 내가 대비하지 않고 있을 수 있겠습니까? 당신들이 아무리 힘써도 나를 위협할 수 없을 것입니다. 모든 수단을 동원해도 나는 아무 말도 하지 않을 것입니다."

그는 법관들의 난처해하는 모습이 유쾌하고 통쾌했던 것이다. 그러나 페테로파블로프스크 요새의 작은 감방에 갇혔을 때 그는 몇 개월이 아닌 5~6년은 걸릴 거라는 생각에 새삼 무서움이 몰아쳤다. 피할 수 없는 죽음과 같은 침묵이 무서웠고 두터운 벽 저쪽에는 다른 죄인들이 10년, 20년의 선고를 받고 감금되어 마침내 자살하고 사형되고 정신 이상에 걸리고 폐병으로 죽어 가는 것이라 생각하니 몸서리쳐지는 것이었다. 거기에는 여자도 남자도 또 친구도 있다……

'세월이 지나다 보면 나도 미쳐서 목매 죽을지도 모르는 일이지.'

이렇게 생각하니 그의 마음 속에서 모든 인간에 대한 증오가 끓어올랐다. 그 중에서 그를 이곳에 감금하도록 판결을 내린 자들에 대하여 증오의 불길이 타올랐다. 그리고 그것을 밖으로 토할 행동이 필요했다. 그러나 그 곳에는 죽은 듯한 침묵과 말없이 오가는 발자국 소리

밖에는 없었다. 문을 여닫는 소리, 정한 시간에 제공되는 식사, 말없이 왔다 가는 사람들, 어두컴컴한 유리창으로 스며드는 아침 햇살과 어둠, 언제나 똑같은 침묵, 똑같은 발자국 소리, 똑같은 울림 그리하여 오늘도 어제도 그 증오를 드러내지 못해 더욱 마음은 거칠어 갔다.

그는 문을 두들겨 말을 걸어보았으나 대답이 없었다. 그럴수록 감방의 어두움은 그의 마음을 짓눌릴 뿐이었다. 그에게 있어 위안이 되고 기운을 회복시켜 주는 시간은 잠들어 있는 동안뿐이었다. 그리고 눈을 뜨면 무서움에 사로잡힐 뿐이었다. 혁명 생활과는 상관이 없는 일에도 마음이 쏠렸다. 바이올린과 비슷한 것으로 장난을 하고 귀부인의 환심을 사려고 애쓰기도 하고 보트를 타고 사냥도 가고 때로는 이상한 과학의 발명으로 외국 대학으로부터 박사학위를 받아 그 축하연에서 감사의 연설을 할 때도 있었다. 그러한 꿈들은 현실의 세계가 단조롭고 지루함에 반하여 마치 정말로 있었던 것같이 생생하고 현실과 분간할 수 없을 정도였다.

그러나 꿈에는 언제나 고통이 있었다. 그것은 자기가 간절히 소원하는 일이 거의 성취되려는 순간에 꿈이 깨는 것이었다. 그럴 때면 갑자기 심장이 뛰고 모든 기쁨이 사라져 버렸다. 그리고 그 뒤에 남는 것은 달성하지 못한 소원과 작은 램프에 비친 벽뿐이었다. 그리고 울퉁불퉁한 짚으로 된 잠자리가 한 쪽으로 밀려 있는 것이었다. 잠자는 시간이 최대의 즐거움이었다. 그러나 감방 생활이 길어지자 점점 잠도 자지 못했다. 최대의 행복으로 잠을 청했으나 잠을 청하면 청할수록 더욱 눈은 멀쩡해지는 것이었다.

좁은 감방을 구르고 뛰어도 마음은 좀처럼 시원하지 않았다. 머리가 무거워 눈을 감으면 어둠 속에서 머리를 풀어헤친 흉한 모습의 대머리에 입을 벌린 것, 입이 비뚤어진 것 등 소름이 끼치는 얼굴들이 나타났다. 얼굴은 모두 달랐으나 무섭고 험상궂은 모습이었다. 나중에는 눈을 뜨고 있어도 그런 얼굴들이 나타났다. 얼굴만이 아니라 몸 전체가 나타나 떠돌고 춤추기 시작했다. 그는 무서운 나머지 자리를 박차고 일어나 머리를 벽에 부딪치고 외치자 문에 붙은 작은 쪽문이 열리고 침착한 목소리가 들려 왔다.

"떠들면 안 돼!"

"전옥을 불러 다오!"

메제네츠키는 고함을 질렀다. 대답도 없이 쪽문이 닫쳐버렸다. 그리고 이러한 절망은 죽음이라는 해결 방법을 가져왔다. 그는 자살하려고 결심했다. 목매어 죽으려하니 끈이 없었고 홑이불을 찢어서 만들었으나 짧았다. 이번에는 굶어서 죽으려고 했다. 이틀 동안 아무것도 먹지 않았다. 3일째 되는 날에는 몸이 쇠약해져 의식을 잃고 말았다. 간수가 식사를 가져 왔을 때에는 바닥에 쓰러져 있었다. 의사가 와서 그를 침대에 눕히고 주사를 놓았다. 그는 곧 잠이 들었다. 이튿날 눈을 떴을 때 진찰하고 있는 의사를 보자 오랫동안 감추어 있었던 증오가 갑자기 솟아올랐다.

"이런 곳에서 일하면서도 부끄럽지 않느냐고 묻지 않소. 왜 나를 그냥 두지 않고 치료하는 거요. 이것은 나를 더욱 괴롭히는 행위가 아니고 무엇이오? 매질하는 곳에서 계속 곤장을 맞게 하는 것과 다름없는 거야."

"제발 조용히 반듯하게 누워 계십시오."

의사는 그의 얼굴을 보지도 않고 냉정하게 대했다. 그리고 주머니에서 청진기를 꺼냈다.

"언젠가 의사란 놈이 나머지 곤장 5천대를 맞게 하려고 내 상처를 고쳐 주었단 말이야. 나가! 망할 자식…… 나가! 네놈 없이도 죽을 수 있어!"

"이러면 안 되요. 무례한 짓을 하면 상응하는 벌이 있습니다."

"빨리 꺼져버려! 개 같은 자식!"

메제네츠키가 얼마나 사납게 굴었든지 의사는 나가 버렸다.

약효나 위기가 지나서인지 아니면 의사에 대한 분노를 폭발해 버린 탓인지 아무튼 그때부터 제 정신으로 돌아와 새로운 생활을 시작했다. '언제까지 나를 여기에 감금해 둘 수도 없을 것이고 또 가두어 두지도 않겠지. 자유로운 몸이 될 때가 오겠지. 정부의 태도가 변할 수도 있을 거야. 동지들이 일을 계속하고 있으니까 출옥 후 일을 하기 위해서는 목숨을 아껴야지.'

그는 오랫동안 그 목적을 위한 생활방법을 생각하고 있었다. 그래서 그가 결정한 것은 다음과 같았다. 오후 9시에 잠을 잔다. 그리고 잠이 오든 안 오든 아침 5시까지 잠자리에 누워 있을 것. 그리고 일어나서 세수를 하고 옷을 입고 체조를 하고 그 다음 일을 시작한다. 그는 상상 속에서 센트 페테르스부르크를 산책한다. 네프스키로부터 나제진스카야로 간다. 그리고 도중에 만난 모든 것을 마음 속에 그려본다. 집과 경관 마차, 걸어가는 사람들, 나제진스카야에서는 친구들이며 동지들 집으로 찾아간다.

거기에서 모여든 동지들과 장래의 계획을 상담한다. 토론이 벌어진다. 메제네츠키는 자기가 할 말과 다른 사람이 할 말을 혼자서 떠들어 간수가 쪽문을 열고 주의를 주기도 했다. 그러나 메제네츠키는 모른척 하고 센트 페테르스부르크의 하루의 공상에 잠겼다. 친구 집에서 몇 시간을 보낸 다음 집으로 돌아와 식사를 한다. 그리고 역사나 수학 공부를 하고 일요일에는 문학 공부도 한다. 역사 공부는 우선 특별한 시대나 국가를 선택하고 다음에는 사건이나 연대를 생각하는 식이다. 수학 연습에는 계산도 하고 기하학의 문제도 풀어보았다. 이것은 그가 좋아하는 과목이다. 일요일에는 푸시킨, 고골리, 셰익스피어 등을 생각하며 조금 마음을 안정시킨다.

저녁이 되면 공상 속에서 남자나 여자 친구와 데이트를 하고 때로는 심각한 대화를 나누기도 한다. 이러한 공상은 예전에 실제 있었던 것이나 지금 막 상상한 것들도 있다. 그런 생각은 밤까지 계속된다. 잠자리에 들기 전에 감방 안을 2천보 정도를 걷고 나서 침대에 누워 잠이 든다.

그 다음날도 마찬가지였다. 어느 때는 북쪽으로 여행하여 사람들을 선동하고 반란을 일으키기도 했다. 그리고 지주를 몰아내고 그 소유지를 농민들에게 분배했다. 그러나 이러한 일은 즉흥적인 것이 아니라 순서에 따라 자세한 계획에 의해 상상했다. 공상 속에서는 혁명군이 곳곳에서 승리를 거두고 정부의 권력을 약화시켜 결국 입법의회를 소집하게 되었다. 귀족과 백성의 압제자들은 자취를 감추고 공화정부가 수립되었다. 메제네츠키 자신이 드디어 대통령으로 선출되었다. 때로는 너무 빠른 시일에 계획이 달성되었으므로 처음부터 다시 시작해서 다른 방법으로 그 목적을 성취했다.

그리하여 1년이 지나고 2년, 3년이 지나갔다. 때로는 그와 같은 규칙적인 생활을 벗어나기도 했으나 대부분은 순서대로 생활했다. 그래도 어떤 때는 잠이 오지 않고 무서운 환영에 사로잡혀 괴로울 때면 통풍구를 바라보면서 어떻게 밧줄을 걸고 올가미에 매어 죽을 수 있을까 생각도 해 본다. 그러나 그런 생각을 애써 억제했으므로 오래가지 못했다. 이와 같은 세월이 7년이나 계속되었다. 고독한 금고생활이 끝나고 중노동형으로 바꿔질 무렵 그는 아주 건강하고 모든 능력이 완전히 회복되었다.

그는 중범자로서 특별 단독 이송되었다. 다른 죄수들과의 왕래는 금지되었다. 다만 크나스로야르스크 감옥에서 중노동 장소로 가는 길에 정치범들과 이야기할 수 있는 기회가 있었다. 그들은 7명이었는데 그 중 2명은 여자이고 4명은 남자였다. 그들은 메제네츠키가 전혀 모르는 새로운 젊은이들이었다. 그들은 그의 후계자이며 다음 시대의 혁명가이기도 했다. 그는 그들에게 특별한 관심이 쏠렸다. 그들이 자기의 발자취를 따라와서 그들의 선배인 메제네츠키에 의하여 시작된 모든 과업을 높이 평가해 줄 것이라고 생각했다.

그러나 그들은 그를 대선배나 선구자로 생각하지 않고 도리어 꺼리고 피했으며 그의 견해는 시대에 뒤떨어진 것이라며 배척하는 것이었다. 즉 혁명가 등에 의하면 메제네츠키나 그 동지들이 한 모든 일들, 즉 농민을 계몽하려는 일 특히 협박이나 거짓말, 쿠로벨트킨 총독 젠쵸프 및 알렉산드르 2세의 암살 등은 모두 실패의 연속이었다는 것이다. 그러한 일은 도리어 반대에 부딪히고 알렉산더 3세의 승리로 돌아가고 말았다. 그리고 농촌은 농노시대와 같은 처지로 퇴보해 버렸다. 민중의 구제는 그러한 방법과는 다른 아주 새로운 면에 있었다.

거의 이틀 동안 메제네츠키와 새 혁명가들 사이에 논쟁이 계속되었다. 그들의 지도자로서 세례명으로 로만이라고 부르는 사나이는 특히 자기의 주장이 정당하다고 굳게 믿고 있었다. 그는 메제네츠키와 그의 동지들이 추진해온 일을 완곡하게 비난했다.

로만의 주장에 따르면 민중은 아직 어리석어서 지금과 같은 상태에서는 농민을 궐기시키려는 모든 계획은 돌에나 물에 불을 붙이려는 것이나 다를 것이 없는 일이므로 민중들을 교육하여야 한다. 단결 정신 그리고 대공업을 발달시킴으로써 소기의 목적을 달성할 수 있다. 거기에서 민중의 사회주의적인 단결이 생긴다. 토지는 민중에게 중요하지 않을 뿐더러 도리어 무익하고 민중을 보수적이며 노예로 만든다. 이러한 일은 러시아뿐만 아니라 유럽에서도 있다.

그러면서 그들 권위 있는 자들의 말이나 통계상의 자료를 기억하면서 말했다. 민중을 토지에서 해방 시켜야 하는데 빠르면 빠를수록 좋다. 그들이 공장 생활로 들어가면 갈수록 그들의 토지가 자본가에게 독점 당하면 당할수록, 그들이 압박을 받으면 받을수록 좋은 것이다. 전제정치는 국민의 단결에 의해서만이 전복시킬 수 있는 것이다. 이 단결은 동맹이나 조합에 의해서 만들어진다.

메제네츠키는 논쟁 중에 화가 치밀어 올랐다. 그 중에서도 한 여자의 말에 화가 났다. 그녀는 얼굴빛이 검고 머리숱이 많았는데 창문에 걸터앉아 눈을 번뜩이며 로만의 이론을 찬성하고 메제네츠키의 주장을 비평하고 조롱하기도 했다.

"농민들을 직공으로 만들 수 있을까?"

메제네츠키가 질문했다.

"왜 안 된다는 거요?"

로만은 그를 책망하듯 말했다.

"그것은 경제의 일반적인 법칙입니다."

"그러한 법칙이 어떻게 일반 법칙입니까?"

"카우츠키의 책을 읽어보시오."

그 여인이 깔보듯이 웃으면서 한 마디 했다.

"누가 주장하든지."

메제네츠키가 말했다.

"국민이 모두 프롤레타리아가 된다는 것을 용납할 수 없습니다. 당신들이 제멋대로 결정한 방식을 민중들이 받아들일 줄 압니까?"

"왜라니요? 과학적으로 증명되어 있는데요!"

살빛이 검은 여인이 방안을 둘러보며 대답했다. 그리고 최후의 목적달성을 위해 필요한 운동방식에 대한 논쟁이 벌어지자 쌍방의 의견차이는 더욱 심해졌다. 로만과 그 동료들은 농민들의 군대를 양성하고 농민들이 공장 근로자가 되도록 설득하고 사회주의를 민중들에게 전달할 필요가 있다고 주장했다. 또 정부와 투쟁하는 일은 피하고 목적을 달성하기 위하여 도리어 이용하여야 한다고 말했다. 그러나 메제네츠키는 정부와 직접 투쟁하고 협박과 거짓을 내세울 필요가 있다고 말했다. 정부는 민중보다 강하고 교활하다고 말했다.

"정부를 속이는 것은 당신들이 아니고 당신들을 기만하는 것이 정부입니다. 우리들은 민중들에게 선전하고 또 정부와 싸우기도 했습니다."

"참 훌륭한 일들을 하셨군요."

그 여인이 비꼬아 말했다.

"저는 정부와 직접 투쟁하는 것은 무익하다고 생각합니다."

로만이 말했다.

"3월 1일(알렉산드르 2세가 암살을 당한 날)이 무익한 수고였었다고?"

메제네츠키는 소리쳤다.

"우리들은 자기를 희생했습니다. 생명을 희생시켰던 것입니다. 그러나 당신들은 집에서 편안히 살고 향락하면서 떠들어대고만 있었던 거야!"

"그렇다고 별로 생활을 향락한 것도 아니었어."

급히 말하고 로만은 주위의 동지들을 둘러보았다. 그리고는 자신이 승리했다는 듯이 웃었다. 또 살빛이 검은 여인은 머리를 흔들면서 비꼬며 웃었다.

"지나치게 향락도 안 했습니다. 그리고 우리가 지금의 신세가 된 것도 그 반동 때문이죠. 그 반동은 분명히 3월 1일의 덕택이죠."

메제네츠키는 입을 열지 않았다. 화가 치밀어 숨이 막힐 것 같아서 밖으로 나가버렸다.

메제네츠키는 마음을 안정시키려고 복도를 왔다 갔다 했다. 감방마다 점호가 끝날 때까지 문을 열어 놓고 있었다. 키가 큰 죄수가 불그스레한 머리카락을 반쯤 면도해 버렸으나 어울리지 않게 친절한 표정으로 메제네츠키에게 다가 왔다.

"당신을 알고 있는 사나이가 모셔 오라고 하던데요?"

"어떤 사람인데요?"

"담배 왕국이란 별명이 붙어있는 사람으로 늙은 신자입니다. 모셔 달라고 부탁하고 있습니다."

"그래요, 어느 방입니까?"

"저의 방입니다."

메제네츠키는 그 죄수를 따라 작은 방으로 갔다. 죄수들이 침대에 걸터앉아 있기도 하고 누워 있기도 했다.

7년 전에 메제네츠키에게 스베트로구프에 관한 이야기를 자세히 묻던 그 노인이 회색 옷옷을 입고 침대도 없이 마루바닥에 누워 있었다. 노인의 푸릇푸릇한 얼굴에는 주름살이 잔득 잡혀 있었으나 머리카락은 아직도 숱이 많고 수염은 하얗게 되었다. 푸른 눈은 부드럽고 조심성 있어 보였는데 열병에 걸려 있는 것 같았다.

메제네츠키는 그 노인에게 다가갔다.

"무슨 일로 저를 불렀습니까?"

그때서야 노인은 겨우 팔을 들고 작고 메마른 손을 내밀었다. 무슨 이야기를 하려고 가만히 생각하고 있다가 깊은 한숨을 내쉬며 이윽고 조용히 말했다.

"당신이 그때 가르쳐 주지 않았으나 저는 모두 깨달았습니다."

"무엇을 깨달았습니까?"

"하나님의 어린양의 일을…… 신의 어린양의 일에 대해 저는 이야기하고 있는 거요…… 그 젊은 분은 신의 어린양을 자기의 것으로 하고 있었지요. 신의 어린양은 사람들을 정복하고 또 모든 것을 정복합니다…… 그 분하고 같이 있는 사람은 모두 선택된 신앙심이 두터운 사람들입니다."

"모르겠는데요!"

"당신은 심령에서 이해해야 합니다. 권력자들은 짐승과 같은 인간들과 권력을 얻었습니다. 신의 어린양은 그놈들을 정복할 것입니다."

"어느 권력자들 말입니까?"

"일곱 명의 권력자가 있었는데 다섯은 죽고 한 사람은 살아있으며,

또한 사람은 아직 세상에 나타나지 않았습니다. 그러나 태어나더라도 별 수 없습니다. 그것이 마지막입니다. 알겠습니까?"

메제네츠키는 이 노인이 정신 이상에 걸려 헛소리를 한다고 생각하고 머리를 흔들었다. 같은 감방의 죄수들도 그렇게 생각했다. 메제네츠키를 데리러 왔던 죄수가 다가와서 어깨를 만지며 노인 쪽으로 눈짓을 했다.

"이 담배 왕국 노인은 항상 떠들어댑니다. 그런데 자기도 무슨 말을 하고 있는지 알지 못합니다."

메제네츠키도 그 노인과 같이 있는 죄수들도 그렇게 생각했던 것이다. 그러나 노인은 자기가 한 말을 알고 있었다. 그것은 그에게 분명하고 깊은 뜻이 있는 말이었다. 그 뜻이란 악이란 오래가지 못한다. 신의 어린양과 정의와 겸손에 의하여 모든 것을 정복한다. 그리고 눈물도 병도 죽음도 없어져 버린다는 뜻이다. 신의 어린양은 모든 이의 눈물을 거두어 준다.

"그렇다. 빨리 오시라! 아멘. 그렇다 오시라. 주 예수여 오시라!"

그는 의미 있는 미소를 띠었다. 그러나 메제네츠키에게는 미친 웃음같아 보였다.

"그 사람이야말로 민중의 대표자다."

메제네츠키는 노인의 방에서 나오면서 생각했다.

"그야말로 그들 중에 최선의 인간이다. 얼마나 어지러운 세상이냐고 그들(로만과 그 동료들을 말함)은 말한다. 현재의 민중으로서 무슨 일을 할 수 있냐고!"

일찍이 메제네츠키는 민중에 섞여서 혁명사업에 투신하고 있었으므로 그가 말하는 러시아의 농민(무기력)을 잘 알고 있었다. 또 현역

군인이나 제대군인들과도 잘 사귀었으므로 그들은 서약이나 규율에는 완고할 정도로 충실하지만 이론 따위는 납득할 수 없고 그로부터 귀결되는 결론은 아직 알지 못했던 것이다. 따라서 새로운 혁명가들과의 논쟁이 그를 화나게 했다.

'그들은 말했다. 우리 동지들이 한 일 −할투린이나 카팔리치나 페트로스카야(러시아의 주요 테러단) −은 아무 소용없고 해로운 일이라고 말했다. 또 그 때문에 알렉산드르 3세의 반동정치를 초래하고 농노를 빼앗긴 원한에서 황제를 살해한 지주가 혁명운동을 일으킨 것이라고 민중에게 확신을 주게 되었다고 말했지! 무슨 말이야? 얼마나 무식한 소리냐? 그 따위 소리를 하다니 얼마나 무례한 녀석이냐!'

그는 복도를 거닐면서 생각했다. 새로운 혁명가들에게 할당된 방이외의 감방들은 모두 자물쇠가 잠겨 있었다. 메제네츠키는 그 방으로 다가가면서 기분 나쁜 여인의 웃음소리를 들었다. 그리고 로만이 결단을 내리는 듯한 높은 말소리도 들었다. 메제네츠키는 걸음을 멈추고 귀를 기울였다.

"로만이 말한 경제원칙을 알아듣지 못하니까 그들은 자기들이 하고 있는 잘못을 모르고 있을 거야. 그래서 거기에는 많은……"

메제네츠키는 그 이상 듣고 싶지도 않았고 듣지도 않았다. 정말 그것은 알고 싶지 않았던 것이다. 혁명계의 영웅이며 20년이란 세월을 버텨 온 자기에 대하여 느끼고 있는 멸시의 정도를 알 수 있었다. 메제네츠키의 마음 속에는 지금까지 느끼지 못했던 증오가 일어났다. 그것은 모든 순간에 대한 증오, 모든 사물에 대한 증오였다. 그는 신의 어린양을 모시고 있다는 그 노인이나 짐승 같은 교수형 집행인이나 헌병이나 그리고 무례하고 건방지고 이론가와 같은 짐승들, 그리고 같은 종류만 살 수 있는 이 세상에 대한 증오를 느꼈다.

당번 간수가 와서 그 여인을 부인 감방으로 데리고 갔다. 메제네츠키는 간수에게 발각되지 않게 복도 끝으로 갔다. 간수는 다시 와서 새로 들어 온 정치범의 감방 문을 잠그고 메제네츠키에게 자기 방으로 들어가라고 명령했다. 메제네츠키는 반사적으로 순종했으나 잠그지는 말아달라고 부탁했다. 메제네츠키는 침대에 누웠다.

'내 인생이 이렇게 무익하게 소비되다니 될 말인가? 나의 열정, 의지 그리고 천재성이!' 그는 자기보다 뛰어난 정신력을 가지고 있는 자는 없다고 믿고 있었다.

'헛된 희생이 되었단 말인가?'

그는 최근 시베리아로 이송되던 중에 스베트로구프 모친으로부터 편지를 받은 일이 있었다. 그의 모친은 자기 아들을 테러단에 가담시켜 죽게 했다는 이유로 자기를 책망하고 있었다. 그러나 그는 여자의 모자란 생각쯤으로 넘겨버렸다. 편지를 보았을 때 그는 가벼운 미소를 지었다. 어리석은 여자가 그 아들의 희망적인 목적을 알 수 있겠냐고 생각했던 것이다. 지금 그 편지를 생각하니 스베트로구프의 겸허하고 신뢰할만한 활동적인 모습이 떠올랐다. 그리고 자신의 일로 생각이 옮겨졌다.

'나의 생애 전체가 잘못되었다니 그럴 수 있는가?'

그는 눈을 감고 잠을 청했다. 그런데 갑자기 예전에 페테로파블로스크 요새에 수감되었을 때 처음 한 달 동안에 시달렸던 그 무서운 증세가 재발하는 것이었다. 어둡고 더러운 배경에서 흐트러진 머리카락, 커다란 입, 흉한 얼굴이 나타났다. 눈을 떠도 사라지지 않았다. 이번에는 대머리에 회색 바지를 입은 죄수가 자기 위를 박자에 맞춰

서 걸어가는 모습이 더해졌다. 가만히 앉아있을 도리가 없었다. 마음을 진정시킬 수가 없었다. 자기의 상념을 떨쳐버릴 수도 없었다.

'어떻게 할까? 동맥을 끊어 버릴까? 그건 어려워. 목을 맬까? 이것이 제일 간단한 방법이야.'

그는 복도에 놓여 있는 목재를 묶은 끈이 생각났다.

'목재나 의자 위에 올라선다. 복도를 간수가 지나간다. 분명 잠자러 가는 모양이지! 아니면 다른 곳에 가는 거겠지. 지켜보자. 그리고 기회가 있으면 밧줄을 방으로 가져와 통풍구에 매는 거야!'

문에 서서 간수가 지나가는 발자국 소리를 듣고 있었다. 간수가 저쪽 끝까지 가는 것이 문틈으로 보였다. 그러나 간수는 멀리 가지도 않고 잠자러 가지도 않았다. 메제네츠키는 발소리에 귀를 기울이고 기다리고 있었다.

그때 신앙이 두터운 노인은 병이 들어 가쁜 숨을 쉬기도 하며 기침도 하고 괴로움에 시달려 죽음을 눈앞에 두고 있었다. 그리고 그 영혼 속에는 그가 전 생애를 통하여 열심히 탐구하던 것이 나타나고 있었다. 그는 빛 속에서 찬란한 청년의 모습을 한 신의 어린양을 보았다. 세계 각 국에서 모여든 군중들이 흰옷을 입고 그의 눈앞에 서 있었다. 모든 것이 대단한 환희에 차 있었다. 세상에는 이제 악은 존재하지 않았다. 이 모든 것은 그의 영혼 속에서 동시에 온 세계에서 일어나고 있음을 노인은 잘 알고 있었다. 그는 큰 기쁨과 평안을 느끼고 있었다.

그러나 같은 방에서 잠을 자던 다른 사람들은 노인이 괴로운 몸부림을 치며 숨소리가 거칠어졌으므로 곁에 있던 사람들을 모두 깨웠다. 소리가 멎었다. 그리고 노인이 말없이 식어가자 사람들은 감방 문을 두들겼다. 조금 후에 간수가 문을 열고 들어왔다. 10분도 못되어 조수 2명이 시체를 임시 시체실로 운반해 갔다. 간수는 다시 문을 잠그고 그들 뒤를 따라 갔다. 복도에는 아무도 없었다.

메제네츠키는 문틈으로 그 사건을 처음부터 목격하고 있었다

'이제 이 무서움에서 영원히 해방될 수 있는 거야.'

메제네츠키는 그를 괴롭히던 정신 이상은 이미 느끼지 않고 있었다. 그는 오직 한 가지 생각에만 집중되었다. 그것은 목적을 달성하기 위하여 어떻게 하면 장애물을 제거하느냐 하는 것이었다. 두근거리는 가슴으로 목재가 있는 곳으로 갔다. 밧줄을 풀었다. 주위를 살핀 후에 그것을 자기 방으로 가져왔다. 그리고 의자 위에 올라 통풍구에 밧줄을 걸었다. 매듭을 묶고 밧줄을 두 겹으로 해서 올가미를 만들었다. 밧줄이 목까지 오게 했다. 걱정이 되어 귀를 기우려 문 쪽을 돌아보고는 의자에 올랐다. 그리고 올가미에 목을 걸고 나서 의자를 찼다.

간수는 다음날 아침 순찰 때에야 메제네츠키가 넘어진 의자 곁에 늘어져 있는 것을 발견했다. 그를 올가미에서 풀어놓았다. 전옥이 황급히 달려왔다. 그리고 로만이 의사라는 것을 알고 불러다가 응급치료를 부탁했다. 가능한 모든 수단을 동원해 보았으나 메제네츠키는 살아나지 않았다. 시체는 안치실로 운반되어 노 신앙인의 시체와 나란히 판자 위에 놓였다.

―레프 톨스토이

11월 4일 논쟁

논쟁이란 반드시 진리를 밝히는 것이 아니라 더욱 혼란을 일으킨다. 진리는 고독 속에 성숙해 가는 것이다. 그리고 진리가 완전히 익으면 우리는 논쟁 없이도 얼마든지 그것을 받아들일 수 있는 것이다.

1

자기가 정당할 때 침묵할 줄 아는 사람은 신과도 같다.

―칸트

2

논쟁을 삼가는 것은 때로 무척 어려운 일이다. 그러나 의견이란 못과 같아서 윗부분을 때리면 때릴수록 더 깊이 안으로 파고드는 것이다.

―유베날리스

3

충분한 확신이 없는 일을 완강히 주장하지 마라. 남에게 들은 것을 경솔히 믿지 마라. 남의 단점을 보아도 그를 멸시하지 마라.

4

노여움을 진정시킬 수 없을 때는 입을 열지 마라. 침묵하고 있어라. 그러면 곧 평온한 상태로 돌아갈 수 있을 것이다.

-박스터

5

말은 마음의 열쇠다. 아무짝에도 쓸모 없는 말은 부질없는 낭비다. 홀로 있을 때에는 자신의 죄를 생각해 보라. 사람들과 함께 있을 때에는 남의 단점을 잊어라.

-노자

많은 것을 말하려고 하면 할수록 옳지 않은
말을 할 위험성은 더욱 높아진다.

11월 5일 올바른 사상

올바른 사상은 진리를 밝히는 것이다. 그러므로 옳지 못한 사상은 충분한 사색과 연구를 거치지 못한 사상이다.

1

조용한 것은 조용한 대로 둘 수 있다. 아직 나타나지 않은 것은 억제하기가 쉽다. 약한 것은 깨뜨려버리기가 쉽다. 사물은 그것이 존재하기 전에 조심해야 한다. 무질서가 되기 전에 질서를 세우라. 큰 나무도 연약한 가지에서 시작된다. 높은 탑도 작은 벽돌들이 쌓여서 이루어진 것이다. 천리 길도 한 걸음부터 시작되는 것이다. 최후에 이르기까지 최초와 같이 주의 깊게 하라. 그때 비로소 어떤 일이라도 완수할 수 있을 것이다.

-노자

2

모든 사람이 이웃이라는 것은 혈육 관계에 의한 것이 아니다. 신이 모든 인간에게 주시고 우리들의 본질을 형성하는 것이 고귀한 정신에 의한다고 이해할 때, 나는 어떤 이웃에 대해서라도 노하거나 불친절할 수 없다. 왜냐하면 그때 우리들은 서로 결합되어 만들어지고 손과 손, 발과 발, 눈과 눈이라는 식으로 서로 동일한 목적을 위하여 상부상조하도록 결합되어 있기 때문이다.

-아우렐리우스

3

그대는 불멸의 진리를 구하고 있는가? 만일 그 목적을 달성하고자 한다면 자신의 사상을 가져라. 세상의 정념에서 해방시켜주는 단 하나의 밝은 빛을 향해 영혼의 눈을 돌리자.

-파라문교 경전

4

깊은 사려는 불멸로 가는 길이다. 얕은 생각은 죽음에 이르는 길이다. 깊이 생각하는 자는 결코 죽는 일이 없고 얕은 생각과 조심성이 없는 자는 죽음과 다름없다. 자신을 깨우치거나 자기 자신을 지킬 때 그대는 불멸하리라.

—붓다

정신 속에 싹트는 악한 사상을 쫓아낼 수는 없다.
그러나 그 사상을 끝까지 생각하고 검토할 수는 있다.
그렇게 할 때에 그 사상 속이 있는 악을 제거할 수 있는 것이다.

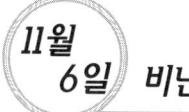

11월 6일 비난

남을 비난하는 것은 어리석은 일이다. 어떠한 경우에도 불필요하며 자기에게나 남에게 다 같이 해로운 것이다.

1

다음과 같은 속담이 있다. '죽은 자의 일을 좋게 평하라. 그렇지 않으면 말하지 마라.' 나는 반대로 생각한다. 살아있는 사람의 이야기는 나쁘게 해서는 안 된다. 왜냐하면 그것은 그대들에게 고통을 주고 살아있는 자들과의 관계를 파괴하기 때문이다.

2

자기 자신에게는 엄격하라. 남에게는 겸손하라. 그러면 그대에게는 적이 없을 것이다.

―중국 명언

3

인간은 자기 자신을 이겨낼 수 있을 때만이 남에 대한 비난을 하지 않는다.

4

다음과 같은 비난은 죄악이다. 어떤 사람의 단점이라도 그 사람 앞에서 하면 유익하다. 그러나 그 비난이 정말로 필요한 사람 앞에서 침묵하다가 그가 없을 때 다른 사람들에게 이야기하는 것은 죄악이다. 그때 그것은 비난받는 사람에게 악감정만을 줄 뿐이다.

5

나는 의식적으로 말과 말 사이를 2~3초의 여유를 두고 이야기하는 노인을 보았다. 그는 말로서 자신도 모르게 죄를 범할까 두려워서 그렇게 한다는 것이었다.

말은 사상의 표현이다. 사상은 신의 힘이 나타난 것이다.
그러므로 말은 그 표현과 조화되지 않으면 안 된다.
말은 신의 힘과 같은 것이다. 그래서 말이 악의 표현으로
이용되어서는 안될 것이며 또 그럴 수도 없는 것이다.

11월 7일 생활과 죽음

생활은 꿈이다. 죽음은 깨우침이다.

1

죽음은 또 하나의 새로운 생활의 시작이다.

―몽테뉴

2

나는 다음과 같은 상념에서 벗어날 수 없다. 나는 태어나기 전에 죽음의 상태에 있었으며 죽음으로써 다시 그 상태로 되돌아간다는 것 말이다. 인간이 태어난다는 것, 그것은 죽음이 새롭게 구체화된 기관을 가지고 잠에서 깨어나는 것이다.

―리히텐베르크

3

내가 개, 새, 개구리, 혹은 벌레 등을 죽였다고 하자. 그러나 엄밀히 따져서 나의 천박한 행위에 의하여 그 존재를 무(無)로 돌아가게 할 수는 없는 일이다. 수많은 동물이 그 탄생 이전에는 어디에도 존재하지 않았으며 탄생에 의하여 비로소 존재한다는 것은 있을 수 없는 일이다. 그것은 나의 시선에서 보이지 않을 뿐 아니라 다른 것은 보이지 않는 곳에 모습을 나타낸다. 이것은 양쪽 모두 같은 형식 같은 본질을 소유하고 있다. 같은 재료가 아니라 같은 성질을 가지고 있다. 그것은 모두 변화하여 새로운 형식으로 변화함으로 같은 존재를 계속하고 있는 것이다. 어떤 것은 그 자리에 남는다. 이것은 다만 작은 변화이며 존재형식의 갱신이며 존재를 계속하고 있는 점에서는 어느 것도 마찬가지인 것이다. 개성으로서의 꿈은 형식으로서의 죽음이다.

—쇼펜하우어

4

인간의 영혼이 불멸이라고 하는 것이 나의 착오라 하더라도 나는 자신의 착오에 만족한다. 내가 살아있는 한 그 누구도 이 신념을 빼앗을 수 없다. 그리고 이 신념은 불변의 평화나 완전한 만족으로 나를 기쁘게 한다.

—키케로

5

나는 이 세상에 태어나 이렇게 살고 있음을 슬프게 생각지 않는다. 왜냐하면 나의 존재가 어떤 이익을 낳고 있다는 것을 생각할 수 있는 이유가 되기 때문이다. 죽음이 왔을 때 나는 응접실을 나가듯이 인생을 이별하리라. 결코 집에서 나가듯이 이별하지는 않을 것이다. 왜냐하면 이 세상에서의 존재 의미는 지나가는 것이며 일시적인 것에 지나지 않는다는 것을 알기 때문이다.

—키케로

사후(死後)문제에 대하여 우리들은 오로지 눈에 보이지 않는
그 무엇으로 가로막혀져 있을 따름이라고 생각할 수 밖에 없다.
미래는 감춰져 있을 뿐 아니라 존재하지 않는 것이다.
왜냐하면 미래란 시간을 의미하는 것인데 우리는 죽음을 통해서
시간 밖으로 나가 있기 때문이다.

11월 8일 신에 대한 관념

신의 법칙과 신 자체의 관계는 우리들의 감각과 세계
및 물질의 관계와 같다. 만일 감각이 없다면 우리들은 어떠한
물질에 대해서도 무엇 하나 알 수 없다. 우리들 마음에 법칙이
없다면 우리들은 신에 대하여 무엇 하나 알 수가 없을 것이다.

1

마음이 없이 오직 이성에 의하여 언젠가는 신에게 도달할 수
있느냐 하는 것은 의문이다. 마음이 신을 알고 난 후에 이성이
신을 구하기 시작하는 것이다.

―리히텐베르크

2

신에 대한 관념은 아무리 위대한 것일지라도 우리들 영혼의
본질적 관념이다. 오직 그것은 한없이 깨끗해지고 높여진 것에

불과하다. 신에 대한 이해의 기초는 우리들 내부에 존재해 있는
것이다.   —찬닝

3

　인간에게는 다음과 같은 성질이 있다. 그 사람이 알고 있는 모
든 것은 자신의 감정과 이성에서 만들어 낸 것으로써 일종의 특
별한 성질이다. 그리고 만일 그가 자기 밖에 있는 것과 자신이
실제 존재한다는 것을 인정한다면 그가 마음 속에 느끼는 필요
도, 즉 규범과 그 규범을 부여하는 것도 실제 존재하고 있다는
것을 반드시 깨달으리라.

4

　일면으로 생각하면 모든 외부 세계는 그 자체에 있어서 독립
적으로 존재하는 것이 아니라 인간으로서의 나에 의하여 조건
지어지고 사고되는 것이다. 즉 사고의 열매인 것이다. 그리고
다른 면으로 말한다면 인간으로서의 나는 자신에 의하여 존재
하는 것이 아니라, 나보다 높은 것에 의하여 조건지어져 있으며
사고되고 있는 것이다. 그리고 나에 의하여 조건지어진 나보다
낮은 것을 물질이라 부른다. 나를 조건 지우며 나보다 높은 것
을 나는 신이라 이름한다.

　　　　　　　　　　　　　　　　　　　　　　　　　　　—스트라호프

5

　훌륭한 근로자는 주인의 생활 내막을 자세히 모르는 법이다.

오직 게으른 근로자만이 주인의 모든 생활이나 취미를 알려고 애쓴다. 그것은 가능한 자기 몸을 아끼면서 주인의 비위를 맞추려고 하기 때문이다. 이것은 인간과 신의 관계에 있어서도 말할 수 있다. 신을 주인이라고 생각하고 신이 나에게 명령하는 것을 아는 것이 필요하다. 그러나 신이 어떤 존재며 또 어떤 생활을 하고 있는지 나는 알지 못한다. 왜냐하면 나는 신의 친구가 아니라 근로자이며 주인이 아니기 때문이다.

신을 이해한다는 것은 모든 사람에게 가능하다.
그것은 인간의 본연인 것이다.
신의 계율을 다함은 인간에게 지워진 동일한 의무이다.

죽음과 이성

동물로서의 인간은 죽음을 배척하려 한다. 그러나 이성적인 인간은 언제나 죽음을 인정할 수 있다. 죽음에 대한 인간의 태도는 순종이어야 하고 동의해야 할 것이다.

1

죽음의 고통 그것이 인간으로 하여금 죽음에 대하여 반항하도록 한다. 그러나 또 이 고통이 인간으로 하여금 죽음을 원하도록 강요하는 것이다.

-아미엘

2

죽음이란 인식 대상의 변화이다. 그렇지 않다면 그 대상의 소멸이기도 하다. 그러나 인식 그 자체는 장면이 바뀌어도 구경꾼은 그대로인 것처럼 죽음에 의하여 없어지는 것은 아니다.

3

그대는 이 세상에 이유도 모르고 태어난 것이다. 그러나 현재 그대로의 그대 자신으로 태어났음을 알고 있다. 그리고 이 세상을 거침없이 걸어왔다. 인생 길을 반쯤 가다가 갑자기 즐거움도 놀라움도 느끼지 못한 채 제자리에서 움직이고 싶지 않다고 생각한다. 왜냐하면 앞길에 무엇이 있는지를 모르기 때문이다. 그러나 그대는 그대가 온 길도 모르지 않는가? 그리고 알지 못한 채 태어나고 걸어 온 것이 아닌가? 그대는 입구로 들어왔으면서도 출구로 나가기 싫다고 하는가?

그대의 생활이란 모두 육체를 거쳐가는 것이다. 그대는 지금까지 걸어 나가든 길을 별안간 끝까지 계속하기가 싫어진 것이다. 그대는 육체의 죽음에 의하여 그대의 상태가 변화할 것을 두려워한다. 그러나 그대의 탄생에 의하여서도 커다란 변화가 이미 일어났던 것이 아닌가? 그리고 그 변화로부터 아주 나쁜 일이 발생한 것이 아니라, 그 반대로 그대가 지금 떠나기 싫어하고 있음을 보아 분명히 좋은 결과가 생겨난 것이 아닌가?

만일 우리들이 이 세상에서 일어나는 모든 일이 우리들을 행복하게 하기 위해 일어나는 것이라고 믿고 있다면 우리들의 죽음으로 인하여 일어나는 것은 우리들의 행복을 위하여 이루어진다고 진실로 믿지 않을 수 없을 것이다.

11월 10일 만물의 근원

이 세상에서 우리들이 보고 있는 모든 것, 생각하는 모든 것은 그 근원이 우리들의 정신 속에 있는 것이다.

1

하늘과 땅은 위대하다. 그러나 하늘과 땅은 빛깔과 형태와 크기를 가지고 있다. 인간 내면에는 빛깔도 모양도 크기도 가지고 있지 않는 그 무엇이 있다. 그 무엇이란 바로 지혜이다. 그러나 세계는 무한하며 인간의 지혜는 유한하기 때문에 인간의 지혜가 모든 세계의 지혜일 수는 없다. 그러므로 세계가 지혜에 의하여 생명을 받지 않으면 안 된다는 점에 있어서 무한하지 않으면 안 된다는 것이 명백해진다.

― 공자

2

하늘을 행복이 발견된 곳으로 생각할 때 우리들은 광대한 공간 속에 높이 존재하는 장소를 생각한다. 그러나 그때 우리들은 다음과 같은 것을 잊고 있다. 우리가 살고 있는 지구도 다른 우주 공간에서 보면 하늘의 별과 같아서 그 곳 주민들이 지구를 바라보면서 다음과 같이 말할 것이라는 것을…… '저 별을 보라. 저기에 영원한 행복이 있으며 우리들을 위한 신이 살고 있는 곳이란다. 언젠가 우리들은 저 곳에 갈 수 있는 거야.' 문제는 이 세상의 행복을 불멸의 정신에서 구한다면 그것이 자기 위에 있건 아래에 있건 아무런 관계가 없는 일이다.　　　　－칸트

3

약하디약하고 부질없는 욕망으로 가득 찬 왜소한 인간의 그림자를 보라. 그 속에는 힘이 없으며 스스로 제 몸을 지킬 수도 없다. 이 약하고 힘없는 육체는 소모되는 것이며 언젠가는 산산이 흩어져 버릴지도 모른다. 그리고 그 속에 있는 생명은 언제 사라질지도 모르는 것이다. 두개골은 마치 가을에 거둔 호박과도 같다. 그래도 만물의 영장이라고 기뻐할 수 있을까? 아직도 희망을 가질 수가 있을까? 뼈와 살과 피로 말미암아 육체는 그 형체를 유지하고 있다. 그리고 그 속에는 늙음이 깃들고 죽음이 자라고 있는 것이다.　　　　－붓다

모든 것의 참된 의의를 이해하기 위해서는 모든 눈에 보이는 것을
보이지 않는 세계로, 모든 육체적인 것을
정신적인 세계로 돌아가게 하는 것이 필요하다.

기독교와 인간의 분열

　표트르 헤리치스키가 기독교도의 신앙을 공격한 것은 다음과 같은 점에서이다. 스스로를 기독교도로 자처하고 있는 황제와 교황에 의하여 왜곡시켰다는 점이다. 그리고 황제와 교황에 의하여 왜곡되었다는 것을 헤리치스키는 큰 물고기 때문에 찢어진 그물에 비유하고 있다. 큰 물고기가 뚫어 놓은 구멍으로 잡혔던 고기가 모두 도망쳐 버리듯이 그리스도의 그물에 잡혔던 사람들도 황제와 교황 때문에 왜곡된 결과 참된 신앙을 잃었다. 다음은 헤리치스키가 한 말이다.

　사도들에 의하여 잡힌 물고기는 오랫동안 완전한 그물 속에서 지탱해 왔으나 세월이 흐름에 따라서 사람들은 스스로 안일에 빠져들고 말았던 것이다. 그때 적이 나타나서 밀밭에 가라지를 뿌려 놓았다. 그래서 가라지는 크게 번식하고 밀은 자꾸 약해져 갔다.

　그리고 기독교도들이 깊은 꿈에 빠져 있으니 황제와 사제들에게 재물과 권력을 주었다. 깊은 잠에서 깨어나지 못하고 사제들은 그리스도의 이름 아래 가난한 생활을 권력과 명예로 바꾸어 버렸고 황제 이상의 것을 가졌던 것이다. 처음에 사제들은 동굴이나 숲 속에 숨어서 박해를 피했었다. 그런데 보라! 나중에는 황제가 친히 사제들을 로마에 안내하고 흰말에 태워 영광을 보장했다. 그래서 사제들이 설교한 교훈의 순결성과 청렴은 파괴되었다. 즉 사도들의 그물 속에 두 마리의 큰고래가 들어가 산산이 찢어 버리고 말았다. 그 한 마리는 황제를 능가하는 권력과 영화가 주어진 교황이며 다른 한 마리는 신앙의 가면을 쓰고 사교(邪敎)적인 권력과 의의를 가진 황제였다.

이 두 마리의 고래가 그물 속으로 들어 왔을 때 그물이 갈기갈기 찢어졌기 때문에 그물의 원형은 자취를 감추었다. 그리고 이 두 마리의 고래로 인해서 많은 부정 단체가 생겼다. 그리고 그 단체들이 제각기 신앙의 그물을 찢어버렸다. 첫째로 그것은 갖가지 형태와 색깔을 띤 사제들이다. 둘째로 대학이나 기타 학교의 교수, 교회 관계자들, 가문을 자랑하는 귀족의 무리, 셋째로 서민들 간의 여러 단체들이다. 그러한 단체들은 각기 자기의 지배 영역을 확장하려고 힘썼다. 그리고 계략이나 폭력, 매수나 상속 등으로 토지를 사유하려고 노력했다. 이 단체에 속한 사람들은 정신적인 영역 또는 사회적인 영역으로 양분되었다.

로마 교회는 세 계층으로 분리되었다. 그 첫째는 사회적 영역에 속한 사람들, 왕후나 귀족들이 교회를 지배하고 있으나 둘째는 정신적인 영역에 속한 자들이며, 셋째는 서민계급으로 되어있다. 이 셋째 계층은 첫째와 둘째 계층의 물질적 욕구를 만족시켜 주고 있는 것이다. 이 같은 분리는 어떠한 불공평을 야기 시켰는가? 첫째와 둘째 계층은 호사스럽고 평안했다. 그들은 게으르면서도 잘 먹고 돈을 낭비하면서 셋째 계층을 고용하여 기대고 산다. 그리고 셋째 계층은 그들의 사치와 호사를 위한 노력에 동원되고 있었던 것이다. 그와 같은 분리는 모든 사회가 평등하게 한 마음으로 결합되어야 한다는 그리스도의 교훈에 어긋나는 것이다.

두 마리의 고래는 더욱 신앙의 그물을 찢고 있었다. 정신적인 영역의 권력자 교황은 그리스도의 규범을 다음과 같은 점에서 파괴하고 있었다. 가난, 노역, 선교, 기타 사제로서의 의무를 버리고 사회적 권력과 영예를 누리고 사람들이 자기를 신과 같이 엎드려 경배하기를 요구하고 있다는 점에서이다. 그는 신의 규범과 신앙에 위배되는 법률을 많이 제정했다. 그리고 사람들은 이 법률 때문에 신의 계율과 신앙을 잊고 신앙이란 교황청의 법률과 다를 바 없다고 생각했다. 사제들이 할 일은 모두 그러한 계율에 의하여 정신 세계를 지도하는 것이다. 그들은 그 계율에 의하여 규정된 헛소리를 하고 두꺼운 책을 읽기 위하여 일부러 시간을 끄는 것 외에 기도할 줄도 모르는 것이다. 교회의 많은 신도 앞에서 주문을 외우는 형식이 기도라고 여겨지고 있는 것이다. 무지한 사람들은 그것이 그리스도의 교훈인줄 알고 있다. 그들은 교회에서만 그리스도가 나타나며 성일에는 일을 해서는 안 된다는 것을 고지식하게 믿고 있는 것이다.

또 다른 한 마리의 고래는 신앙의 그물 속에 들어가 그것을 찢고 있는 황제이다. 이교도적인 지배와 제도, 권리의 법칙을 가진 황제이다. 콘스탄틴 대제 이전에 기독교도들은 교황이나 황제적인 것에 물들지 않고 오직 그리스도의 참된 교훈에 입각하여 인도되었다. 콘스탄틴 대제가 나타나서 신앙을 이교도적인 지배나 법칙에 의해 받아들인 이후 기독교의 순결과 순전성은 파괴되고 만 것이다.

진실한 신앙이나 제사 의식을 부정한 것으로 만든 사교적인 것을 모두 헤아릴 수는 없다. 다만 황제와 관련 있는 것만 열거하기로 한다. 기독교를 지배하려고 했던 콘스탄틴 대제나 그 후계자들은 최고의 제의의 규정을 만들었다. 그리고 그들 자신이 신도 사이에 살면서도 가장 비신앙적인 행위를 일삼고 참된 신앙에서는 먼 생활을 하고 있었던 것이다. 그의 추종자들도 가장 비열한 생활을 하고 있었다. 그들은 기독교 사회에 악취가 풍기는 썩은 고기로 나타났다. 그리고 정신적 영역의 지도자들은 그들이 정당하다고 변호해 주었다.

"그것이 귀족들의 존엄성이라는 것이다. 귀족들은 즐거워야 하고 자유롭고 호화스러워야 한다."라고 말한다. 그래서 교회는 셋째 계층에 대하여 악마와 같은 존재가 되었다.

황제는 거만함과 용기로 이교도적인 권력을 남용한다. 그리고 자신도 신도이면서 기독교를 지배하고 있다는 것을 조금도 생각해 보지 않는다. 그리고 황제가 세금을 무겁게 하여 서민들에게 생활에 압박을 가하는 것, 따라서 서민들은 자기의 재산을 줄이면서도 심한 노동이 부과된다. 그러나 그것쯤은 그렇게 중요한 것이 아니었다. 왜냐하면 그와 같은 무거운 짐은 참기만 하면 양심에는 가책이 없기 때문이다. 그보다 중요한 일은 사회적 권력자가 살인죄를 용납하고 갖은 폭력을 행사하여 교인으로 하여금 서로 전쟁을 하도록 강요하여 그리스도의 교훈에 대하여 중대한 죄를 범하고 있는 것이다.

이교도들은 기독교도와 공통된 점은 하나도 가지지 못했다. 그리고 처음의 교회 상태는 기독교도에게 가장 소중한 것이었다. 그것은 악마의 형벌과 콘스탄틴 등의 맹목으로 인하여 기독교도 속에 교황의 권력이란 독이 침투하지 않았더라면 오늘까지 계속할 수 있었다. 최초의 유대인은 약속된 땅에서 살았고 그들 위에 어떠한 지상의 권력을 가지지 않고 오직 하나님의 규범을 지키며 400년 이상이나 계속했다. 그러나 그들은 결국 하나님을 버리고 사무엘에게 왕을 원했다. 마침내 그들의 소원은 이루어졌다. 그러나 그들에 의하여 행해진 범죄를 알려 주고자 하나님은 재앙을 보냈던 것이다. 그 같은 일은 기독교도들에게도 일어났다. 그 차이점은 다만 다음과 같은 점에 있다.

유대인들은 하늘의 왕보다 지상의 왕에게 의지하는 것이 자기들의 지상 사업이 번창할 줄 알았다. 그들은 토지에 대한 애착으로 왕을 가지기를 원했던 것이다. 기독교도들은 하나님을 저버리지 않았다. 그리고 이교도적인 왕의 지배를 원치 않았다. 그러나 그것은 황제에 의한 기독교의 신앙을 얻고자 기대하던 교회가 자기네의 행복을 확보하려는 데서 나왔는데 결과는 반대로 나타났다. 황제는 초기의 기독교를 고뇌 속에 내버려두고 그들과 교제할 수 없다고 생각하면서 그들과 친해지려는 듯한 태도로 접근해 갔으며 신앙에 의한 결합으로 가장하면서 그들을 이교도적인 비신앙으로 이끌어 가고 말았다. 그러한 죄악을 저지른 것은 콘스탄틴을 비롯한 다른 자들이었다.

그러나 신앙에 대한 이해에 있어서 자기 자신을 가장 완성된 그리고 가장 지혜 있는 자라고 생각하고 거기다 교회의 번영과 안정을 위해서는 사회적 권력은 불가결한 것으로 생각했던 후대의 기독교도들도 그 죄를 면할 수는 없는 것이다. 세월이 흐름에 따라 사도들에 의하여 잡혀 있던 사람의 무리는 더욱 더 많이 들어 왔다. 그러한 무리들은 신앙에 따르거나 또는 신앙에 순종하기를 거부한다. 그리고 신앙에 위배되면서도 신앙심 두터운 자로 인정받으려고 온갖 독자적인 노력을 경주하고 있다. 그 가문의 전통을 자랑으로 삼는 무리들과 그 시대상을 말해 보자.

그 가문의 전통을 가장한 수많은 무리들은 하나님의 가르침에 역행하는 생활을 보내며 하나님의 아들을 비방하는 점에서 남보다 앞장섰다. 그들 무리들은 자기네들의 태생은 고귀하다고 생각하는 우월감의 의식에서 죄를 범하고 있는 것이다. 그 고귀성으로 인해 그들은 가능한 남과 자신들을 차별하기를 애썼다. 그들은 이름, 의복, 식사, 여러 가지 제도, 집, 권리, 교제 등에 의하여 구별되기를 원했고 생활방식, 습관, 대화 속에는 허영이 나타나 있다. 그들은 육체와 사회의 모든 혜택을 받고자 노력한다. 그것은 영예와 행복을 이용하여 자기의 죄로 인하여 사람들이 책임져야할 모든 불쾌함을 피하기 위해서이다. 그들에게는 노력, 인내, 순종, 겸손, 봉사 등은 아무 상관도 없는 것이다. 그들에게 필요한 것은 자유이며 태만이고 난잡한 생활이며 지상의 행복이며 남다른 형태의 사치한 의복이고 아름다움이고 청결함이었다.

그들에게는 모든 사람들에게 놀라움을 줄 수 있는 음식 우아하고 포근한 침대 세련되고 매력 있는 대화가 필요했다. 그들의 고귀함이란 '자, 마음에 드시면 시작해 보시렵니까?' 따위의 말투나 하인을 불러 머리에서 발까지 깨끗할 때까지 몸을 씻어 달라는 것이다. 결국 그들의 고귀성은 이교도적 지배를 요구한다. 사실 가문의 권위를 자랑한 무리들은 토지를 많이 소유하며 남을 압제하고 부당한 권리를 행사하고 있다. 하인들이나 무지한 바보들의 인고에 의하여 그들의 고귀함이 유지되고 있는 것이다. 만일 하인들이 일하기를 거부하게 되면 그들의 존귀란 사실상 불가능하며 양치는 자와 다름없을 것이다.

자기의 태생이 존귀하다고 생각하는 것은 황제나 황후로부터 그 권위를 보장받는다는 이교도적인 습관에 그 기초를 두고 있는 것이다. 어떤 자는 영웅적인 행위의 보수로써 또 다른 자는 값진 물건을 진상한 대가로써 그 권리를 보장받고 있으므로 존귀함이 유지되고 있는 것이다. 가문의 전통이나 권위에 의하여 모든 가치는 결정된다. 만일 가문의 권위를 유지할 재산이 없을 때에는 배고픔이 그 권위를 버리고 호미를 들도록 강요한다. 결국 가문의 권위가 아니라 돈 속에 존귀함의 큰 힘이 있는 것이다. 그래서 돈이 없을 때에는 양치기와 다를바 없게 된다. 그러나 일하는 것을 수치로 생각하고 빵 한 조각도 없는 주제에 여전히 그 처신을 유지하려는 것이다.

가문의 권리로 자신의 존귀함을 의식하는 자세에서 새로운 범죄를 낳게 한다. 즉 허영, 공손, 인내의 결핍을 가져온다. 만일 그들 중 한 사람을 천박한 사람이라고 한다면 그는 즉시 법정으로 끌고 가 자기가 천민이 아님을 증명하려 할 것이다. 이와 같은 이유에서 발생한 다른 범죄는 나태, 사치, 지배, 폭력 등이다. 그리고 정신적 영역의 권력자들도 그런 죄에 가담하여 그들에게 "이것은 결코 해를 끼치지 않습니다. 이것은 마땅히 당신들의 존엄성을 증명하는 것입니다."라고 말할 것이다. 더 나아가 그러한 죄를 오히려 칭찬하고 더욱 조장하려 할 것이며 그러한 것을 도덕 속에 포함시키려고 할 것이다.

그러한 죄악은 부모에게서 자식까지 전해진다. 자녀들은 부모들의 그릇된 인식에 의하여 교육된다. 그리하여 하나님의 손에서 그의 창조물들은 멀어져 가는 것이다. 자기 출신의 존귀함을 계승시키기 위하여 자녀들에게 여러 가지 교육을 시킨다. 그것은 모두 허영에서 나오는 것이다. 그들은 현세의 위대함을 지나치게 사랑한다. 그래서 자기만으로는 그것을 만족할만큼 얻기 힘들어서 자녀들을 지위가 높은 사람들에게 보내 무엇이든 보다 높은 영예를 얻게 한다. 아들은 황후에게 딸은 왕비 곁으로 보내는 것이다. 그래서 그러한 무리들은 더욱 수가 많아지고 마침내 농민의 토지는 줄어든다. 그들은 모든 토지를 지배하려 한다. 가난한 사람을 더욱 압박하며 자신이 노동하는 것을 큰 수치로 생각하고 있다. 또는 달콤한 말로 속여 재물을 빼앗고 고리대금을 준다. 가장 기름지고 광대한 토지는 그들에 의하여 점유되어 있고 그 토지를 황무지로 만들어 이리 때가 거닐게 하고 있다. 그들은 자신의 정원에 앉아서 잡담이나 세상 소문에 시간을 보낸다.

성경에는 어디에도 일부 사람이 다른 사람보다 더 나은 출신이라는 말이 기록되어 있지 않다. 솔로몬도 스스로를 하찮은 존재라고 말하고 있다. 성경에서 고귀한 생명이란 덕성과 거룩한 지혜에 기초를 둔 고귀함을 말하는 것이다. 소위 가문이나 출신 신분을 가장하는 인간들의 생활은 자신의 몸에 걸친 의복이 혐오감을 주는 것처럼 혐오하여야 할 것이다. 어떠한 이교도와 유대인도 가문을 핑계로 참된 신앙을 혼란시키는 이들 귀족들보다는 그리스도의 신앙을 더럽히지는 않았다.

그들은 하나님을 배반하고 인간에게 무서운 독과 무거운 짐을 지운다. 노무자들은 그들의 존귀함 때문에 무거운 짐을 지고 있다. 그리고 그들은 이 지상에서 좋은 것들을 독차지하려고 애쓴다. 그들이 모든 사람에게 끼친 가장 큰 해독은 그들이 자기에게 감추고 그 악취를 시체의 썩은 고기처럼 다른 사람에게 전염시키는 것이다. 그들은 먼저 자녀와 하인을 모든 귀족적인 수법에 의하여 허영을 가르쳐 주고 있다. 그리고 도시의 인간들은 그들의 생활방식을 교육받는다.

나는 이 글을 가문이나 족보를 존중하는 인간의 무리들에게 '계명을 배반하는 자이며 멸망의 아들'이라고 사도 바울이 규정한 비기독교도가 존재하는 것을 알리기 위하여 쓴 것이다.

－표트르 헤리치스키

11월 11일 인생의 법칙

도덕적 완성은 달성될 수 없지만 다가가는 것은 인생의 법칙이다.

1

만일 내가 그것을 실행할 수 없다면 어떠한 도덕상의 법칙도 있을 수 없다. 그러나 의무라는 것이 존재하고 있어서 우리들을 이끌어 준다. 사람들은 말한다. "우리들은 이기주의자로 태어난 것이다. 사욕적이며 비천한 것으로 태어난 것이다. 우리들은 그 이외의 것이 될 수 없다." 그러나 결코 그렇지 않다. 우리는 먼저 마음 속에서 우리가 해야할 의무를 진심으로 느껴야 한다. 그것이 우리들에게 힘을 주는 것이다.

―솔터

2

그대들은 모두 자유로운 행동자이다. 그리고 그대들은 그것을 느끼고 있다. 철학을 말하는 궤변학자들은 인간의 양심, 인간의 인식의 큰 소리에 배반하여 숙명적인 교훈을 고집하려고 애쓴다. 그러나 인간이 자유로운 행동자임을 영원히 증명하고 있는 두 가지, 즉 양심의 가책과 희생의 기쁨을 억제할 수 없는 것이다. 소크라테스로부터 예수까지 그리고 진리를 위하여 죽은 오늘날에 이르는 모든 사람들, 모든 신앙의 희생자들은 그들의 노예적인 교훈에 반대하여 우리들에게 큰 소리로 외치고 있다.

"우리도 생활을 사랑한다. 그리고 그들 때문에 우리의 생활이 아름다우며 우리에게 싸움을 중단해 달라는 사람들을 사랑하고 있다. 우리 심장은 부르짖고 있었다. 살아야 한다!"

그러나 미래를 구하기 위하여 우리들은 죽음을 택했다. 그리고 카인으로부터 시작하여 오늘에 이르기까지 모든 배신자의 길을 선택한 위선자들은 마음 속에서 비난되고 가책되는 소리를 듣지 못하고 있을까? 그대는 왜 참된 길을 외면하였느냐는 소리를. 그리고 그것 때문에 그들은 평화를 잃고 영원히 고뇌하고 있는 것이 아닐까? 그대들은 자유로운 행동자이다. 그러나 악행에 의하여 그 자유를 상실하게 되리라고.

—마치니

3

오, 형제여! 우리들은 가능한 한 자신의 양심을 다시 찾고 향락을 정성으로 바꾸고 돌과 같은 마음을 훈훈한 마음으로 바꿔야 한다. 우선 그대 내부를 반성하고 선한 마음의 흔적이 남아 있는 것을 확인하자. 그때까지는 아무 것도 할 수 없다.

—칼라일

어떤 사람이 보석을 바다에 빠뜨렸다.
그것을 되찾을 욕심으로 바가지로 바닷물을 푸기 시작했다.
한참 있으니 바다에서 신령이 나와서 물었다.

"언제까지 할 작정입니까?"

"이 바닷물을 모두 퍼내면 보석을 찾을 수 있다고 생각합니다."

바다 신령은 보석을 찾아서 그 사람에게 돌려주었다.

표면적인 결과란 우리들의 의지와는 관계없는 일이다.

그러나 노력은 언제라도 할 수 있는 것이다.

그리고 내면적인 좋은 결과는 항상 착오 없이

그 노력에 대응하고 있는 것이다.

11월 12일 강한 자

공손한 사람만큼 강한 자는 없다. 공손한 사람은 자신을 떠나서 신과 함께 있는 것이다.

1

이 세상에는 물만큼 부드럽고 잘 순종하는 것은 없다. 그러나 한 방울의 물이 오랜 시간을 두고 떨어져 바위를 오목하게 만드는 것처럼, 강하고 단단한 것 위에 떨어지면 그 무엇보다 강해진다. 약한 것은 강한 것을 이기는 법이다. 그러나 아무도 그것을 믿으려 하지 않는다.

―노자

2

환경에 폭력을 가하는 자는 환경도 그에게 폭력을 가한다. 만일 환경이 그대에게 이롭지 못할 경우라도 결코 반항하지 말고 자연에 순응하라. 왜냐하면 환경에 반항하는 자는 그 노예가 되고 환경에 순응하는 자는 그 주인이 되기 때문이다.

-탈무드

3

현재에 만족하고 있는 사람은 매우 강한 사람이다. 그러나 그가 필요 이상의 욕심을 부리는 순간부터 매우 약해지고 마는 법이다.

-루소

4

가장 약한 것이 가장 강한 것을 이기는 법이다. 그러므로 공손의 힘은 위대하며 침묵의 효과 또한 위대한 것이다. 그러나 이 세상에는 오직 소수만이 공손할 수 있다.

5

인간의 몸은 살아있을 때에는 부드럽고 유연하다. 그러나 죽으면 곧 굳고 마르게 된다. 그러므로 굳는다는 것은 죽음을 의미한다. 부드럽다는 것은 삶을 의미한다. 그러므로 힘이 강한 자는 승리를 얻는 것이 아니다. 부드러운 것은 항상 위에 있다.

-노자

사람이 공손하면 할수록 더욱 자유롭고 굳건해진다.

11월 13일 자기 완성

자기 완성이란 인간의 본성에 의하는 것이다. 왜냐하면 그 사람이 올바르다면 현재 자기의 덕성에 결코 만족하는 일이 없기 때문이다.

1

인간은 선에 대한 자신의 보증을 발전시키지 않으면 안 된다. 신은 인간에게 완전한 선을 부여한 것이 아니다. 그것은 다만 선에 대한 보증일 따름이다.

—칸트

2

"악의 근원은 진리에 대한 무지이다."라고 석가는 말했다. 이 말의 근원에서 무수한 착오의 나무가 자라고 고뇌의 열매가 맺힌다. 무지에 대항하는 오직 한 가지 방법은 슬기이다. 그리고 참된 슬기는 자기 완성을 통해서만이 얻어진다. 그러므로 사람들이 자신을 알지 못할 때에는 세상을 발전시키려는 모든 시도는 무익하다. 개인이 잘되는 것은 세상의 생활을 발전시키기 위

한 가장 믿음직한 수단이다.

—하트만

3

기독교도는 언제까지나 스승 또는 제자로 있을 수 없다. 항상 스승이며 동시에 제자이다. 그러므로 언제나 전진하고 무한히 완성될 수 있는 것이다. 나의 형제여! 자기 자신을 항상 배우는 자로 생각하라. 배움에 있어서는 나이가 문제되지 않는다. 또 자기 능력이 충분히 성숙되고 잘 발달되어 있다고 생각지 마라. 자기의 성격과 정신이 완성에 도달하였으며 더 나아갈 수 없다고 결코 생각지 마라. 기독교도들에게는 졸업이라는 것은 없다. 묘지에 가는 날까지 배우는 것이다.

—고골리

4

또 다른 사람이 가로되 주여 내가 주를 좇겠나이다마는 나로 먼저 내 가족을 작별하게 허락하소서. 예수께서 이르시되 손에 쟁기를 잡고 뒤를 돌아보는 자는 하나님의 나라에 합당치 아니하니라.

—성경

5

생활을 자기 완성에 두고 있는 자는 오직 앞만 내다본다. 자기가 한 일을 되돌아보는 자는 항상 제자리에 머물러 있는 자에 한한다.

자기 자신에게 불만족을 느끼는 것은 선한 생활에 없어서는 안될 요소이다. 오직 이 불만족에 의해서만이 자기 수양에 눈뜰 수 있다.

11월 14일 지식

모든 지식 중에서 인생을 밝혀 주고 삶의 지혜를 가르쳐주는 지식이 가장 중요하다.

1

자기 만족을 위하여 여러 가지 위대한 학문을 소유하기 보다 겸허한 마음으로 적은 양이라도 건전한 사상을 소유하는 것이 낫다. 학문 자체에 나쁜 것이 있을 리 없고 모든 지식은 각각의 입장에서 쓸모 있는 것이지만 지식 이전에 먼저 선한 양심과 도덕적인 생활이 전제되어야 할 것이다.

—켐피스

2

인생의 법칙을 아는 것이 매우 중요하다. 그리고 우리들을 자기 완성으로 인도하는 지식이 가장 으뜸가는 지식이다.

—스펜서

3

사고의 방향이 바르지 않으면 의지도 바르지 못하다. 왜냐하면 의지는 사고 방향의 결과로 나타나는 것이기 때문이다. 그리고 사상의 방향은 모든 인생의 법칙 위에 기초를 두고 정의의 관점에서 취급될 때만이 가장 선한 것이다.

–세네카

4

그 행위가 선한 자만이 제대로 배운 자이다.

–인도 잠언

5

우리들은 다음과 같은 스승을 원한다. 제자에게 먼저 판단을 가르치고 지혜를 주며 마지막에 학문을 주는 스승을 말이다. 이러한 순서에는 그 제자가 최후의 단계에 도달할 수 없거나 학자가 될 수 없을지라도 스승에게서 배움을 받았다는 점에서 인생에 대하여 경험 있고 총명한 인간이 될 것이라는 이점을 가지고 있다. 만일 이 순서가 잘못되어 제자가 판단을 갖기도 전에 지혜가 주어진 듯한 학문이 주입된다면 그의 정신적 능력은 전과 동일한 아무 이익도 얻지 못할 것이다.

–칸트

지식에 있어 중요한 것은 양이 아니라 바른 평가이다.

11월 15일 재물

재물이 주는 기쁨은 허영이다.

1

'네 보물이 있는 그 곳에는 네 마음도 있느니라.' 그 재물을 부라고만 여기는 자는 얼마나 무서운 수렁 속에 빠져 있는 것일까?

2

재산, 권력, 생활 즉 인간들이 수고하여 소유하려는 그 모든 것들은 얼마의 값어치가 있을까? 그것들은 향락을 얻으려고 쓰여질 뿐이다.

3

가난한 자는 부자보다 더 잘 웃는다. 그리고 마음도 편하다.

—세네카

4

왜 인간에게는 재산이 필요한가? 그것은 좋은 의복, 아름다운 집, 그리고 여러 가지 오락에 필요한 권리 때문인 것이다. 이와 같은 인간에게 내면적인 사색을 하게 하라. 그는 홀로 정원이나 골방에서 사색에 잠길 것이다. 그리고 그때 그는 세상 그 어떤 부자보다도 행복해질 것이다.

—에머슨

재물은 정신적인 생활을 하는 사람에게는 필요가 없으며
도리어 방해가 된다. 재물은 참된 생활에 방해가 되기 때문이다.

11월 16일 신앙

신앙은 인생에 힘을 준다.

1

만일 그리스도께서 다른 사람과 마찬가지로 '모세보다 높고
그 율법보다 믿을만한 것은 없다' 라고 했다면 어떻게 되었을까?
그는 아무것도 아닌 인간에 불과했을 것이다. 그리고 신은 그를
저버렸을 것이다. 그는 인간을 위하여 고민했고 인간과 함께 인
간들 속에서 하나님을 믿고 진리와 같이 순결한 행위로 교회도
나라도 두려워하지 않았다. 그리고 빌라도의 재판이나 십자가
의 죽음에도 태연했다. 나는 항상 그의 고귀한 정신이 나타나서
그대들에게 다음과 같이 일러줄 것으로 생각한다. '조금도 두려
워 마라. 사랑하는 형제들아! 결코 절망하지 마라. 하나님은 그

대들에게도 가능성을 주신다. 하나님이 내 곁에 계셨던 것처럼 그대들 곁에도 계신다. 그리고 하나님을 섬기고자 하는 모든 사람들에게 참된 부를 주려고 항상 준비하고 있다.'

—바켈

2

여러 가지 신앙이 있으나 참된 신앙은 오직 하나밖에 없다.

—칸트

3

우리들은 신뢰할 만한 지도자를 단 한 사람 갖고 있다. 모든 사람들에게 동시에 존재하며 모든 인간에게 해야할 바를 힘쓰도록 격려하는 보편적 정신을 가진 존재, 그것은 바로 신이다. 신은 수목에게 태양을 향하여 성장하도록 명령하고 꽃에게는 가을에 씨를 퍼뜨리도록 명령한다. 신을 향하여 나아감으로 우리들을 더욱 더 결합하도록 명령한다.

인간은 살아 있는 동안 신앙을 가진다.
그 신앙이 진리에 가까울수록 그의 생활은 행복해 진다.
신앙 없이 인간은 살아갈 수 없다.
신앙 없는 사람은 자연적인 죽음에 맡긴 사람이며
자기 목숨을 스스로 끊는 사람과 같다.

11월 17일 현재

우리들은 지나간 일로 고민한다. 그리고 장차 닥쳐올 일을 생각하고는 자신을 상하게 한다. 그것은 우리들이 현재를 가볍게 생각하는 까닭이다. 그러나 과거나 미래는 환영에 불과하다. 현재만이 실재인 것이다.

1

현재를 중요시하라. 현재의 모든 상태 모든 시간은 무한한 가치가 있다. 그것은 그 자체로서 영원성을 보여 주는 것이다.

2

사람들이 갖고 있는 가장 일반적인 착오란 현재는 비관적이며 결정적인 때가 아니라고 생각하는 것이다. 그날 그날이 일생을 통해서 가장 좋은 날임을 마음 속 깊이 새겨 두라.

―에머슨

3

자기와 동시대의 모든 사람들을 존경하라. 그리고 옛 선조들이 더 훌륭했다는 말은 하지 마라.

―탈무드

4

오늘 자기의 육체를 최대한 이용하라. 내일이면 없어져 버릴
지도 모르지 않는가.

―탈무드

5

과거도 미래도 존재하지 않는다. 누가 그리고 언제 그와 같
은 꿈의 나라로 찾아 들어갈 수 있는가? 현재만이 존재하고 있
을 뿐이다. 내일을 염려하지 마라. 왜냐하면 내일은 존재하지
않을지 모르기 때문이다. 현재 속에 현재를 위해서만이 살아
라. 만일 그대의 현재 생활이 선이라면 그것은 어느 때라도 선
일 것이다.

과거의 기억으로 인해 고뇌하거나
미래의 일로 번민할 때면
생활은 현재 속에서만 존재한다는 것을 상기하라.
그대가 현재의 생활에 대하여
최선으로 경주할 때
과거의 고뇌도 미래의 번민도 사라질 것이다.
그리고 자유를 맛보며 기쁨을
느낄 것이다.

사랑의 요구

다음과 같은 사람들을 생각해 보라. 남자나 여자 또는 남편, 아내, 형제 자매, 부자나 모녀라도 좋다. 또 다음과 같은 사람들을 생각해 보라. 부유층이나 노동자 틈에서 하는 호화스러운 생활을 죄악이라 인식하고 최소한의 생활비만을 남기고 도시를 떠나 질그릇에 그림을 그리던가 책을 번역하여 가장 러시아적인 벽촌에 묻혀 자기 손으로 오두막집을 짓고 과수원을 만들고 벌을 기르고 또 시골 사람들의 건강을 돌보고 아이들을 교육하며 편지나 청원서를 대필해 주기도 하는 사람들을 생각해 보라. 그러한 생활보다 더 선한 생활이 있을까?

그러나 진심에서가 아니라 형식적이라면 그러한 생활은 결코 즐겁지 않을 것이다. 만일 그들이 도시나 돈이 주는 호화로운 생활이나 기쁨, 이익을 거부한 것이라면 모든 인간은 하나님 앞에서는 한 형제며 동포로서 평등하다는 것을 인식하였기 때문이다. 모든 사람은 신분이나 재산에 있어서 불평등해서는 안되며 생활에 대한 권리, 즉 생활이 부여하는 모든 것에 평등하다는 것을 인식함에 지나지 않는다.

만일 우리가 서로 다른 과거를 가지고 성장한 사람을 보았다고 해서 그 평등을 의심한다면 어린이들을 보라. 그 의심은 말끔히 사라져 버릴 것이다. 그러나 어떤 아이들은 여러 면으로 뒷바라지 해주는 사람이 있으며 육체적, 정신적 발달을 위한 모든 혜택이 확실히 보장된 곳에서 태어났음에도 장애인이 되고 미신에 빠져서 그저 하찮은 노동력만을 재산으로 하는 인간이 되는가? 그러나 앞서 말한 사람들이 도시를 떠나 시골 사람들과 같은 생활을 한다면 그들은 모든 인간이 형제라는 말뿐이 아니라 행위로써도 믿고자 했던 것이다. 인류의 평등이 아직 실현되지 않았다면 그것을 자신의 생활에서 실천시키려고 했고 그것의 시도가 진실이라면 분명 빠져 나올 수 없는 상태로 들어가게 될 것이다.

그 사람들이 어린 시절부터 아늑하고 깨끗한 환경에서 살아왔다면 시골에서도 스스로 오두막을 짓고 살더라도 사치하지는 않겠지만 필요한 가구는 준비할 것이다. 시골 사람들이 처음에는 그들을 외면할 것이다. 그들은 여느 부자들처럼 재력으로 자기와의 사이를 담으로 쌓을 줄 알 것이다. 그리고 부탁이나 용건을 가져오지 않을 것이다. 점차 이 새로운 거주자들을 조금씩 이해하게 되자 마을 사람들 중 용감한 사람들은 여러 가지를 시험해 보고 그 사람들이 격 없이 살기를 진심으로 바라고 있다는 것을 알게 될 것이다.

그렇게 되면 그때부터 여러 가지를 부탁하고 그 양도 점점 많아진다. 그러나 그것은 단순한 물질적인 구걸에 그치지 않는다. 즉 자기들이 가지고 있지 않는 것까지 나누어주기를 원한다. 그리고 그것은 단순한 요구가 아니다. 시골에 정착한 자신들은 주위 사람들이 심한 결핍을 느끼고 있음을 알게 된다. 그리고 자기들은 여분이라고 생각하는 것을 나누어주는 것이 불가피한 일이라고 느끼게 된다. 모든 사람에게 필요한 것에는 끝이 없다. 왜냐하면 자기들 주위에는 항상 궁핍이 있기 때문이다. 예를 들어 자기들도 우유가 필요한데 마토레노 집에는 두 아이가 있고 어린 아이는 젖이 모자란다. 그리고 다른 아이, 두 살짜리는 몹시 영양상태가 불량하다. 또 매일 매일 일에 지쳐서 피곤할 때에는 깊은 잠을 위해 베개나 이불이 필요하다. 다른 집에서는 환자가 이가 득실거리는 저고리를 입고 얇은 천을 두르고 밤새 떨고 있다. 자기들도 차(茶)나 상당한 식량이 필요하다. 그러나 쇠약한 노인들에게 나누어주어야 한다. 또 가능한 집안을 청결하게 한다. 그러나 더러운 거지가 찾아오면 재워주어야 한다. 그러면 이불에 이가 옮는다. 그렇게 해도 그칠 줄을 모른다. 도대체 어디까지 가야 그칠 것인가?

동포애를 의식하지 못한 자들 거짓과 진실을 구별하지 못하고 거짓을 예사로 하는 자들만이 중단해야 할 한계, 중단할 수 있는 한계가 있다고 말할 수 있을 것이다. 그러나 이러한 경우에는 한계가 있을 수 없다. 사람으로 하여금 그러한 일을 하도록 하는 감정에는 한계가 존재하지 않는 법이다. 만일 정지할 수 있는 한계가 있다면 감정은 거짓에 지나지 않음을 의미한다.

그러면 다시 그 사람들의 일을 생각해 보자. 그들은 하루 종일 일에 지쳐 피곤한 몸으로 집에 돌아와도 침대가 없다. 베개도 없어 짚을 베고 잔다. 겨울에는 진눈깨비가 뿌린다. 누가 문을 두드린다. 어찌 문을 열지 않을 수 있는가? 옷이 젖은 사람이 몸을 좀 녹이게 해달라고 들어온다. 그러면 어떻게 할 것인가? 마른 곳을 양보해야 한다. 그러나 여유가 없다. 그렇다면 젖은 환자를 돌려보내던가 아니면 젖은 채로 마루 바닥에 재우던가 또 자기 잠자리에 함께 잔다. 이 중에서 하나를 택해야 한다. 그러나 그런 것쯤은 아직 아무것도 아니다. 예를 들어 주정뱅이며 무례함으로 이름난 사나이가 그때 턱을 떨면서 들어온다. 이 사나이는 몇 번인가 도움을 받았으나 그때마다 술을 마셔 버린다. 그리고 3 루블을 빌려달라고 한다. 그는 3 루블을 어디서 훔쳐서 모두 술을 마셔 버렸다. 만일 그 돈을 빌려 주지 않는다면 감옥살이를 해야 한다고 말한다. 그런데 가진 돈은 모두 4 루블 밖에 없다. 그 돈도 내일 아침에는 갚아야 한다. 그렇게 말하면 그 사나이는 이렇게 말한다.

"그런가요? 그것은 재판관의 판결과 꼭 같군요. 당신도 다른 놈과 조금도 다른 것이 없군! 입으로는 형제니 동포니 떠들면서도 사람이 죽는데도 태연히 보고만 있다니! 모두 같은 인간이라고 큰소리로 떠들고만 있으면서."

이러한 경우에는 어떻게 해야 할 것인가? 정말 어떻게 하면 좋은가? 열병 환자를 젖은 마루바닥에 재우고 자기는 마른 잠자리에서 잔다는 것은 도저히 안될 말이다. 그렇게 하고는 잘 수 없다. 그러나 환자와 함께 잔다면 이가 옮고 열병이 옮을 것이다. 또 그 주정뱅이에게 몇 푼 안된 돈에서 3 루블을 준다면 내일 아침 빵을 살 수 없다며 거절한다면 그 사나이의 말대로 자기의 생활 신조를 저버리는 것을 의미한다. 이 정도에서 그친다면 왜 더 일찍이 그만 두지 않았던가? 왜 남을 도우려고 지금까지 노력해 왔던가? 왜 지금까지 살림을 버리고 도시를 떠나 왔던가? 어디에 한계가 있단 말인가? 당신이 하고 있는 일에 한계라는 것이 있다면 그것은 모든 의미를 상실하는 것이다. 그렇지 않으면 그저 몸서리치는 기만이 있을 따름이다.

또 다음과 같은 경우를 생각해 보라. 그 사람들이 자기의 죽음도 두려워하지 않고 했던 일이 자기가 준비한 물질이 너무 적었기 때문이라는 결론을 얻었다고 생각해 보자. 그리고 그 사람들은 더 많은 물질을 준비해 두었더라면 이러할 일도 없을 것이며, 더 많은 사람들을 구제할 수 있으리라는 결론에 도달할 것이다. 그리고 그 사람들은 많은 예비금을 준비하고 막대한 물질을 모아서 또 다른 사람을 돕기 시작했다고 생각해 보자. 아무리 많은 물질이라도 가난에는 당할 수가 없는 것이다. 그리고 또 전과 같은 상태로 돌아가 버리는 것이다.

그러나 여기에서 해결할 수 있는 방법이 있을지도 모른다. 다만 사람들의 교육사업이 완전하게 이루어진다면 이러한 불평등은 자취를 감춘다는 사람도 있을 것이다. 그러나 이것도 분명히 허위이다. 시시각각으로 굶주림 때문에 죽어 가는 사람들을 어떻게 교육한다는 것인가? 이런 방법이 가능하다고 주장한 사람은 진실치 못하다. 설령 과학이라는 방법에 의하여 평등을 실현코자 하는 사람도 말로만 떠들고 자기 생활은 전혀 별도로 취급할 수는 없는 것이다.

그러나 또 다음과 같은 해결의 길도 있다. 즉 불평등을 가져온 원인을 제거하기 위하여 외부의 압력을 배제하는 방법이다. 그러나 이 방법을 주장하는 사람들은 다음과 같이 말해야 한다.

'만일 우리들이 이 시골 사람들 틈에서 살 수 없으며 주리고 열병에 전염되어 차츰 죽어가야 하고 유일한 도덕적 기초인 신조마저 버려야 한다면 그것은 어떤 자는 부유한데 어떤 자는 거지 생활을 하고 있다는 사실에 그 원인이 존재하는 것이다. 불평등은 이러한 폭압에서 생긴다. 모든 근원은 폭압이다. 그러므로 우선 이 폭압과 싸우는 것이 필요하다.'

그러나 그 폭압과 거기에서 일어나는 이 예속을 벗어나는 일은 자기 생명을 희생할 각오와 사람들에 대한 봉사에 의해서 가능하다. 어떻게 폭압을 없앨 것인가? 폭압은 어디에 존재하는가? 어떻게 폭압과 싸울까? 어디에서 무엇으로? 그러나 진실한 인간에게는 불가능하다. 폭압과 대항하여 폭압으로 싸우는 것은 새로운 폭압을 낳을 뿐이다. 또 폭압에 기초한 교육에 의해서 폭압을 제거한다는 것도 같은 의미밖에 없다. 폭압으로 모은 돈으로 폭압에서 고생하는 사람들을 돕는 일은 폭압으로 입은 상처를 폭압으로 치료하는 것을 의미한다. 만일 폭압을 폭압으로 대항치 않고 무저항주의 이념으로 희생의 본을 보여준다면 폭압 속에서 생활하면서도 기독교적인 정신에 입각하여 오직 희생 이외의 방법은 없는 것이다. 최후까지의 희생 이외의 방법은 존재할 수 없는 것이다.

인간은 이와 같은 신념을 갖고 있으면서도 아직 투쟁할 만한 힘을 자신에게서 발견하지 못할지 모른다. 그러나 자신에게 인식된 신의 법칙을 성취하는 일을 진실로 원하고 있는 자들에게는 자신이 할 의무에 눈을 감고 외면할 수가 없다. 사랑의 요구에 끝까지 응하기를 바라면서도 이와 같은 희생에 동의할 수 없는 사람, 자기의 생명 전체를 포기하지 않으면서도 자신을 기만하지 않고 버틸 수 있는 사람, 이와 같은 사람은 자신이 죄인임을 인식하고 깊이 생각한 후 말해야 한다.

그리고 종국적인 희생이란 얼마나 무서운 것으로 보이는가? 그러나 궁핍의 밑바닥은 우리들의 결심만 있다면 결코 깊은 것이 아니다. 그리고 우리들은 종종 자기가 빠진 우물이 깊을 것이라고 미리 상상한 나머지 밤새도록 두 손으로 매달려 있었다는 아이와 같다. 그러나 그 아이의 발 밑은 겨우 한자 정도에 우물 바닥이 있었고 더구나 그 우물은 물이 없는 바닥이었다.

—레프 톨스토이

11월 18일 선의 측량

선은 어떤 사람의 필요가 충족되는 것, 또는 어떤 사람이 희생을 당함으로써 측량될 수는 없다. 오직 받은 사람과 준 사람 사이에 이루어진 신과의 사귐에 의해서만 측량할 수 있는 것이다.

1

우리들이 보수를 위하여 의무를 다하려고 하면 그것은 도덕이 아니다. 그것은 기만적인 맹목에 지나지 않는다.

―키케로

2

성자가 자기의 마음에 물어 보았다.

'정신의 고통 없이 육체적인 기쁨이나 행복을 얻을 수 있을까? 육체의 억제 없이 정신을 구할 수 있을까?'

마음이 대답했다.

'사람을 비방하지 마라. 그 비방이나 모욕이 그대 자신에게 돌아오지 않게 하기 위해서이다. 왜냐하면 남이 행한 악은 앞에 떨어지나 자기가 한 비방은 뒤통수로 달려드는 것이기 때문이다. 비겁한 행동을 경계하라. 왜냐하면 비겁함은 이 세계와 자신의 기쁨을 잃고 육체와 마음을 멸망시키는 것이기 때문이다. 관능(官能)에 조심하라. 왜냐하면 관능의 향락은 결국 병이며 후

회이기 때문이다. 마음에 질투가 침투하지 못하게 하라. 자기 자신의 수치 때문에 범죄 하는 일이 있다. 조심하라. 근면하라. 그리고 과묵하여라. 끊임없이 일하며 살아가라. 그리고 신과 선한 사람을 위하여 대비하라. 그것이 습관이 될 때 그대는 가장 가치 있는 일을 할 수 있을 것이다. 남의 물건을 훔치지 마라. 왜냐하면 자신의 근로로 생활하지 않고 남에게 의탁하는 자는 식인종과 다름없기 때문이다. 교활한 사람과 싸우지 마라. 그들에게는 무저항이 최선이다. 탐욕스런 사람들의 동료가 되지 마라. 그리고 그들의 말에 따르지 마라. 무지한 사람과 교제하지 마라. 바보들과는 이야기하지 마라. 악인하고는 상대하지 마라. 남을 비방하는 자들과 함께 왕궁으로 들어가지 마라.'

―동양 명언

3

벗에게 선을 베풀어라.
그 벗이 한층 더 그대를 사랑하도록……
적에게 선을 행하라.
그들이 언젠가는 그대의 벗이 되도록……

4

이웃에 대한 악이 아무리 사소한 것일지라도 아주 큰 것이라고 생각하라. 이웃에 선을 행했을 때에는 그것이 아무리 큰 것일지라도 하찮은 것으로 생각하라.

―탈무드

5

남에게 주는 일이 많고 남에게서 받은 일이 적으면 적을수록 그는 선하다. 남에게 주는 일이 적고 남에게서 받은 일이 많으면 많을수록 그는 악하다.

참된 선은 우리들이 그것을 의식하지 못할 때에 행해지는 것이다.
우리들이 남의 마음 속에 들어가려면
먼저 자신으로부터 벗어나야 한다.

 **물질적인 악**

　　인간이 저지른 물질적인 악은 그 인간에게 돌아가지 않을지 모르나 악행으로 인한 감정은 반드시 그 사람의 마음에 흔적을 남기고 결국 괴로움으로 보복할 것이다.

1

악인은 남을 해치기 전에 자기 자신을 해치는 법이다.

─아우구스티누스

2

인간은 운명에 의하여 주어진 불행에서 벗어날 수 있다. 그러나 자신이 스스로 자초한 불행에서는 구원될 길이 없다.

―공자

3

　사계절이 자기에게 알맞은 특징을 가지고 오듯이 모든 행위도 각기 상응되는 상태를 가지고 온다. 비방을 받은 자는 평안히 자고 기쁘게 살 수 있다. 그러나 비방하는 자는 파멸한다. 만일 남에게 고통을 당하더라도 그로 인해 싸우지 마라. 누구에게도 행동이나 생각으로 손상시키지 마라. 누구에게도 불쾌한 언사를 하지 마라. 그러한 것은 행복을 얻는 데 방해가 되는 것이다.

―인도 성전

4

　악은 무지의 결과로서 생기는 것이다. 무지는 우리들을 불행하게 만든다. 무지를 추방하면 우리들의 불행도 자연히 사라질 것이다.

―붓다

5

　선을 행하지 않는 자가 남을 다스리는 위치에 설 때 큰 고통을 맛볼 것이다.

―사디

6

남에게 모범이 되도록 힘써라. 자신을 이기는 자는 남도 이기는 법이다. 자신을 이기는 것은 무엇보다 어려운 일이다. 자기가 저지르고 자기가 키운 악은 다이아몬드가 돌을 가르듯 그를 멸망시킨다. 자기가 범한 악 때문에 스스로 괴로워하는 것이다.

―불교 경전

스스로 행한 악으로 입은 정신적인 손해는
그 어떠한 표면적인 행복으로도 보상할 수 없는 것이다.

288

톨스토이와
함께 하는
사계절

**11월
20일 죄악적인 생활**

　　죄악적인 생활을 하는 사람으로부터 사랑을 불러일으
킬 수는 없다.

1

사람들을 삼가라. 저희가 너희를 공회에 넘겨주겠고 저희 회당에서 채찍질하리라. 너희가 나로 인하여 총독들과 임금들 앞에 끌려가리니 이는 저희와 이방인들에게 증거가 되게 하려 하심이라. 너희를 넘겨줄 때에 어떻게 또는 무엇을 말할까 염려치 말라. 그때에 무슨 말할 것을 주시리니 말하는 이는 너희가 아니라 너희 속에서 말씀하시는 자 곧 너희 아버지의 성령이시니라.

−성경

2

정의를 위해 전력을 다하여 싸울 때에는 승리한다. 그리고 그 승리는 죽음조차도 멸망시킬 수 없는 강한 것이다. 불굴의 정신이여, 싸워라, 전진하라! 행복과 불행에 주저하지 말고 정의는 반드시 승리를 얻는다는 믿음을 가져라. 멸망하는 것은 오직 불의뿐이다. 모든 정의는 영원한 법칙 속에 있으며 세계의 목적을 실현시킨다. 패배의 원인은 늘 자신에게 있다.

−칼라일

3

선을 지향함에 있어서 장벽은 정신의 노력에 의해서 극복되는 것이기 때문에 도리어 우리에게 새로운 힘을 준다. 선에 도달하는 데 장벽이 되고 위협이 되던 것도 결국 그 자체가 선이 되고 만다. 그리하여 절망의 길에서도 갑자기 희망에 가득 찬 길이 열리게 되는 것이다.

−아우렐리우스

4

끝까지 참고 견디는 자는 구원을 얻을 것이다. 그러나 얼마나 많은 사람들이 절망하고 포기해 버리는가. 조금만 더 노력하면 목적이 이루어질 상황인데도 달성될 터인데 그만 돌아서버리고 마는 것이다.

사랑을 바라지 마라. 사랑을 받지 못하더라도 섭섭하게 생각지 마라.
사람들은 흔히 악인을 사랑하고 선인을 미워할 때가 있다.
사람의 마음이 아니라 신의 뜻에 따르도록 힘써라.

11월 21일 인간의 덕성

어떤 일이라도 이 세상에서 우리들이 모두 완성할 수 있는 것은 아니다. 우리의 생활은 항상 최선을 다하는 것 뿐이다.

1

매일 아침 눈을 뜰 때마다 자문하라. '오늘은 어떠한 좋은 일을 할까?' 그리고 생각하라. '오늘 하루가 저물면 자기에게 주어진 생활의 한 조각은 없어져 버리는 것이다.'

─인도 잠언

2

신에게 봉사하는 것은 사람을 섬기는 것보다 한결 쉬운 일이다. 사람들 앞에서는 자신을 훌륭한 가문의 출신처럼 가장하기 원하고 남이 그대를 천한 부류로 볼 때는 마음의 상처를 입게될 것이다. 신 앞에서는 전혀 그럴 필요가 없다. 신은 그대가 어떤 인간임을 알고 있다. 그리고 신 앞에서는 누구나 평등한 것

이다. 그대에게 없는 것을 있는 척 할 필요가 없으며 오직 현재
보다 더 선한 인간이 되도록 힘쓰면 그만인 것이다.

3

있는 마음을 다하여 영원의 하나님을 사랑하라. 그대 마음의
전부를 하나님께 바쳐라. 평화를 그대의 내면 세계로 끌어들여
라. 그대 감정의 방향을 오직 인식의 감정에만 순응하게 하라.

－탈무드

4

아침의 여명은 생활의 시작처럼 보이고 저녁의 석양은 생활의
마지막처럼 생각될 것이다. 이 짧은 일생의 하루 하루를 남을
위해 바치는 사랑 그리고 자기 자신을 위한 노력의 흔적으로 길
이 남도록 하라.

－존 러스킨

신 앞에서 중요하든 중요하지 않은 일이든
모두 의의가 있으며
또 무의미하기도 하다. 우리들은 어떤 요구에 의해
그것이 행해지는가를 알지 못한다.
그러나 그것을 행하지 않으면 안 된다는 것만은 알고 있다.

내면적인 생활

　　　　자기의 내면 생활에 대한 만족이 적으면 적을수록 그 사람의 불만은 표면적인 사회 생활에 있어서 그 자태를 나타내게 되는 것이다.

1

만일 노인(경험이 풍부한 사람)이 그대에게 파괴하라고 말하고, 청년은 건설하라고 한다면 파괴하는 편이 낫다. 왜냐하면 노인의 파괴는 건설이지만 청년의 건설은 파괴이기 때문이다.

　　　　　　　　　　　　　　　　　　　　　-탈무드

2

한 사람이 많은 사람을 지배할 권리도 없으며 여러 사람이 한 사람을 지배할 권리도 없다.

　　　　　　　　　　　　　　　　　　　-체르트코프

3

정의의 척도가 되는 것은 다수의 목소리가 아니다.

　　　　　　　　　　　　　　　　　　　　　-쉴러

4

진리란 무엇인가? 다수의 사람들이 말하는 진리는 진리에 유

사할 뿐이며 그것이 자신들의 이득이기 때문에 진리라고 인정
하는 자들에 의해 주장된 것에 불과하다.

—칼라일

건설하지 말고 항상 심어라. 왜냐하면 건설한 것에 대해
자연은 모든 방법으로 파괴를 하나 심은 것은
성장을 줌으로써 그대의 일을 돕는다. 정신적인 면에서도 동일하다.
자신의 욕망에만 일치되는 일을 하지 않도록 하라.

11월 23일 경이

　　모든 일을 인간의 두뇌로 해결할 수 있다고 생각하는
사람, 그렇게 말하는 사람은 인간의 가장 중요한 본질을 생각해
본적이 없는 사람이다.

1

　　모든 것의 본원은 경이이다. 모든 개성적인 것 또는 집단적인
생활의 원인은 신비이다. 그것은 인간의 두뇌에는 속하지 않는
설명하기 어려운 것, 정의하기 곤란한 그 무엇이다. 모든 개성
은 풀기 어려운 수수께끼이다. 그리고 어떠한 것의 본원도 설명
할 수 없는 것이다. 실제로 과거라고 설명되는 것은 그때 이루

어진 것이다. 그러나 그 본원은 그때 이루어진 것이 아니다. 그
것은 항상 창조의 기적을 가지고 있다. 그것은 다만 그것에 현
상성(現象性)을 부여한 것, 방법·기회·환경을 형성하는 것에
의하여 설명되는 데 불과하다. 그 자체의 본원은 이해되지 않은
채 남아있는 것이다.

―아미엘

2

책을 쓴 사람의 가치를 알기 위해서는 그것이 도덕성을 주고
있느냐 없느냐에 주의하지 않으면 안 된다. 모든 학문은 도덕성
을 가르치기 위하여 존재하는 것이 아니며 또 그 목적이 인간의
두뇌를 직접 도덕으로 안내하는 것도 아니다. 그것은 다만 그
길을 닦는 데 불과한 것이다.

―세네카

3

잡다한 독서는 사람을 가르친다기보다는 도리어 그들의 머리
를 산만하게 한다. 분별 없이 많이 읽기보다 소수라도 훌륭한
저자를 선택하여 독서하는 편이 훨씬 유익하다.

4

식물에 있어 생명의 신비는 우리들 생명의 신비와 같은 것이
다. 생물학은 그 신비를 기계적인 법칙으로 설명하려고 하지만
헛된 노력에 지나지 않는다. 우리들은 손끝으로 동물이나 식물

의 생명의 가장 성스러운 것을 만져볼 수는 없다. 그런 일은 그 표면을 이해하는 데 지나지 않는다.

－소로

알 수 없는 것을 알려고 힘쓰는 것보다
알 수 있는 것을 더 아는 것이 낫다.
알 수 없는 것의 영역을 탐구하는 것처럼 지력을 소모하고
약하게 하는 일은 없으며 또 회의를 깊게 하는 일도 없다.
이해하지 못한 것을 이해한 것처럼 행동하는 것은
가장 옳지 못한 것이다.

11월 24일 참된 사랑

참된 사랑은 물질적인 협력에 있는 것이 아니다. 그것은 이웃에 대한 정신적인 협력 속에 있는 것이다. 그리고 정신적인 협력은 무엇보다 이웃을 비난하지 않는 것 그리고 인간으로서의 가치를 존경하는 것을 의미한다.

1

아무리 사악한 사람일지라도 가난한 자에게는 동정하라. 멀지 않는 곳에는 배부르고 사치한 인간이 있는가 하면 단칸방에는

가난과 싸우고 있으니 그 얼마나 비참한 일인가를 생각해 보라.

2

자기가 쓰고 남은 것을 줄 때나 또 자기 살림에 필요한 것을 가난한자에게 줄 때에도 그대 자신을 자비롭다고 생각지 마라. 참된 사랑은 그 이상으로 그대 자신이나 마음을 주도록 요구하는 것이다.

3

분별 있는 사람은 범죄한 자를 미워하지 않는다. 그는 때때로 윤리에 어긋나는 일을 하고 또 자신의 행위가 겸손의 심판을 받아야 함을 알고 있기 때문이다. 증인 앞에서는 자신의 무죄를 주장할 수 있어도 양심 앞에서는 주장할 수 없다. 어떠한 범죄자일지라도 이 세상에서 추방하지 말고 그들을 참된 길로 이끌도록 힘써야 한다.

−세네카

4

사랑과 친절로써 그대의 적을 무장 해제시킬 수 있다. 장작이 다 타면 불도 꺼져 가는 법이다. 사랑과 친절은 폭력을 없앤다.

−인도 잠언

5

증거도 없는데 이웃의 악을 믿어서는 안 된다. 더구나 그것을 남에게 알려서는 안 된다.

—페인

6

남의 허물을 숨겨 주어라. 그리하면 신은 두 사람의 허물을 모두 용서해 줄 것이다.

자기가 범한 죄의
부끄러운 기억을
어두운 구석에 숨기려고 애쓰지 마라.
반대로 남의 죄와
대면하게 되면 언제나
그 기억을 선용할 수 있게 준비해 두어라.

미리엘 주교

1815년 샤를르 프랑소와 비앙브 미리엘은 디뉴의 신부였다. 어느 날 신부의 대문을 두드리는 사람이 있었다.

"들어오시오."

문이 황급히 열렸다. 누가 힘주어 밀어젖힌 것 같았다. 그리고 낯선 남자가 들어왔다. 문을 열어 둔 채 한 걸음 걸어오다 멈추었다. 어깨에 보따리를 메고 손에는 지팡이를 잡고 눈은 지친 듯 했으나 대담하고 매서운 빛이 보였다. 난로 불이 그를 비치고 있었다. 신부는 고요한 눈으로 그를 바라보며 무슨 일로 왔냐고 물으려는 순간 그 사람은 두 손에 지팡이를 모아 쥐고 말했다.

"저는 장발장이며 징역살이를 하고 나온 사람입니다. 19년 동안 감옥에서 지냈습니다. 나흘 전에 석방되어 퐁탈리에로 가려고 툴롱에서 나흘 동안을 걸어서 여기에 왔습니다. 오늘 180리나 걸었습니다. 해질 무렵에 도착하여 여관을 찾아갔으나 쫓겨났습니다. 노란 여권을 가지고 있었기 때문입니다. 저는 다른 여관으로 갔으나 역시 마찬가지였습니다. 아무도 저를 받아주지 않았습니다. 형무소를 다시 찾아가도 수위가 문을 열어주지 않고 개집에라도 들어가려고 해도 역시 저를 쫓아 버렸습니다. 아마 개도 저를 알아 본 모양입니다. 할 수 없이 들판에 나가 별을 바라보며 노숙을 하려고 했으나 별은 보이지 않고 비가 쏟아질 것 같았습니다. 비가 내리지 않게 해주실 하나님은 없는가 하고 생각했습니다. 그래서 저는 어느 집 추녀 아래서 잘까 하고 거리로 나왔다가 건너편 광장의 돌 위에서 자려고 했습니다. 그런데 어떤 친절한 부인이 당신 집을 가리키면서 찾아가 보라고 말했습다. 그래서 찾아 왔습니다. 여기는 무엇을 하는 곳입니까? 여관입니까? 저는 돈을 가지고 있습니다.

형무소에서 19년 간 일해서 적립한 109 프랑 15 수우입니다. 숙박료는 반드시 지불하겠습니다. 저는 아주 피곤합니다. 180리를 걸어왔기 때문에 배도 고픕니다. 묵어갈 수 있게 해주십시오."

"마글르와르! 한 사람 분의 식사를 더 준비하시오."

그 사람은 세 걸음을 걸어서 식탁 위에 놓인 램프에 다가갔다. 그리고 알 수 없다는 듯이 말했다.

"괜찮습니까? 저는 징역살이를 하던 사람입니다. 형무소에서 석방된 지 얼마 안됩니다."

그는 주머니에서 크고 노란 종이를 꺼내어 펼쳐 보였다.

"이것이 저의 여권입니다. 보시는 바와 같이 노란색이지요. 이것 때문에 저는 어디로 가든 쫓겨납니다. 한번 읽어보시겠습니까? 저도 읽을 수 있습니다. 형무소에서 글을 배웠습니다. 형무소에 학교가 있습니다. 여권에는 이렇게 적혀 있습니다. '장발장 석방죄수 출생지……' 이것은 아무래도 좋습니다. '19년 간 복역한 자임. 주택파괴, 절도죄로 5년, 4번이나 탈옥을 기도했으므로 14년. 대단히 위험한 인물임' 그래서 아무도 저를 가까이 하려고 하지 않습니다. 그런데 당신은 나를 묵어가게 하시렵니까? 저에게 먹을 것과 잠자리를 주려고 하십니까? 댁에는 외양간이라도 있습니까?"

"마글르와르! 침대에 깨끗한 이불을 까시오."

마글르와르 할머니는 분부대로 하려고 방을 나갔다. 주교는 사나이 쪽으로 얼굴을 돌렸다.

"여보시오. 거기 앉으시오! 그리고 불도 쪼이고…… 곧 식사가 시작될 것이며 식사하는 동안에 잠자리도 준비해 드리겠습니다."

그제야 사나이는 침울하고 굳은 표정이 의혹과 기쁨으로 변했다. 그리고 마치 정신병자처럼 중얼거렸다.

"정말이십니까? 저를 내쫓지 않으시나요? 징역살이하고 나온 저를 재워 주시다니…… 또한 너라고 부르지 않고 존칭을 해 주시다니…… 저는 언제나 꺼져버려 하는 소리만 들어왔습니다. 당신도 저를 내쫓을 거라 생각했습니다. 그래서 과거를 털어놓았습니다. 그런데 식사를 하게 하고 침대에서 자도록 친절을 베풀어주시다니! 당신은 참으로 훌륭한 분이시군요! 당신의 존함이나 들려주십시오. 당신은 참 좋으신 분입니다. 당신은 이 여관 주인이십니까? 그렇습니까?"

"나는 신부입니다."

"신부라고요? 아, 당신은 저 큰 교회의 신부입니까? 그렇군요. 제가 정신이 없었습니다. 당신의 모자를 인식하지 못했습니다."

그렇게 말하면서 사나이는 보따리와 지팡이를 한쪽 구석에 놓더니 여권을 주머니에 넣고서 의자에 앉았다. 그동안 주교는 열린 문을 닫았다. 마글르와르 할머니가 돌아왔다. 그녀는 두 사람 분의 식사를 식탁 위에 놓았다.

"마글르와르! 그 그릇은 될 수 있는 대로 난로 가까이 두시오. 알프스의 바람은 매우 찹니다. 아마 당신도 추우시겠죠!"

주교가 당신이라는 말을 부드럽고 묵직한 소리로 할 때마다 사나이의 얼굴은 빛났다. 징역살이를 한 사나이에게 '당신'이라는 말은 목마른 자에게 물 한 그릇을 주는 것과 같다. 천대받은 자들은 남의 존경에 굶주리고 있는 것이다.

"이 램프가 그렇게 밝지 못한데……"

주교가 말했다.

마글르와르 할머니는 그 뜻을 이해하고 주교의 난로 위에서 은촛대를 가져다 불을 켜서 받침대 위에 놓았다. 그녀는 주교가 손님이 왔을 때에는 그것에 불을 켜기 좋아한다는 것을 알고 있었던 것이다.

"당신은 좋은 분이십니다. 저를 업신여기지 않으시고 집에 받아 주십니다. 제가 어디서 왔으며 어떤 인간이라는 것도 숨기지 않았는데……"

주교는 조용히 장발장의 손을 잡으며 말했다.

"당신이 누구인가는 말씀하지 않아도 됩니다. 여기는 내 집이 아니라 그리스도의 집입니다. 이 집에 들어오시는 분에게는 이름을 묻지 않습니다. 다만 마음에 슬픔이 있느냐 없느냐를 묻습니다. 당신이 고통과 굶주림과 목마름을 느낀다면 우리는 환영합니다. 내가 당신을 나의 집에 맞아들였다고 말해서는 안됩니다. 안식처가 필요한 사람 외에는 아무도 이 집의 주인이 아닙니다. 여기에 있는 모든 것은 당신의 것입니다. 왜 내가 당신의 이름을 알아야 합니까? 그리고 또 당신이 말하기 전부터 나는 당신의 이름을 알고 있었습니다."

사나이는 놀라서 눈이 휘둥그래졌다.

"정말입니까? 저의 이름이 무엇인지 알고 계셨습니까?"

"그렇습니다"

주교가 대답했다,

"당신의 이름은 나의 형제라는 것입니다."

"저는 여기에 들어올 때 배가 몹시 고팠습니다. 그런데 당신이 너무 친절해서 당황해 배고픈 줄도 잊고 있었습니다."

주교는 그를 바라보았다. 그리고 물었다.

"당신은 고생을 많이 하셨군요."

"아! 붉은 옷, 발목을 묶은 쇠고랑, 딱딱한 침대, 추위, 더위, 힘든 노역, 채찍질, 아무것도 아닌 일에도 두 겹의 쇠사슬을 채우고 말 한 마디 잘못해도 곧 가두어 둡니다. 항상 누워있는 환자에게도 쇠고랑을 채웁니다. 개란 놈이 훨씬 더 행복하지요. 그런 생각이 19년이나 계속되었습니다. 저는 올해 46살입니다. 거기다 노란 여권이 무엇입니까?"

"참 그렇군요. 당신은 그 괴로운 곳에서 나오셨다구요. 그러나 옳은 사람 100명의 흰옷보다 한 사람의 회개한 눈물 젖은 얼굴을 하나님은 더 기뻐하십니다. 만일 당신이 그 비통한 곳에서 인간에 대한 증오와 분노의 심정으로 나오셨다면 당신은 가련한 인간입니다. 그러나 호의와 평화로운 마음으로 나오셨다면 누구보다도 훌륭한 사람입니다."

그동안에 마글르와르 할머니는 저녁식사 준비를 마쳤다. 주교의 얼굴에는 손님 접대를 좋아하는 사람의 특유한 쾌활한 표정이 나타났다.

"자, 이제 식사를 하시죠."

주교는 평상시와 같이 기도를 드리고 국물을 따랐다. 사나이는 정신 없이 먹었다. 갑자기 주교가 말했다.

"식탁에 부족한 게 있는데⋯⋯"

사실 마글르와르 할머니는 세 사람 분의 그릇을 준비했을 뿐이다. 그런데 주교는 누구와 식사를 하든 식탁에 여섯 사람 분의 그릇을 내놓았든 것이었다. 마글르와르 할머니는 주교의 뜻을 알아차리고 아무 말 없이 방을 나갔다. 그리고 주교가 말한 대로 나머지 세 사람 분의 그릇이 가지런히 놓여졌다.

식사가 끝나자 주교는 두 개의 은촛대 중에서 하나를 손에 들고 손님에게 주면서 말했다.

"당신이 주무실 방으로 안내해 드리겠습니다."

사나이는 주교의 뒤를 따랐다. 그들이 주교의 방을 지나칠 무렵 마글르와르 할머니는 주교의 머리맡에 있는 다락에 은그릇을 넣고 있었다. 그것은 매일 저녁 그녀가 잠자리에 들기 전에 하는 마지막 일과였다. 주교는 손님을 예배소의 침실로 안내했다. 그곳에는 깨끗한 침대가 준비되어 있었다. 사나이는 작은 책상 위에 은촛대를 놓았다.

주교는 인사를 하고 밖으로 나갔다. 성당의 시계가 2시를 알렸을 때 장발장은 잠이 깨었다. 그가 잠을 깬 것은 침대가 너무 포근했기 때문이다. 그는 20년 가까이 이와 같이 좋은 침대에서 자 본 일이 없었다. 그는 옷을 입은 채로 누웠으나 그 감촉이 너무 포근해 잠이 깬 것이다. 여러 가지 생각이 떠올라 머리를 혼란 시켰다. 그 중에서 특히 다른 생각을 물리치는 한 가지가 있었다. 그는 마글르와르 할머니가 식탁 위에 올려놓은 여러 벌의 은식기와 큰 숟가락 하나에 생각이 집중되었다. 그것들이 머리에서 사라지지 않았다. 그것은 여기서 멀지 않은 곳에 있다. 그가 침실로 오는 도중 곁방을 지날 때 늙은 식모가 그 방 다락에 그것을 넣고 있었던 것이다. 그는 그 다락을 유심히 봐 두었다. 식당에서 들어가면 오른편이었다. 두툼한 옛날 은제품들이었다. 큰 숟가락이면 그가 19년 간 형무소에서 일하면서 적립한 돈의 두 배는 될 것 같았다.

그는 한 시간이나 그 생각과 싸우며 망설이고 있었다. 3시가 되었다. 그는 눈을 뜨고 침대에서 일어났다. 그리고 침실 한 모퉁이에 내려둔 보따리를 확인하고 침대에 걸터앉았다. 그는 한참 동안을 멍하니 앉아서 계속 생각하고 있었다. 마침내 그는 일어났다.

그러나 아직도 망설여져 잠깐 귀를 기울였다. 집안은 고요했다. 드디어 그는 구두를 주머니에 쑤셔 넣고 보따리를 짊어졌다. 그리고 숨을 죽이며 살금살금 발소리를 내지 않고 이웃방 주교의 침실 쪽으로 갔다. 침실 문은 열린 채였다. 주교는 그 문을 닫지 않았다. 장발장은 모자를 푹 눌러 쓰고 주교 쪽은 보지도 않고 곧바로 다락 있는 곳으로 갔다. 다락문은 열쇠가 꽂혀 있었다. 다락문을 열었을 때 처음 눈에 보인 것은 은식기가 든 바구니였다. 그것을 손에 들고 방을 지나 예배소로 들어가서 지팡이를 집어들고 창문을 넘어서 보따리에 은식기를 챙겨 넣고는 바구니를 버렸다. 정원을 건너고 울타리를 넘어 자취를 감추었다.

다음날 아침해가 뜰 무렵 주교는 정원을 산책하고 있었다. 그때 마글르와르 할머니가 허겁지겁 달려왔다.

"주교님! 어제 밤 그 사나이가 은식기를 훔쳐서 도망을 쳤습니다."

주교는 잠시 동안 가만히 서 있었다. 그리고 엄숙한 표정으로 마글르와르 할머니에게 말했다.

"그 식기가 우리들의 것이던가? 나는 오랫동안 그 은식기를 내 것으로 착각하고 있었어. 그것은 가난한 자들의 것이었어. 그런데 그 사람은 가난한 사람이 아니던가?"

조금 후에 주교는 장발장과 식사를 하던 식탁에서 아침 식사를 하고 있었다. 식사를 마치고 막 일어서려는 순간 누가 문을 두드렸다.

"들어오시오."

문이 열리고 세 사람이 한 사나이의 목덜미를 움켜잡고 들어왔다.

세 사람은 헌병이고 한 사나이는 장발장이었다. 주교는 노인이었으나 힘있게 걸어갔다.

"아! 참 잘 오셨습니다."

신부는 장발장을 보면서 말했다.

"당신을 만나게 되어서 반갑소. 그런데 어쩐 일이오? 내가 당신에게 은촛대도 드렸는데 안 가져 가셨더군요. 그것 역시 은이라 200 프랑쯤은 될 것입니다."

장발장은 눈을 들었다. 그리고 인간의 말로는 표현할 수 없는 존경의 마음을 가지고 주교를 바라보았다.

"그렇다면 이 사나이가 한 말이 진실입니까? 우리가 이 사나이를 처음 보았을 때 꼭 도망치는 꼴이었습니다. 그래서 붙들어 조사를 했더니 은식기를 가지고 있었습니다."

"그리고 이렇게 말했겠지요?"

주교는 빙그레 웃으면서 말했다.

"하룻밤을 재워 준 늙은 주교에게서 받았다고. 그런데 여러분들은 못 미더워 이 사람을 여기까지 데리고 왔군요. 그것은 여러분의 오해였습니다."

"그러면 그냥 놓아줄까요?"

"예, 물론입니다."

헌병들은 장발장을 놓아주었다. 그는 비틀거렸다.

"내가 정말로 용서되었습니까?"

그는 마치 꿈을 꾸는 사람처럼 중얼거리면서 물었다.

"네, 용서되었어요. 그것도 몰라요?"

헌병 한 사람이 퉁명스럽게 말했다.

"여보시오!"

주교는 그를 향해 말했다.

"이제 떠날 때에는 이 은촛대도 가져가시오. 이것은 당신에게 준 것입니다."

주교는 은촛대 둘을 가지고 와서 장발장에게 주었다. 장발장은 온 몸을 부들부들 떨고 있었다. 그는 기계적으로 촛대를 받아들고 멍하게 주교를 바라보고 있었다.

"그럼 안녕히 가시오. 그리고 한 마디 더 하겠는데 다음에 오실 때에는 뒤 정원으로 오지 마시오. 언제라도 정문으로 들어오십시오. 이 문은 밤낮을 가리지 않고 열어둡니다."

그리고 주교는 헌병들을 향하여 말했다.

"어서 돌아가시오."

헌병들은 돌아갔다. 장발장은 자기의 정신이 점점 멀어져 가는 것 같았다. 주교가 그의 곁에 다가와서는 귓속말을 했다.

"잊지 마십시오. 절대로 잊어서는 안됩니다. 이 은그릇은 정직한 사람이 되기 위하여 사용하겠다고 당신이 내게 약속한 증거입니다."

아무것도 약속한 바가 없는 장발장은 그저 우두커니 서 있었다. 주교는 더욱 힘을 주어 이렇게 말을 했다.

"장발장! 당신은 나의 형제입니다. 당신은 이제부터 악에 속해 있는 것이 아닙니다. 선의 세계에 들어왔습니다. 나는 당신의 영혼을 샀습니다. 나는 당신의 영혼을 어둠으로부터 구해 내어 그것을 하나님께 바치렵니다."

―빅토르 위고

11월 25일 기만

> 사람들은 자기들에게 가해진 기만은 깨닫는다. 그러나 그 기만에 반항할 힘은 얻지 못하고 있다. 왜냐하면 사람들은 그 수단을 표면적인 것에서만 찾으려고 하며 자신 속에서 구하지 않기 때문이다.

1

19세기가 새로운 길로 나가려 했음을 인정하지 않을 수 없다. 19세기의 사람들은 민중을 위한 법칙과 심판이 존재해야 한다는 것, 그리고 민족이 민족에 대하여 행한 죄악은 비록 그 규모가 크고 작음의 차이는 있을지라도 한 개인이 다른 사람에게 저지른 죄악과 다름없이 미워해야 함을 깨닫게 되었다.

―케트레

2

여러 인간이 하고 있는 일들을 표면적으로 뿐만 아니라 근본적으로 조사해 보면 다음과 같은 슬픈 생각을 갖지 않을 수 없게 된다. 이 지상에서 얼마나 많은 생명들이 무고한 희생을 당하고 있는가? 그리고 악에 대하여 얼마나 많은 부정이 끊임없이 일어나고 있는가?

―파트리스 타록

3

사람들은 인종, 국경 같은 것이 존재하고 있다는 확신 아래서 살고 있다. 그리고 교묘한 정치적 속박이 존재하고 있으며 그 결과 많은 기생충 같은 인간의 존재가 용납되고 있는 것이다. 우리들은 바로 그러한 상황 속에 있는 것이다.

—플라마리옹

곰을 잡는 데는 다음과 같은 방법이 사용된다.
살코기가 들어 있는 통 바로 위에 무거운 통나무를 매달아 둔다.
곰은 고기를 먹기 위해 통나무를 머리로 민다.
그러면 통나무가 밀렸다가 곰을 내리친다.
곰은 화가 나서 더욱 세차게 통나무를 밀친다.
그럴수록 통나무는 더욱 세게 곰을 때린다.
이것을 되풀이하면 통나무가 곰을 때려잡는 것이다.
어리석은 인간은 곰과 같다.

11월 26일 · 사랑

    오직 다섯 조각의 빵으로 수 천명을 먹였던 기적은 오직 사랑이 더 하고 커질 때만이 가능한 것이다.

1

인간의 완성은 이상향에 지나지 않는다고 하여 선을 행하려는 그대의 노력을 멈추게 하려는 사람을 경계하라.

–존 러스킨

2

양서를 읽음으로써 선을 터득한다. 좋은 예술도 선을 고무시킨다. 기도는 자신에게 선을 도입하는 것이다. 그러나 가장 중요한 선의 도입은 선한 생활의 모범을 본받는 일이다. 그렇기 때문에 사람들의 훌륭한 생활은 그 생활을 하고 있는 사람뿐만 아니라 그와 같은 생활의 결과를 보고 그것을 배우는 모든 사람에게도 행복을 주는 것이다.

3

남에게로부터 주입되는 사상이나 행위는 자신의 양심이나 이성의 힘보다 강하다. 그리고 남으로부터 주입된 것이 더욱 강하게 그 사람을 지배하면 할수록 그 사람은 더욱 태연하게 양심에 위배되는 일을 하게 된다.

4

말만으로 가르칠 수는 없다. 사람들은 눈으로 본 것을 믿으려 한다.

5

인간의 착오는 그 한 사람으로 그치는 것이 아니다. 그 착오가 주변 여러 사람들에게 그대로 전달된다.　　　　　　　　　－소로

그대의 영혼을 좀먹는 친구들을 경계하라.
그러한 친구들을 피하고 착한 친구를 가까이 하라.

 **11월 27일　정욕**

　　　　　　정욕이 그대를 지배할 때 결코 그것이 그대의 정신을 형성하고 있는 것으로 생각지 마라. 정욕은 다만 일시적으로 그대의 참된 성질을 덮어 감춰버리는 어둠의 습관에 지나지 않는다.

1

그대 자신을 인도하는 빛이 되라. 자신에 대한 신뢰를 잃지 마라. 자신의 빛을 높이고 결코 그 밖에서 피난처를 구하지 마라.
　　　　　　　　　　　　　　　　　　　　　　　　　－붓다

2

살아있는 것은 그대의 영혼이다. 그대의 내면에 있는 것은 영원한 것이다. 그것은 일시적 변천의 생활에 속한 것이 아니다. 인간의 내면에 있는 이 영원한 것은 미래에도 과거에도 현재에서도 존재하며 소멸될 수 없는 것이다.

-파라문교 잠언

3

모든 사람들 속에 사랑, 동정 그리고 죄에 대한 수치와 증오가 존재하고 있다. 모든 사람은 교양 여하에 따라서 그러한 것을 성장시킬 수도 퇴보시킬 수도 있다. 인간의 마음은 선이다. 그리고 인간의 길은 정의다. 신의 규범을 안다는 것은 우리 자신의 높은 본성을 발전시키는 것을 의미한다.

-멘취

4

상처받은 마음과 고뇌의 생활 때문에 잠시라도 어두워진 마음을 가능한 밝고 선한 상태로 바꾸는 일이 행복이며 보배이며 가치라고 나는 생각한다. 인간의 본성은 선이다. 그 힘과 용기를 확고히 할 때 행복이 존재한다. 그리고 그 가치를 의식하면서 그것을 잘 활용하기를 희망하라.

-아미엘

정욕이 자신을 지배하고 있음을 의식할 때에
자신이 소유하고 있는 신의 성품을 불러내도록 하라.
자신의 신성을 그 무엇인가가 조정한다고 생각되면
곧 그것은 정욕 때문이라 깨닫고 그것과 싸우도록 하라.

11월 28일 죽음과 생명

죽음에 의하여 생명이 소멸하는 것이 아니라 변화되는 것이다.

1

회의나 공포 속에서 인생을 보내지 않도록 하라. 현재의 의무를 충실히 이행하는 데 최선을 다하는 것이 미래를 위한 가장 좋은 준비라는 점을 깨닫고 대비하라. 중요한 것은 인생의 길이가 아니라 그 깊이다. 마음이란 시간 밖에 있다는 것을 알라. 모든 성스러운 사람들은 그것을 알고 있는 사람들이다. 우리들이 진실한 삶을 살고 있을 때 시간 같은 것은 문제가 되지 않는다.

—에머슨

2

인간이 살고 있는 집은 무너져 없어진다. 그러나 맑은 사상과 선한 행위에 의하여 영혼이 세운 집은 오랜 세월 거친 비바람을 맞아도 꼼짝도 하지 않는다.

−맬러리

3

불멸에 대한 신념은 이론에 의해서가 아니라 생활에 의해서 얻을 수 있는 것이다. 사후생활의 필연성을 확신하게 만드는 것은 이론이 아니다. 그대가 남과 손을 잡고 인생을 살아가다가 그 사람들이 돌연 어디론가 사라져 버렸을 때, 그대의 심연 앞에 멈추어 서서 그것을 깨달아 아는 것이다.

불멸을 의식하는 것은 인간 마음의 본성이다.
우리들이 악을 범하는 정도에 따라 자신의 불멸에 대한
의식을 빼앗아 버리는 것이다.

313

Autumn
·
November

**11월
29일** 말(言)

말은 행위 그것이다.

1

자기 자신이 실제로 느끼지 않은 것은 입 밖에 내지 마라. 그리고 거짓으로써 그대의 마음을 어둡게 하지 마라.

2

적이 때로는 친구보다 유익할 때가 있다. 왜냐하면 친구는 언제나 죄를 묵인해 주지만 적은 항상 죄를 폭로하고 주의를 주기 때문이다. 결코 적의 비판을 가볍게 여기지 마라.

3

현인은 어떤 사람의 말에 의하여 그 사람의 가치를 판단하지 않는다. 그리고 보잘 것 없는 사람의 말이라 해서 그 말을 가벼이 여기지도 않는다.

―공자

4

말은 그 사람의 머릿속에서 일어나는 사상을 전하는 무기이다. 그러나 진실 되고 깊은 감정의 영역에 있어서는 그 힘은 너무나 약하다.

―몽테뉴

5

말이라는 것은 그것을 듣는 사람들의 수용능력에 의해서만이 그 의의를 가질 수 있는 것이다. 그대는 존엄성이 없는 자에게 인간의 존엄성을 알아듣게 할 수는 없다. 또는 사랑 없는 자에게 사랑을 알아듣게 할 수도 없다. 그리고 그러한 사람들이 이해할

수 있을 정도까지 수준을 낮추려고 하면 마침내 존엄이나 사랑
에 대한 고상한 말이 없어져 버리는 상태에 빠지고 말 것이다.

―존 러스킨

6

나는 농민을 사랑한다. 그들에게는 충분한 교양이 없다. 그러
므로 그들은 어떤 말이든 나쁘게 해석하지 않는다.

―몽테뉴

어떤 목적이라 할지라도 허위와 변명의 구실이
되는 것은 결코 용납되지 않는다.

 **토지**

**땅은 모든 사람에게 공통된 것이며 평등한 것이다.
그러므로 결코 개인의 소유는 될 수 없다.**

1

공정한 창조주시여 심판하여 주소서! 어느 편이 도둑인지 재
판하여 주소서. 탄생과 함께 내게 주어진 대지를 이용할 권리를
빼앗아간 자가 도둑인지 아니면 대지 위에 살면서 평화 속에 자

신을 두기 위하여 대지의 일부분을 이용할 때의 내가 도둑인가
를 판단해 주소서.

-제랄드 윈스탈레이

2

나의 이성은 토지란 매매할 수 없다고 가르친다. 신도 대지를
그 위에서 살며 생활하고 일하도록 준 것이다. 그리고 신의 모
든 아들이 그 위에서 일하고 있는 동안 대지에 대하여 권리를
가지고 있는 것이다. 팔 수 있는 것은 오직 운반할 수 있는 물체
뿐이다.

-브라크 하우크

3

엄격히 말하여 대지는 두 가지에 속하고 있다. 신과 그 위에서
일하여 온 또한 앞으로 일해 나갈 모든 사람들에게 속한 것이다.

4

지붕을 성기게 이으면 비가 새는 것처럼 마음을 조심해 가지
지 않으면 탐욕은 곧 그것을 뚫는다.

5

어느 날 숲 속에서 호두를 줍고 있는데 감시인이 와서 물었다.
"무엇을 하고 있습니까?"
"호두를 줍고 있네."

"호두를 줍고 있다니요? 왜 그런 짓을 합니까?"

"왜 주워서는 안 되나? 그럼 이 호두는 원숭이나 다람쥐들만 주울 권리가 있단 말인가?"

"모르십니까? 이 숲은 주인 없는 숲이 아니라 공작님의 소유입니다."

"그렇다면 공작께 전해 주시오. 자연에 대해서는 공작이나 나나 같은 인간이라고. 그리고 자연의 수확물에 대해서는 먼저 주운 사람이 임자라고 말해 주시오. 만일 공작께서 호두가 필요하다면 하품만 하고 있을 것이 아니라 손수 주워 갖는 것이 좋지 않겠는가라고."

―스펜서

토지는 신의 것이다. 그것을 누가 매매할 수 있는가.
인간은 모두 그 대지 위를 지나는 나그네에 불과할 뿐이다.

톨스토이 연보

| 1828년 | 8월 28일 모스크바 남쪽 200km지점 '야스나야 폴랴나'에서 니콜라이 일리치 톨스토이 백작과 마리아 니콜라 예비치나 사이에서 4남으로 출생. |

1828년   8월 28일 모스크바 남쪽 200km지점 '야스나야 폴랴나'에서 니콜라이 일리치 톨스토이 백작과 마리아 니콜라 예비치나 사이에서 4남으로 출생.

1830년   어머니 마리아가 톨스토이의 누이동생을 낳던 중 사망.

1837년   모스크바로 이사. 아버지 니콜라이 뇌일혈로 사망.

1841년   세 형과 누이동생과 함께 카자니에 있는 고모집으로 이사.

1844년   카자니 대학 동양어학과에 입학하여 아랍어와 터키어 전공.

1845년   동양어학과에서 법학과로 옮김.

1847년   건강과 가정상의 이유로 대학을 중퇴하고, 고향에서 농사를 지음.

1848년   모스크바로 가서 방탕한 생활을 하게 됨.

1849년   다시 고향으로 돌아가 농사에 종사. 농민 자녀를 위한 학교를 세움.

1851년   4월, 카프카즈에 가서 「유년시대」 구상.

1852년   「유년시대」 완성. 군에 입대하여 카프카즈 원주민과의 전투에 참가. 단편 「습격」을 씀.

1853년   크림 전쟁 발발. 단편 「도박자의 수기」 씀.

1854년   「소년시대」 '세바스토폴리'紙에 연재.

1855년   「1854년 12월의 세바스토폴리」, 「산림벌채」 씀.

1856년   11월에 제대. 「1855년 8월의 세바스토폴리」, 「눈보라」, 「지주의 아침」, 「두 경기병」을 씀.

1857년   1월 프랑스, 스위스, 독일 등 유럽여행을 떠남. 7월 귀국하여 농업에 종사. 「르뜨에르」, 「아르베리뜨」, 「청년시대」 발표.

1858년   피아니스트 에르모르체 주재의 음악회 설립에 열중.

1859년   「세 죽음」, 「결혼의 행복」 발표.

1860년   독일, 프랑스, 이태리, 영국, 벨기에 등지를 여행.

1861년   5월 귀국. 농노해방운동에 참여하여, 지주와 농민 사이의 분쟁을 해결하기 위해 노력. 야스나야 폴랴나 학교를 설립하고, 기관지

「야스나야 폴랴나」를 간행함.

1862년   9월, 모스크바 궁정의사 베루스의 딸 소피아 안드레예브나와 결혼. 「카자크 사람들」, 「꿈」, 「목가」, 「쿠리쿠시카」를 발표.

1863년   6월, 장남 세르게이 출생. 「진보와 교육의 정의」, 「코사크」 발표. 「전쟁과 평화」 착수.

1864년   10월, 장녀 다찌야나 출생.

1865년   「전쟁과 평화」 일부 발표.

1866년   5월, 차남 이리야 출생.

1869년   5월, 3남 레프 출생. 「전쟁과 평화」 완결.

1872년   「코카사스의 포로」, 「표트르 1세」 발표. 6월, 4남 뼤요르트 출생.

1873년   장편 「안나 카레리나」 집필 시작. 사마라 지방의 난민 구제사업에 헌신. 11월, 4남 뼤요르트 죽음.

1874년   4월, 5남 니콜라이 출생. 「국민 교육론」 발표.

1875년   2월, 5남 니콜라이 사망. 딸 우르울라 출생하자마자 사망. 「안나 카레리나」를 '러시아 통보' 紙에 연재. 「초등교과서」 1~4권 발행.

1877년   「안나 카레리나」 발행. 「참회록」 집필.

1878년   「안나 카레리나」 재판 발행. 「최초의 기억」 발행.

1879년   「참회록」 첫 부분을 발표. 러시아 내에서는 발행금지 처분을 받았으나 계속 집필. 평론집 「교회와 국가」 발표.

1880년   「독단적 신학비판」 발행.

1881년   도스토예프스키의 사망으로 충격을 받음. 「사람은 무엇으로 사는가」, 「요약 복음서」 발표.

1882년   「참회록」을 완성하여 '러시아 사상' 紙에 발표. 이로 인해 '러시아 사상'은 판매 금지됨.

1884년   「나의 종교」를 발표했으나 발행 금지됨. 6월, 3녀 알렉산드라 출생.

1885년   모든 저작권을 아내에게 양도. 아내의 힘으로 저작집 12권 발행. 「사랑이 있는 곳에 신이 있다」 발표. 「이반 일리치의 죽음」 착수.

1886년   「이반 일리치의 죽음」, 「어둠의 힘」 발표. 「인생론」 착수.

1887년   「인생론」을 발간했으나 발행 금지. 「크로이젤 소나타」 착수.

1888년   초등학교 교사가 되기 위하여 원서를 냈으나, 당국으로부터 거절을 당함. 막내 아들 이반 출생.

1889년   「크로이젤 소나타」, 「악령」 발표. 「부활」 착수. 논문 「1월 12일의 기념제」 씀.

1891년   중앙 아시아와 동남 아시아의 빈민구제를 위해 활약. 9월, 1880년

이후의 저작권 포기.

| 1893년 | 「무위」를 '러시아 통보'에 발표. 「종교와 국가」, 「기독교와 애국심」 발표. 「노자」 번역에 몰두. |

1893년 「무위」를 '러시아 통보'에 발표. 「종교와 국가」, 「기독교와 애국심」 발표. 「노자」 번역에 몰두.

1894년 「주인과 하인」 착수. 「카르마」, 「신의 고찰」 발표.

1895년 「주인과 하인」 발표. 막내 아들 이반 사망.

1896년 「그리스도의 가르침」, 「복음서는 어떻게 읽는가」, 「현대의 사회조직에 대하여」, 「예술이란 무엇인가」 착수.

1897년 「헨리 조지의 사상」, 「국가와의 관계」 씀.

1898년 「예술이란 무엇인가」, 「신부 세르게이」 발표.

1899년 「부활」 발표

1900년 「산 송장」, 「죽이지 말라」 발표.

1901년 소설 「부활」로 인해 종교회의에 회부되어 러시아 정교회에서 파문당함.

1902년 「종교론」, 「지옥의 부흥」 발표.

1903년 「무도회의 밤」, 「세익스피어론」, 「세 개의 의문」 발표.

1904년 노·일전쟁이 시작됨. 전쟁 반대론 「반성하라」 발표. 「유년시대의 추억」, 「하지 무라드」 발표.

1905년 「불타」, 「세계의 종말」 발표.

1906년 「인생독본」, 「세익스피어론」을 '러시아의 말'紙에 게재.

1907년 「진정한 자유를 인정하라」, 「우리들의 인생관」, 「서로 사랑하라」 발표.

1908년 톨스토이 탄생 80년을 기념하여 많은 톨스토이론이 발행됨.

1909년 1월, 유언장 작성. 「사형과 기독교」, 「아이들의 지혜」 발표.

1910년 7월 22일 유언장 작성. 이것이 합법적인 유언장이 됨. 10월 28일 새벽 자신의 신념과 실생활 사이의 모순을 해결하기 위하여 부인에게 이별의 편지를 써놓고, 3녀 알렉산드라와 의사 마고비츠키와 함께 야스나야 폴랴나를 떠나 방랑의 여행길에 오름. 10월 31일 여행 중 폐렴이 발병. 리야잔 우랄 철도의 작은 역 아스타포보에서 내림. 11월 3일 최후의 감상일기를 씀. 11월 7일 오전 6시 5분 야스타포보 역장 관사에서 죽음. "진리를…… 나는…… 사랑한다…… 왜 저 사람들……." 이 그의 최후의 말이다. 11월 9일 야스나야 폴랴나에 묻힘. 유고로 「인생독본」 – 톨스토이 사상의 종합적인 도달점을 나타내는 주목할 만한 노작의 하나로 동서고금 성현들의 말과 톨스토이의 사상을 엮은 책 – 이 있다.